Es geschah in
Berlin
1946

Jan Eik

Heimkehr

Kappes 19. Fall

Kriminalroman

Jaron Verlag

Jan Eik, geboren 1940 als Helmut Eikermann, lebt als freiberuflicher Autor und Publizist in Berlin. Er schrieb eine Vielzahl von Sachbüchern, Kriminalromanen und -erzählungen sowie Hör- und Fernsehspielen. Bei Jaron erschienen von ihm u. a. «Schaurige Geschichten aus Berlin» (Neuausgabe 2013) sowie zwei humorvolle kleine Bücher zu den Besonderheiten der heimatlichen Sprache («Berliner Jargon», 2009; «DDR-Deutsch», 2010). Vor allem aber verfasste er mehrere Bände für die Krimiserien des Jaron Verlags: für die «Berliner Mauerkrimis» («Am Tag, als Walter Ulbricht starb», mit Horst Bosetzky, 2010), «Es geschah in Berlin» (zuletzt: «Polnischer Tango», 2012), «Es geschah in Preußen» (zuletzt: «Attentat Unter den Linden», mit Uwe Schimunek, 2012) und «Es geschah in Sachsen» («Katzmann und das schweigende Dorf», 2011).

Originalausgabe
1. Auflage 2013

www.jaron-verlag.de
Umschlaggestaltung: Bauer + Möhring, Berlin
Satz: Pinkuin Satz und Datentechnik, Berlin
Druck und Bindung: CPI – Clausen & Bosse, Leck

ISBN 978-3-89773-715-0

SEPTEMBER 1946

EINS

DURCH DIE WIPFEL der Kiefern flimmerte die Morgensonne. Die Luft roch nach Wald und Pilzen. Was für ein Tag! Der erste Tag in seinem neuen Leben. Er atmete tief und fühlte sich wie berauscht. Der fast vergessene Geruch drohte ihn zu überwältigen, so stark erinnerte er ihn an die Kindheit. Es schien ihm, als sei er mit den Eltern zum Baden hierher gefahren. Der Müggelsee lag gar nicht weit entfernt. Das Wasser und die sanften Wellen - ein Genuss aus einem anderen, sehr weit entfernten Leben. Wie lange war er nicht geschwommen? Würde er trotz seiner Verletzungen noch das gleiche Vergnügen daran haben?

Er war versucht, seinem Begleiter zuzurufen, er wolle erst mal zum See. Das war natürlich Unsinn. Sie hatten ein Ziel, das zu erreichen ihm schwer genug fiel. Der andere war ihm immer ein paar Schritte voraus. Bei aller Mühe gelang es ihm kaum, dessen Tempo mitzuhalten. Dieser überraschend aufgetauchte Cousin war in besserer körperlicher Verfassung als er.

Er riss sich zusammen und schlurfte weiter. *Märkische Heide, märkischer Sand,* summte es in seinem Kopf. Das stumpfsinnige Lied und den Sand hatte er während der gnadenlosen Ausbildung zur Genüge kennengelernt - und hassen gelernt. Mit knapp 20 hatten sie ihn zum Kommiss geholt und geschunden. Im nächsten Monat wurde er 27 Jahre alt. Ein Viertel seines bisherigen Lebens war er gezwungen gewesen, die Uniform zu tragen, deren schäbige Reste seinen ausgemergelten Körper umschlotterten.

Das war jetzt alles gleichgültig. Er war frei. Solange seine Kraft reichte, konnte er gehen, wohin er wollte. Dabei zog es ihn nirgendwohin. Er war zu Hause angekommen, wie immer dieses Zuhause in der zerbombten Stadt auch aussah. In halb Europa war er während dieses gottverfluchten Krieges gewesen. Er hatte sich in Norwegen zwei Finger erfroren und im italienischen Apennin einen Hitzschlag erlitten, bis ihn der Schrecken aller Schrecken ereilte: die Ostfront. In seinen Träumen heulte die Stalinorgel, rasselten die Panzer auf ihn zu. Wie lange würde es dauern, bis er das alles vergessen konnte?

Hinter ihm lagen zwei Jahre Gefangenschaft. Nachdem die Russen ihn nach den Kämpfen in Ostpreußen schwer verwundet aufgesammelt und zu seinem Glück in einem Lazarett abgeliefert hatten, wäre er dort beinahe von den Läusen aufgefressen worden. Er erwies sich als zäh, und seine Wunden verheilten, so dass man ihn in ein Gefangenenlager schickte, wo er den Hunger kennenlernte. Bis vor zwei Wochen hatte er die Tage in der Ungewissheit verbracht, ob er nicht doch noch mit einem der nach Osten gehenden Transporte verschwinden würde wie Tausende andere. Dann war der Zug gen Westen gerollt. Sie hatten ihn tatsächlich entlassen.

Er sog die Waldluft ein, als hätte er seit Jahren keine frische Luft geatmet. Seit gestern sah die Welt ganz anders aus. Was für ein friedliches Bild! Er hatte überlebt – nach all den Jahren in fremder, oft genug feindlicher Verlorenheit, wo einen das Unglück in der nächsten Minute ereilen konnte. Anfangs hatte es Zeiten gegeben, in denen es gar nicht schlecht aussah. In Holland beispielsweise. Am Ende jedoch, als niemand mehr wusste, ob der Ort, den man brennend verließ, sich noch in Russland oder in Polen befand, bevor das Grauen auf Ostpreußen übergriff, drohten nur noch Zerstörung und der alltäglich gewordene Tod.

Jetzt war beinahe alles gut. Die Begrüßung hatte er sich etwas herzlicher vorgestellt. Ein kühles «Willkommen» eben. Kein Wunder nach alldem, was hinter jedem lag. Alles würde sich einrenken, dessen war er sicher. Allein der Anfang schien wunderbar: Sie waren auf dem Weg, einen Festbraten zur Feier seiner Heimkehr zu beschaffen. Es gab noch glückliche Fügungen. Er war gerade zur rechten Zeit erschienen. Der Förster, ein guter Bekannter, hatte ein Wildschwein geschossen!

Nach seinen Erfahrungen mit den Russen erstaunte ihn, dass es in deren Besatzungsbereich Deutsche gab, die Waffen besaßen.

«Russischer Sektor» hieß das hier in Berlin. Ringsum erstreckte sich die «Zone». Er musste das neue Kauderwelsch lernen, doch es gab Wichtigeres. Zuerst einmal kamen das Essen, die Lebensmittelkarten, von denen jeder sprach. Obwohl ihm Klamotten beinahe ebenso wichtig erschienen. Er brauchte bloß an sich herunterzublicken. Die Schuhe bestanden nur aus Fetzen. Die vom Cousin großzügig angebotenen Stoffschuhe hatten sich als zu klein erwiesen.

Er durfte nicht ungeduldig werden. Eines nach dem anderen. Vor allem musste er sich nach Arbeit umsehen, so schwach er sich auch fühlte.

Sein Begleiter blieb stehen.

«Ist was?», fragte er.

Der Cousin schüttelte den Kopf. Mit prüfendem Blick maß er ein vier Finger dickes Eichenstämmchen, rüttelte daran und bog es weit nach allen Seiten. Das junge Holz brach nicht. Wortlos buddelte der Cousin ein klobiges Taschenmesser aus seinem Rucksack, klappte die breite Klinge heraus und begann, dicht über der Wurzel eine tiefe Kerbe in den Stamm zu hacken.

«Wozu brauchst du den?», fragte er.

Der andere blickte nicht auf. «Wir werden viel Feuerung brauchen diesen Winter», sagte er. «Auf dem Rückweg nehmen wir Kleinholz mit.»

Er sah sich um. Halbwüchsiges Gebüsch säumte den Pfad. Die Bäume waren bis weit hinauf zu den ersten Ästen kahl. Nirgends lag Reisig auf dem weichen Waldboden.

«Die Leute holen alles weg für den Winter», erklärte der andere. Mit seinem eleganten Schuhwerk trat er fest gegen die junge Eiche, doch die fiel nicht. Er schnitzte die Kerbe mittels kräftiger

Hiebe noch etwas tiefer. Schließlich gelang es ihnen gemeinsam, den gut mannshohen Stamm umzulegen. Der andere kappte die Krone und ein paar Zweige und ließ sie achtlos liegen.

Sie gingen weiter. Der Cousin schnitzte mit seinem Messer an dem Eichenknüttel herum und blieb allmählich ein wenig zurück.

Auch er verlangsamte seine Schritte. Er spürte die Schwäche in allen Gliedern. Und den Hunger. Das war ein gewohntes Gefühl, doch er fühlte sich leicht ums Herz. Eine alberne Floskel, gewiss. Aber er hätte es nicht anders ausdrücken können. Dabei ging ihm diese verfluchte *Märkische Heide* nicht aus dem Sinn. Seit sie aus dem Bus gestiegen waren, dröhnte das blöde Lied in seinem Kopf, als gäbe es kein anderes. *Wenn bei Capri die rote Sonne im Meer versinkt* beispielsweise. So was war jetzt Mode. Und amerikanische Musik mit jaulenden Saxophonen und einem Rhythmus, der in die Beine ging, aber nicht zum Marschieren anregte.

Im Lager hatten nur die russischen Wachmannschaften gesungen, schwermütige Melodien oder Soldatenlieder, die ganz anders klangen als die deutschen Landserhymnen. Den Deutschen war das Singen vergangen. Jeder wartete nur, wohin die ihn schicken würden - nach Hause oder nach Sibirien. Ein Drittes gab es nicht. Wohin der Transport wirklich ging, erfuhr man erst, wenn man die Papiere in der Hand hielt und in den Waggon kletterte.

Von den Kämpfen um Berlin hatten sie im Lager nichts erfahren. Dort machten die Gerüchte von der uneinnehmbaren Alpenfestung und dem Einsatz lange geheim gehaltener Wunderwaffen die Runde. Erst die dreitägige Siegesfeier der Russen und die grimmige Ansprache des nicht ganz nüchternen Kommandanten machten auch dem letzten Endsieggläubigen den Ausgang des Krieges klar. Nun sah er, dass auch hier gekämpft worden war. Verstreut lagen Stahlhelme, Gasmaskenbehälter und allerlei militärisches Zubehör herum. Schützenlöcher säumten den Pfad, der sich zwischen den Bäumen hindurchschlängelte.

Neben einem der Löcher blieb er stehen. Im gelben Sand lagen der verbeulte Deckel eines Kochgeschirrs und ein Uniformfetzen.

Gerade wollte er sich zu seinem Begleiter umwenden, als ihn ein heftiger Schlag gegen den Hals in die Knie zwang. Er stolperte, fiel vornüber, versuchte sich mit den Händen abzustützen. Doch vor ihm war nur die Grube, in die er endgültig stürzte, als ihn ein neuer Hieb ins Genick traf, kräftiger sogar als der erste. Und noch einer. Um ihn herum versank der Wald in Dunkelheit und Schmerz.

ZWEI

HERMANN KAPPE hatte Glück gehabt. Wenn man es Glück nennen wollte, die Zehenspitzen auf einem rostigen Straßenbahntrittbrett untergebracht zu haben und sich wenigstens mit der linken Hand an einer Stange festzuklammern. Während die Finger zu erlahmen drohten, bemühte er sich vergeblich, seine Nase vom Rucksack des Vordermanns fernzuhalten, dem ein ekelhafter Geruch entströmte. Was mochte der Kerl darin transportieren? Jedenfalls nichts Essbares, wie Kappe hoffte, allein schon um seinen Magen zu beruhigen, in dem die Reste einer klitschigen Scheibe Brot im Morgenmuckefuck quollen. Eine zweite, gleichermaßen von einem Wasserstreifen durchzogene Stulle graulte sich in der Brotbüchse. Er fühlte das blecherne Ding durch das Leder der schäbigen Aktentasche, die er mit der Rechten umklammerte.

Jeden Morgen ärgerte er sich über diese hochstaplerische Tasche und ihren armseligen Inhalt. Sein Mittagessen, ebendiese Scheibe trocken Brot, hätte statt der leeren Brieftasche bequem in die Innentasche des Jacketts gepasst, und auf die schwachbraune Flüssigkeit in der abgesplitterten Emailleflasche konnte er zugunsten des Berliner Leitungswassers verzichten. Doch alles Reden nutzte nichts. Klara bestand darauf, dass er das Haus wie ein ordentlicher Mensch und Beamter mit einer Aktentasche unter dem Arm verließ. Wie leicht konnte sich über den langen Tag hin eine Gelegenheit ergeben, irgendetwas Nützliches, unter Umständen gar Nahrhaftes aufzutreiben, für das man ein Behältnis benötigte. Etwas «organisieren» nannte Klara das, obwohl sie die Abneigung ihres Gemahls gegen das Wort und erst recht gegen die Tätigkeit nur zu gut kannte.

Kappe, gewesener Kriminalkommissar, dem augenblicklichen Dienstgrad nach Ober-Inspektor, wenn auch kein Beamter mehr und wohl kaum mit der Aussicht, jemals wieder einer zu werden, neigte nach wie vor dazu, sich an die Vorschriften zu halten, und die schlossen nun einmal jegliche Art illegaler Warenbeschaffung aus. «Die eigene Familie dem Hungertod preisgeben» nannte Klara die bei Strafe der sofortigen Entlassung aus dem Polizeidienst vorgeschriebene Konsequenz - an die sich Kappe, selbst wenn er es gewollt hätte, nicht wirklich halten konnte. Im Gegensatz zu vielen seiner Verwandten, Bekannten und Kollegen rauchte er nicht, und er fragte vorsichtshalber nicht danach, wie und in welche Art von Lebensmitteln Klara die spärlichen Tabakwarenrationen verwandelte.

Vor allem Karl-Heinz paffte wie ein Schlot. Allerdings keine deutschen Zigaretten oder Zigarillos auf Markenzuteilung. Karl-Heinz war an Besseres gewöhnt und bevorzugte Lucky Strike. Allein des lieben Friedens wegen hatte Kappe sich daran gewöhnen müssen, die Schwarzmarktaktivitäten seines jüngsten Sprösslings zähneknirschend zu dulden, in denen der Lümmel es zu Klaras stiller Befriedigung binnen kurzer Zeit zu überraschender Meisterschaft gebracht hatte.

«Eines Tages schnappen sie dich, und du gehst ab in den Kahn!», prophezeite Kappe seinem Jüngsten, sooft er ihn sah, und das war in letzter Zeit nicht eben häufig der Fall. Wenn überhaupt, so kehrte Karl-Heinz gewöhnlich erst in den späten Nachtstunden in die elterliche Wohnung zurück, die aus Stube und Küche bestand. Ursprünglich, lange bevor Kappes in die Halbruine gezogen waren, hatte es sich um eine komfortable Dreizimmerwohnung gehandelt. Seit Februar des vergangenen Jahres ruhten die Mauerreste der einstigen Schlafstube zwei Etagen tiefer auf der zertrümmerten Kellerdecke, und hinter der zersplitterten Tür zum zweiten Zimmer bot eine einsturzgefährdete Freiluftecke Platz für zwei Blumenkästen, in denen Klara Tomaten zu züchten versuchte. Das wollte angesichts der Nordlage des ehemaligen Herrenzimmers nicht recht gelingen. Kirschgroß und grasgrün, versprachen die Früchte vorläufig keine Bereicherung des Speiseplans.

Dennoch war Kappe glücklich gewesen, mit Hilfe seines alten Freundes Theodor Trampe wenigstens diese «Ausbauwohnung» ausfindig gemacht zu haben. Klaras stiller Stolz, die Wohnung in der Großen Frankfurter Straße, war bei einem der letzten großen Angriffe im März 1945 durch einen Volltreffer zerstört worden. Glücklicherweise hatte sich Klara zu diesem Zeitpunkt gemeinsam mit der Tochter Margarete, der Enkelin Marlies und großen Teilen des mit ihnen evakuierten Hausrats in Wendisch Rietz befunden, so dass sogar die Bettstellen gerettet wurden. Schon Ende 1943 hatte Kappe die Familie dort vor den Bombenangriffen in Sicherheit gebracht. Er selber überlebte den Angriff als Luftschutzwache in den Gebäuderesten des Polizeipräsidiums und fand vorläufigen Unterschlupf bei seinem Bruder in der Yorckstraße.

Bald hieß es, die Evakuierten, wollten sie ihr Wohnrecht behalten, müssten bis Ende September 1945 nach Berlin zurückkehren. Kappe wandte einige Mühe auf, für sich und Klara in der ihm fremden Gegend rings um die Yorckbrücken eine Behausung zu finden. Statt im russisch besetzten Osten war er unversehens in Schöneberg gelandet, das seit dem Einmarsch der Amerikaner im Juli 1945 zu deren Sektor gehörte. Noch wusste niemand so recht, ob sich das als Vor- oder Nachteil erweisen würde.

Unverhofft war eines Tages Karl-Heinz erstaunlich gesund und munter aufgetaucht. Er war natürlich erst einmal bei Mama und Papa untergekrochen, wo es ihm anscheinend so gut gefiel, dass Kappe ihn im Verdacht hatte, sich keineswegs intensiv um eine eigene Bleibe zu bemühen. Da der Sohn, den es von der Schule weg direkt zur Waffen-SS gezogen hatte, nach anfänglicher Arbeitssuche offenbar nur sporadisch einer ordentlichen, das heißt legalen Tätigkeit nachging, sah es mit den Chancen auf eigenen Wohnraum schlecht aus.

«Ich lasse meinen Sohn doch nicht bei irgendeiner schlampigen Schlummermutter verkommen!», lautete Klaras Kommentar, wenn die Rede auf dieses Thema kam.

Machte Kappe sich im Morgengrauen auf den stets mit neuen Überraschungen aufwartenden Weg zum Dienst, dann ruhte der Sprössling, gluckenhaft von Klara behütet, auf der Chaiselongue in der Küche und träumte in Morpheus Armen von seinen Ami-Zigaretten oder wer weiß was. Jedenfalls nie vom Krieg, wie er glaubhaft versicherte: «Das ist vorbei. Daran verschwendet man doch keinen Gedanken!»

Von seinen Erlebnissen bei der Waffen-SS, zu der er sich siebzehnjährig freiwillig gemeldet hatte, sprach er nie. Er erwähnte nur hin und wieder beiläufig irgendwelche Kameraden, die er «rein zufällig» getroffen habe und die vermutlich dem gleichen Gewerbe nachgingen wie er. Skrupellos genug waren sie alle. Daran hatte die kurze amerikanische Internierung nichts geändert. In den davorliegenden zwölf Jahren hatte jeder gelernt, ausschließlich an seinen Nächsten zu denken – denn jeder war sich selbst der Nächste. Das hatte Karl-Heinz zutiefst verinnerlicht. Das Schicksal seines älteren Bruders Hartmut, von dem Hermann Kappe ebenso inständig wie Klara hoffte, dass er sich seit Stalingrad tatsächlich in russischer Gefangenschaft befand und eines Tages vor der Tür stehen würde, schien dem Jüngeren gleichgültig.

Die Straßenbahn hielt ruckend. Jemand wollte aussteigen. Der Rucksackträger musste sich notgedrungen zur Seite wenden und schlug Kappe das vor undefinierbarem Schmutz starrende Behältnis heftig gegen die rechte Gesichtshälfte. Kappe, gewöhnlich nicht zu Wutausbrüchen neigend, kam nicht umhin, sich mit einem kräftigen Kniestoß zu revanchieren, der ihn fast den Platz auf dem Trittbrett gekostet hätte. Die Fahrerei jeden Morgen stellte eine Zumutung dar, aber irgendwie musste er seine Dienststelle im nördlichen Stadtzentrum erreichen.

Im Verlauf der letzten Monate hatte Kappe die verschiedensten Möglichkeiten und Verkehrsmittel erprobt. Seine ständig geschwollenen Füße in den notdürftig selbst besohlten Schuhen ließen ihm keine Wahl. Alle Wege und Umwege hatten sich als gleichermaßen mühevoll erwiesen. Dabei kam das Verkehrsnetz allmählich wieder in Schwung. Pappvernagelte Straßenbahnen schepperten durch die Straßen. Seit der S-Bahn-Tunnel leer gepumpt worden war, fuhren die Nord-Süd-Bahn und neuerdings die Wannseebahn wieder. Im Straßenbahnnetz und bei der U- und Hochbahn klafften noch Lücken und gab es eingleisige Strecken. Der Hochbahnhof Nollendorfplatz glich einer Schrotthalde, und am Gleisdreieck war man dabei, den Viadukt in Richtung Hallesches Tor anzuheben und zu reparieren. Für die wenigen Buslinien mangelte es an Reifen und Benzin.

Nur wenige Tage nach dem Einmarsch der Russen, den Hermann Kappe im Keller unter dem Tabakladen seines Bruders er- und überlebt hatte, ohne dabei wesentlich mehr als seine goldene Taschenuhr einzubüßen, war er quer durch die Mondlandschaft der einstigen Innenstadt in Richtung Alex aufgebrochen. Er hatte bebend den Landwehrkanal auf einem schwankenden Steg überschritten, kaum weniger abenteuerlich die Spree gekreuzt und war tatsächlich bis in die Dircksenstraße vorgedrungen, wo einzig der Ziegelbau des Gefängnisses noch etwas von der einstigen Pracht des zerbombten Polizeipräsidiums verriet. In dem Gebäuderest sammelten sich nach und nach einige ehemalige Polizeibeamte, mit Argwohn und gehöriger Skepsis dem entgegensehend, was sie erwartete.

Der von den Russen ernannte Polizeipräsident hieß Oberst Markgraf und benahm sich auch so. Er machte mit den Kripo-Leuten nicht viel Federlesens, befragte sie in scharfem Ton nach Partei- und SS-Zugehörigkeit und verwies Kappe an den frischernannten Personalchef. Ehemalige SS-Leute wurden den Russen übergeben.

Auf die Weise war auch Kappes Schwiegersohn Arno verschwunden, der es in neun Jahren SS-Zugehörigkeit nur bis zum einfachen Sturmmann gebracht hatte und wegen Missachtung der eigenen Uniform als Gefreiter an die Ostfront geraten war, bis es einem einflussreichen Freund gelang, den gelernten Elektriker als Radarspezialisten zu Telefunken abkommandieren zu lassen. Dieser u. k.-Stellung – u. k. stand für unabkömmlich – verdankte Arno vermutlich sein Leben, das nun keinen Pfifferling wert schien, seit ihn die Russen «interniert» hatten – dem vorsichtig agierenden Kappe gelang es nicht herauszufinden, ob in Hohenschönhausen oder in Sachsenhausen, wo die Besatzungsmacht das Konzentrationslager weiter betrieb. Möglicherweise war Arno längst tot oder in Sibirien. Die russischen Lager und die Zustände darin waren zwei der hundert neuen Tabuthemen, an die man besser nicht rührte. Den meisten Leuten fiel das Schweigen nicht schwer – und das Denunzieren erst recht nicht. Sie hatten zwölf Jahre lang Zeit gehabt, sich darin zu üben.

Solche Gedanken, wenn sie nicht von denen ans Essen überlagert wurden, konnte Kappe nicht einmal verdrängen, wenn er wie jetzt einarmig an einer Straßenbahn hing. Immerhin fuhr er und würde zur S-Bahn gelangen, falls ihn der Ekel angesichts des stinkenden Rucksacks vor seinem Riechkolben nicht früher abspringen ließ.

Er hielt stand bis zum S-Bahnhof und fuhr durch den noch immer modrig riechenden Untergrund zum Oranienburger Tor. Die Schmutzmarke im oberen Viertel der Tunnelwand verriet, wie hoch das Wasser in dem bei Kriegsende gefluteten Tunnel gestanden hatte. Es galt als ziemlich sicher, dass die SS die Tunneldecke unter dem Landwehrkanal gesprengt hatte. Über die Zahl der geborgenen Leichen kursierten die abenteuerlichsten Gerüchte, sämtlich übertrieben, wie Kappe ebenfalls wusste. Dennoch war ihm bei den ersten Fahrten einigermaßen mulmig zumute gewesen. Doch woran hatte man sich nicht alles gewöhnt. Er fand es eher bemerkenswert, dass er nach dreieinhalb Jahrzehnten bei der Mordkommission seine Abneigung gegen den Geruch des Todes nicht eingebüßt hatte.

In der Oranienburger Straße kletterte er erleichtert ans Tageslicht. Hier standen noch ein paar weniger zerstörte Häuser zwischen den Ruinen. Seit neuestem bog hier wieder die Straßenbahn aus der Friedrichstraße ein. Das riesige Haus der Technik an der Ecke ragte als schwarze Brandruine auf. An der gelben Fassade des Postfuhramtes kündeten nur die Einschusslöcher von den heftigen Kämpfen in den letzten Tagen des Krieges.

Sein Weg führte Kappe durch die Artillerie- zur Linienstraße, wo man das Polizeipräsidium im Gebäude des ehemaligen Metallarbeiterverbandes einquartiert hatte, von den Nationalsozialisten als Gauleitung der Deutschen Arbeitsfront genutzt. Die Kriminaldirektion nutzte noch immer die einstigen Zellen in der Dircksenstraße, doch Kappe und einen Teil des Referats M hatte es in die Linienstraße verschlagen.

Kappe, von Berufs wegen auf ein einigermaßen funktionierendes Gedächtnis angewiesen, staunte immer wieder. Das Kriegsende lag nicht einmal anderthalb Jahre zurück, und schon war so vieles vergessen. Überall hatte man die Trümmer von den Fahrbahnen geräumt und die Granattrichter behelfsmäßig verfüllt, von den Bürgersteigen war der Schutt hinter aufgestapelte Ziegel und ausgeglühte T-Träger in die Ruinen geschippt worden. In den Erdgeschossen machten sich Läden und Werkstätten breit. Autos der Besatzungsmächte oder solche, die mit dem russischen Kennzeichen БГ, gelber Motorhaube und einem gelben Punkt als «in deutschem Besitz» markiert waren, holperten durch die Straßen.

Im Präsidium wies Kappe dem stramm grüßenden Wachtmeister seine viersprachige Legitimation vor und stiefelte hinauf in den vierten Stock. Das Gebäude, obwohl von Bomben verschont geblieben, glich einer notdürftig aufgeräumten Ruine. Türen hingen schief in den Angeln oder fehlten, die Fenster waren mit Pappe vernagelt. In seinem Büro beleuchtete das trübe Licht einer nackt von der Decke baumelnden Glühbirne das zusammengesuchte Mobiliar. Kappe hatte sich einen ausnehmend schweren Schreibtisch gesichert und in die Nähe des Fensters geschoben. Das wuchtige Stück bot einige Gewähr, es noch am nächsten Morgen vorzufinden. Einen Stuhl hatte er sich schon dreimal neu besorgen müssen. Und das im Berliner Polizeipräsidium!

Heute schien alles in Ordnung. Niemand hatte sein wackliges Sitzmöbel entwendet oder vertauscht, durch die winzige Scheibe im unteren Teil des Fensters fiel ein Strahl der Septembersonne auf die narbige Platte seines schwergewichtigen Antikmöbels. Das Glas, einst das Porträt des finster blickenden Fanatikers mit dem Chaplin-Bärtchen vor Fliegenschiss schützend, hatte Kappe eigenhändig zugeschnitten, nachdem er das Führerbild hinter dem Aktenschrank entdeckt und eilig zerfetzt hatte. Ein Glasschneider gehörte in diesen Zeiten zu den unentbehrlichen Werkzeugen, selbst wenn man Kriminalkommissar von Beruf war.

Kappe öffnete die Aktentasche, platzierte Stullenbüchse und Emailleflasche vor sich auf dem Schreibtisch und schloss dessen rechte Seite mit dem einzigen Schlüssel auf, der sich hatte auftreiben lassen. Kaum hatte er seine Utensilien im oberen Fach verstaut, als die Tür aufgerissen wurde und ein strammer Jüngling mit akkurat gestutzter schwarzer Haartolle hereinstürmte – ein Jüngling jedenfalls aus der Sicht des 58-jährigen Kappe. Udo Schieck war 31, gelernter Fotograf, verflossener mittlerer HJ-Führer und Unteroffizier, den die Russen irgendwo kurz vor dem Ural in einem Antifa-Kursus so gründlich umgeschult hatten, dass Kappe mitunter der Mund offen stand vor Staunen. Dabei war klar, dass man ihm, dem altgedienten Lakaien dreier Systeme, den eilfertigen Konvertiten Schieck keineswegs nur als Kriminaltechniker, sondern zur Kontrolle und Überwachung beigeordnet hatte. Von Kriminalistik verstand der nicht die Bohne, schlug aber allen Ernstes vor, die sich häufenden Mordfälle künftig mit den Methoden des dialektischen Materialismus aufzuklären.

Unter Materialismus konnte Kappe sich etwas vorstellen, was der Dialekt bei den Mordermittlungen sollte, blieb ihm dunkel, und er hütete sich, Schieck danach zu fragen. Der brachte es fertig und ritt eine halbe Stunde auf Marx und Lenin herum, bevor er mit einem langatmigen, von Kappe ohnehin nicht überprüfbaren Zitat des hochgeschätzten Generalissimus Stalin abschloss. Ein paarmal ließ Kappe den konfusen Vortrag schlecht verdauter Schlagworte an sich abperlen, ehe er Schieck bärbeißig zur Ordnung und in den kriminell-kriminalistischen Alltag zurückgerufen hatte: «Wir haben – ganz unabhängig von jeder Weltanschauung – Mord und Totschlag aufzuklären, Verehrtester!» Ihn «Genosse» zu nennen, wie es Schieck hartnäckig forderte, fiel Kappe nicht im Traum ein.

Selbstverständlich war Schieck noch vor Eintritt in die vorerst lichten Reihen der Kriminalpolizei Mitglied der KPD geworden. Begeistert hatte er im April deren Vereinigung mit der SPD gutgeheißen und seitdem nicht aufgehört, Kappe zum Beitritt in die Sozialistische Einheitspartei Deutschlands aufzufordern. Die kürzte sich selbst als SED ab, während der amerikanisch lizenzierte *Tagesspiegel*, den Kappe seit dem ersten Erscheinen bevorzugte, die Partei hartnäckig als SEP bekrittelte und ebenso hartnäckig am selbständigen Fortbestand der Sozialdemokratie festhielt. Der stand Kappe eingedenk seiner Erfahrungen durchaus nahe, ohne sich zur SPD-Mitgliedschaft zu entschließen. Für seinen Geschmack wurde im Augenblick sowieso viel zu viel von Politik geredet, insbesondere seit der Wahltermin im Oktober feststand.

Kettenraucher Schieck, der das Sprachrohr der Russen, die *Tägliche Rundschau*, als Lektüre bevorzugte, zündete sich die erste Zigarette an und trug die Neuigkeiten aus der *Berliner Zeitung* vor, die ebenfalls als russisch orientiert galt. Dass vorgestern am Bahnhof Bernau eine Razzia stattgefunden hatte, um Arbeitskräfte für den Rüdersdorfer Kalkbruch zu rekrutieren, wusste Kappe bereits. Und dass dem britischen Militärkommandanten in Gatow sein Boot geklaut worden war, versetzte die Kollegen vom entsprechenden Dezernat sicherlich in so große Aufregung, wie Schieck sie plötzlich erkennen ließ. Auf Abschnitt 7 der Raucherkarte M gab es sechs Zigarren oder eine Packung Kautabak, für F wie Frauen lediglich sechs Zigaretten. «Allerdings nur im sowjetischen Sektor», wie Schieck triumphierend hervorhob. Das war ein weiterer Dissens zwischen ihnen: Kappe sprach wie alle Welt nur vom «russischen Sektor» und der entsprechenden Zone, Schieck beharrte auf «sowjetisch», was Kappe achselzuckend akzeptierte.

Gerade stolperte Schieck über eine Meldung, die besagte, der Rundfunk im amerikanischen Sektor Berlin würde heute seinen Sendebetrieb über Mittelwelle 492 Meter gleich 610 Kilohertz beginnen. «Oberbürgermeister Doktor Werner wird über diese Welle um fünfzehn Uhr eine Begrüßungsansprache halten.»

«Ja, und?», erkundigte sich Kappe. «Wollen Sie sich die anhören?»

Schieck, der eher klein geraten war und noch dazu auf einer Art niedrigem Schemel hockte, richtete sich steil auf. «Können Sie mir erklären, wozu die Amerikaner einen eigenen Rundfunk für ihren Sektor brauchen?», fragte er scharf.

Kappe hob die Schultern. «Die Russen haben doch auch ihren eigenen Sender.»

«Das ist der Deutsche Demokratische Rundfunk, der allen fortschrittlichen Kräften offensteht. Außerdem befindet sich der Sender im englischen Sektor!»

«Müsste das nicht ‹britischen› heißen?», korrigierte Kappe sanft, was Schieck zu einer ärgerlichen Handbewegung veranlasste.

«Ach nee», Kappe setzte noch einen drauf, «im britischen Sektor ist ja nur das russische Funkhaus. Die Sendemasten stehen bei den Franzosen in Tegel.» Schieck stammte aus Luckenwalde und wohnte weit außerhalb der Stadt. Seine Schwierigkeiten mit der Berliner Topografie und den Sektorengrenzen waren Kappe schon öfter aufgefallen.

«Jedenfalls hätte der Drahtfunk für die Amis allemal genügt!», stellte Schieck fest.

Kappe beließ es dabei. Um weiteren Auseinandersetzungen zu entgehen, beugte er sich tief hinunter und förderte aus den Untiefen seines Schreibtischs einen Packen Papier hervor, auf den die Bezeichnung Akten schwerlich zutraf. Dennoch handelte es sich um solche. Papier war knapp, da mussten eben die Rückseiten der im Hause aufgefundenen Hinterlassenschaft der nationalsozialistischen Gauleitung oder jede andere Art von einseitig Bedrucktem herhalten. Am besten schrieb es sich mit dem Kopierstift, den Kappe einem klecksenden Federhalter vorzog, auf der Rückseite ehemaliger Wehrmachtslandkarten, die sich einige Ämter des guten Papiers wegen gesichert hatten, um darauf Bescheinigungen zu drucken. Kappes Nachweis der Typhus-Schutzimpfung bot das präzise Kartenbild der Gegend von Villers-Laquenexy in Lothringen. Er hatte es kopfschüttelnd zur Kenntnis genommen, und dabei war ihm zum Bewusstsein gekommen, dass er in seinem bisherigen Leben nie über die alten Grenzen des Deutschen Reiches hinaus gelangt war, ja eigentlich nur Berlin und einen Teil der Mark Brandenburg kannte. Zum Termin der KdF-Reise nach Madeira, zu der Klara ihn so heftig gedrängt hatte, wurde der vorgesehene Dampfer gerade als Hilfskreuzer im Atlantik versenkt.

Seufzend machte sich Kappe daran, den vor ihm liegenden Papierwust zu ordnen und den fälligen Abschlussbericht in Angriff zu nehmen. Eine Tätigkeit, die ihm auch nach 36 Dienstjahren nicht besonders lag. Immerhin hatte der vorige Chef der Mordkommission Kappes Ausführungen zweimal als besonders exakt und eindeutig gelobt. Unangenehmerweise war der Mann bald darauf als ehemaliger SS-Oberscharführer entlarvt und durch einen Nachfolger ersetzt worden, dessen Eignung zum Kriminalinspektor jemand irgendwo in den Weiten Russlands oder in Karlshorst festgelegt hatte. In Karlshorst, dem «Berliner Kreml», residierte die sowjetische Militäradministration.

Anscheinend genügte es, an den momentanen Chef namens Schneidereit auch nur zu denken, um ihn herbeizurufen. Forschen Schrittes stürmte er in den mangelhaft beleuchteten Büroraum, einen jungen Burschen im Schlepptau, den er munter als den vielversprechenden Kriminalanwärter Holtefret präsentierte. Der sei Kappe und Schieck mit sofortiger Wirkung zugeordnet.

So hatte sich Kappe die seit langem geforderte Verstärkung der Mannschaft nicht vorgestellt. Er wurde ohnehin den Eindruck nicht los, dass man ihm vorwiegend die hoffnungslosen Fälle zuteilte und ihn allenfalls zu Rate zog, wenn es um Kriminelle der alten Garde und ihr Umfeld ging.

Schneidereit, ein Hektiker vor dem Herrn, wollte umgehend wieder verschwinden, allein schon um der Frage nach einem zusätzlichen Schreibmöbel und einer Sitzgelegenheit für den Neuen zu entgehen. Er wurde jedoch im Abgehen von einem Mitarbeiter aufgehalten, der kurz und knapp den Fund einer weiblichen Leiche in Buch meldete.

«Na bitte, meine Herren!», sagte Schneidereit zuversichtlich.

Kappe und Schieck erhoben sich. Das Platzierungsproblem für Holtefret hatte sich vorläufig erledigt.

«Komm Se!», forderte Kappe den strohblonden Jüngling auf, der ein wenig verwirrt schien. «Könn Se gleich mal erfahren, was bei uns so los ist.»

Befriedigt schaute Schneidereit seinen abrückenden Mannen hinterdrein.

DREI

SO ÜBELRIECHEND hatte Eddie Holtefret sich die Polizeiarbeit nicht vorgestellt. Die Frau – oder das, was von ihr übrig war – musste schon etliche Tage, wenn nicht Wochen in dieser Grube im Berliner Stadtforst gelegen haben, die einem eilig gegrabenen Schützenloch verteufelt ähnlich sah. Dafür hatte Eddie Holtefret einen Blick, seit er bei der Ausbildung zum Infanteristen selber mehrere Tonnen märkischen Sandes geschippt hatte, um seinen Körper anschließend in die mit einer Zeltbahn überdeckte Kuhle zu werfen und schussbereit den Feind zu erwarten. Als der dann wirklich kam, ließ er Eddie allerdings nicht die Zeit, ein Loch in den steinigen und zusätzlich gefrorenen Untergrund der Eifel zu buddeln, sondern fuhr mit einem Jeep so scharf auf ihn zu, dass nur ein armstarker Baum Eddie daran hinderte, sein junges Leben auf wenig heldenhafte Weise zu beschließen.

So war er als Zwanzigjähriger in amerikanische Kriegsgefangenschaft geraten, in der ihm seine spärlichen Englischkenntnisse ein einigermaßen erträgliches Los verschafften. Nur sein Vorname Adolf bot den Kameraden wie den Wachmannschaften hin und wieder Anlass zu Späßen und Schikanen, weshalb er sich bald nur noch Addi nannte, woraus die Amerikaner schnell Eddie machten. Eddies Lagerleben gipfelte schließlich in einem Schreibstubenjob, der es ihm im August 1945 gestattete, sich selbst unter Missbrauch von zwei mangelhaft gesicherten Dienstsiegeln aus dem Lager zu entlassen und den Weg ins heimatliche Berlin anzutreten.

Einen Beruf hatte Eddie Holtefret, Jahrgang 1924, wie so viele seiner Generation nicht erlernt. Dafür hatte die Zeit zwischen mittlerer Notreife, Einsatz als Flakhelfer und anschließender Einberufung einfach nicht gereicht. Dabei hatte Eddie, damals noch Adolf, einmal weitreichende berufliche Pläne verfolgt, war doch sein Onkel Ewald als Chemigraf und Klischeeätzer bei einer Tageszeitung tätig gewesen - ein gesuchter Fachmann, wie es hieß, und der Einzige in der Familie, der Adolfs Zeichentalent erkannte und förderte. Richtig Feuer gefangen aber hatte Adolf erst, als er aus heimlich belauschten Gesprächen der Erwachsenen erfuhr, dass hinter besagtem Ewald eine kurze Karriere als Banknotenfälscher lag, die dem begabten Onkel zwei Jahre Zuchthaus eingebracht hatte. Viel später, als Onkel Ewald ihn in die ersten Geheimnisse der schwarzen Kunst einzuweihen begann, hatte der ihm nebenbei eine wichtige Erkenntnis mitgeteilt: «Bestraft wird man nicht, weil man etwas Verbotenes getan hat, sondern weil man so dämlich ist, sich erwischen zu lassen.»

Nach der Gefangenschaft auf Um- und Schleichwegen endlich in Berlin gelandet, hatte sich der fehlende Beruf bei der Suche nach Arbeit als ein gewisser Mangel erwiesen. Eddie war nicht auf den Kopf gefallen und nach all den Jahren in der HJ, hinter dem bellenden MG in den Bergen des italienischen Apennin, nach dem verlustreichen Rückzug aus Frankreich und der Gefangenschaft wahrlich kein heuriger Hase mehr. Nordöstlich vom Alex in der Gegend des Georgenkirchplatzes aufgewachsen - ein Kiez, der kaum zu den bevorzugten Wohnadressen ehrbarer Bürger gehörte -, kannte und beherrschte er so manche, nicht immer gesetzeskonforme Überlebensstrategie kleiner Leute. Es wäre ihm ein Leichtes gewesen, in das zwischen den Ruinen seines einstigen Wohnviertels erblühende Geschäftsleben einzusteigen, zumal ihm alte Bekannte wohlwollend dazu rieten.

Eddie war ein vielseitiger und lernfähiger junger Mensch, der sich nicht mehr als nötig vor körperlicher Arbeit drückte. Zu einem aber taugte er nicht: zum Händler. Im Kaufmannsladen seiner älteren Schwester hatte er lieber den eiligen Kunden als den Verkäufer gespielt, und an den Schachergeschäften im Lager hatte er nur als Zuschauer teilgenommen. An die gängige Zigarettenwährung war er allerdings gewöhnt.

Die Wohnung seiner Eltern lag in Schutt und Asche, bei einer Tante in Tempelhof fand er eine notdürftige Unterkunft. Deren Schwippschwager Jochen wiederum betrieb ein erfolgreiches und vorerst zukunftssicheres Unternehmen, das sich vornehmlich unter Wasser abspielte. Jochen, hinter dem eine undurchsichtige Vergangenheit bei der Marine lag, betätigte sich nämlich als Taucher und suchte dringend Mitarbeiter. Er stellte Eddie sofort als Anlernling ein, was dessen Abenteuerlust entgegenkam und ihm anfangs ganz gut gefiel. Der bezog die Schwerarbeiterkarte und eine zusätzliche Milchration, mit der er bei der Tante die Miete beglich. Allmählich begann er, sich in der Spree und den flachen Berliner Kanälen heimisch zu fühlen, als ein Ereignis eintrat, das ihn zur jähen Aufgabe des Tauchgewerbes nötigte. Die zunehmende Kälte in den winterlichen Gewässern war zwar unangenehm, doch nicht der eigentliche Anstoß. Vor dem Kraftwerk Klingenberg strömte ohnehin das warme Wasser der Turbinenkühlung in den Fluss. Zusammen mit einem weiteren Taucher, der über ebenso viel Praxis verfügte wie Eddie, waren er und Jochen mit Räumarbeiten im schlammigen Untergrund beschäftigt, wo sich von der Bettstelle über abgesoffene Kähne bis hin zu größeren Stahlkonstruktionen beinahe alles fand, was Krieg und Großstadt hergaben. Gerade war Eddie aus den trüben Fluten aufgetaucht, um sich seiner Last auf dem Stahlponton zu entledigen, wo Jochen hockte und die Sauerstoffzufuhr kontrollierte, als eine dumpfe Explosion seinen Helm erschütterte und ihn selbst gegen die sich neigende Fahrzeugkante schleuderte. Ein heftiger Schlag in den Rücken nahm ihm die Luft. Die bleiernen Stiefel zogen ihn nach unten, kaum fand er die Kraft sich festzuklammern.

Der schreckensbleiche Jochen half ihm nach oben, und als Eddie sich umwandte, bot sich ein schauerliches Bild. Keine zehn Meter entfernt, ungefähr da, wo sich der Kollege in drei oder vier

Meter Tiefe aufhalten musste, brodelte das Wasser bräunlich und brachte allerlei Unrat an die Oberfläche. Erst als Jochen mit fliegenden Fingern die Helmverschraubung gelöst hatte und Eddie zwei tiefe Atemzüge tat, erkannte er, dass der Unrat zu einem Gutteil aus einem zerfetzten Taucheranzug bestand und die Färbung des immer noch unruhigen Wassers deutlich in ein blutiges Rot spielte. Mitten in der Brühe schaukelte der blanke Helm.

Wortlos übergab sich Eddie.

«Munition», flüsterte Jochen hilflos. «Wie oft habe ich euch gesagt, ihr müsst vorsichtig sein!»

Eddie gab keine Antwort und stieg aus dem Taucheranzug. «Das war's», sagte er schließlich und griff nach seinen Zivilklamotten. Vom Ufer her klangen Rufe herüber.

«Was heißt hier ‹Das war's›?», protestierte Jochen. «Du kannst nicht einfach abhauen ...»

«Ich kann!», widersprach Eddie. «Oder meinst du wirklich, ich habe den Scheißkrieg überlebt, um hier als Fischfutter zu enden?»

Keine halbe Stunde nach dem abrupten Ende seiner Taucherkarriere unterbreitete man ihm eine Offerte für eine angeblich weit weniger gefahrvolle Tätigkeit. Die beiden Polizisten, die seine Aussage bezüglich des Unfalls aufnahmen, musterten ihn wohlwollend und schlugen vor: «Warum kommste nicht zu uns? Da kriegste auch Karte I und brauchst nich ins kalte Wasser.»

«Oder warste bei der SS?», ergänzte der andere mit Blick auf Eddies Größe und seine blonde Tolle.

Ein bisschen mehr wollte man bei der Personalleitung schon wissen, doch zwei Tage nach Ausfüllen des Fragebogens fand sich Eddie als Angehöriger der Bereitschaftsinspektion Berlin-Mitte, Kleine Alexanderstraße 21–24, in der vertrauten Gegend seiner Kindheit wieder. War es ein Wunder, dass ihm schon nach wenigen Tagen eine junge Dame auf der Straße begegnete, zu der er als Knabe ebenso bewundernd wie vergeblich aufgeschaut hatte: Roswitha Blonowski, einst im selben Hinterhaus ansässig wie Eddies

Familie und der Stern aller schlaflosen Jungenträume. Das Hinterhaus stand nicht mehr, doch Roswitha hatte nichts von ihrem Reiz eingebüßt. Rötlich getöntes Haar, gut angemalt und schick wie eh und je.

«Roswitha!», rief er, und sie blieb stehen, nachdem sie dem Uniformierten zuvor in einem scheuen Bogen auszuweichen versucht hatte.

Sie staunte. «Mensch, biste nich der kleene Adolf?»

Schwang da so etwas wie Bewunderung mit in ihrer rauchigen Stimme?

Sie musterte ihn von Kopf bis Fuß. «Mein lieber Scholli, du hast dir aber rausjemacht!»

Eddie griente zufrieden und wagte es, seinen Arm um ihre Taille zu legen. «Da freue ich mich aber, dich zu treffen.»

«Na, und ick erst ... Aber musstest de denn ausjerechnet bei de Polente jehn?»

Das klang schon weniger begeistert. Als Eddie ihr in einer Stampe in der Münzstraße bei einem Glas Dünnbier den Grund für seine augenblickliche Berufswahl erläuterte, zeigte sie sich einsichtig. «Man weeß ja heutzutare jar nich, wozu so wat jut sein könnte ... Und unter Wasser», sie schüttelte sich, «det is nu wahrlich keen schöner Dot.»

Der nette Abend endete im Bett. Roswithas Kemenate lag in der nahen Wadzeckstraße, von der es nur ein Katzensprung zur Kaserne war - ein Sprung, den Eddie von da an des Öfteren tat, obwohl ihm bald bewusst wurde, weshalb ihn Roswitha nicht jederzeit empfangen konnte.

«Sieh mal, mein Süßa, von irjendwat muss der Mensch schließlich leben. Du von dein Stuhlbeen und die Uniform - ick von meine Kunden. Deswejen lieb ick dir doch nich wenijer ...»

Das Stuhlbein war der hölzerne Polizeiknüppel, mit dem Roswitha gerne mal herumfuchtelte. Sie ging auf den Strich, wie sie es schon getan hatte, als ihr der dreizehnjährige Eddie verliebt hinterhergeguckt hatte. Am Georgenkirchplatz war sie nicht die Einzige gewesen. Und jetzt war sie es noch weniger. Aber keine reichte an sie heran, fand Eddie.

Der Dienst und die Kaserne samt Gemeinschaftsverpflegung dagegen stanken ihm bald. Alle naselang karrte man die Bereitschaft zu Razzien gegen die Schwarzhändler, die ja nichts anderes taten, als sich mühselig am Leben zu halten. Ein paarmal begegneten Eddie unter den Festgenommenen Bekannte, und ihm blieb nichts anderes übrig, als den dämlichen Papp-Tschako tiefer ins Gesicht zu ziehen, um mit seinem Blondschopf nicht sofort erkannt zu werden. Auf die Dauer war das nichts für einen intelligenten Menschen wie ihn.

Das Ende kam schneller und nicht weniger heftig als draußen in Klingenberg. In den antiken Bauten der Kleinen Alexanderstraße befanden sich auch die Diensträume des Kommandeurs der Schutzpolizei. Nachdem die Russen den ersten Kommandeur, einen Sozialdemokraten namens Karl Heinrich, hatten verschwinden lassen, nahm jetzt ein gewisser Wagner die Stellung ein. Und der fand eines schönen Märztages, es sei an der Zeit, der auf dem Kasernenhof herrschenden Schlamperei ein Ende zu bereiten. Man nutzte Teile des Geländes der Einfachheit halber als Lagerplatz für die Fundmunition aus der Umgebung, während auf dem restlichen Freiraum der Dienstsport absolviert wurde. An diesem Tag also galt es, die Munition für den Abtransport zusammenzuräumen.

Unter den Polizeiangehörigen befand sich kaum einer, der nicht über ausreichende Kenntnisse im Umgang mit Granaten, Panzerfäusten und ähnlich soldatischem Mordwerkzeug verfügte. Aber wie immer und überall gab es einen altklugen Schlauberger, der mit seinen Kenntnissen und seinem vorgeblichen Können prahlen und die Funktionsweise einer Eierhandgranate vorführen wollte. Das gelang ihm gründlich. Nachdem er das Ding – versehentlich oder nicht – entsichert hatte, warf er es in Panik in die ringsum gelagerte Munition, was eine wesentlich heftigere Explosion hervorrief, als Eddie sie in der Spree miterlebt hatte. Aus allen Richtungen flogen ihnen die Brocken um die Ohren. Das zweihundert Jahre alte Kasernengebäude, das mehr als einen Krieg überstanden hatte, stürzte ein und erschlug einen Fußgänger.

Den Umzug der Bereitschaft in das Marstallgebäude am Schloßplatz machte Eddie, von einem Splitter am Unterarm leicht verwundet, nicht mit. Standhaft weigerte er sich, fortan in der hässlichen Uniform Dienst zu tun, die ihm ein derart lebensgefährliches Erlebnis beschert hatte. Wenn überhaupt, dann kam für ihn nur die Kriminalpolizei in Frage, bei der es zwar nicht weniger bedrohlich zuging, mit der aber wenigstens der Hauch des Abenteuers verbunden war.

Als Halbwüchsiger hatte Eddie mit roten Ohren die Hefte von Frank Allan und John Kling gelesen. Außerdem steckte natürlich Roswitha hinter seinem mit dem Explosionsschock begründeten Entschluss. «Wenn schon bei der Plempe, dann Kripo», fand sie. Einen bei der Firma konnte man immer gebrauchen, und die Nachbarn würden endlich aufhören, sich über den dauernden Polizeibesuch im Hause das Maul zu zerreißen. Dass Eddie zu ihr in die fensterlose Kemenate zog, schloss sie kategorisch aus. Eddies Tante in Tempelhof reagierte auf die bloße Andeutung der Existenz einer weiblichen Person in seinem Leben mit der prompten Androhung der sofortigen Exmittierung. Eddie zog es vor, Roswitha nicht mehr zu erwähnen. Die nächsten zwei Monate verbrachte er sowieso auf einem Lehrgang für berufsunkundige Kriminalanwärter an der Polizeischule in Oberschöneweide, wo man ihm die Grundlagen kriminalpolizeilicher Arbeit beizubringen versuchte.

So stand es also um Adolf Eddie Holtefret, der für immer noch 255 Reichsmark im Monat zur Kripo gewechselt war. Nun fand er sich plötzlich bei einem Einsatz der Mordkommission wieder, in der ein brummiger alter Herr namens Kappe den Ton angab. Ein unangenehm naseweiser junger Mensch suchte dem das Kommando streitig zu machen, bis Kappe ihn anfuhr: «Sie sind hier der Fotograf, Schieck! Tun Sie gefälligst Ihre Pflicht!»

Das tat Schieck sichtlich widerstrebend und dabei unaufhörlich über die schlechten Lichtverhältnisse zwischen den halbwüchsigen Kiefern räsonierend.

Dass man dem eine echte Leica anvertraut hatte, bewunderte Eddie. Er wusste, was die Kamera auf dem schwarzen Markt wert war. Dabei fiel ihm Roswithas beiläufige Frage nach einem zuverlässigen Fotografen ein. Wofür sie den brauchte, hatte sie nicht näher erläutert, nur etwas von alten Negativen angedeutet. Jedenfalls schien ihm der besserwisserische Kollege Schieck keine zweckmäßige Wahl, was immer Roswitha im Schilde führen mochte. Sie weihte ihn nur gelegentlich in ihre Pläne ein und sagte für gewöhnlich: «Bei deinem Beruf ist es besser, du weißt nicht zu viel!» Also fragte er nicht, vermied es aber im Gegenzug, Einzelheiten aus dem Betrugsdezernat zu erzählen, nach denen sie sich erkundigte.

Dass er nun bei der Mordkommission gelandet war und gleich am ersten Tag einer übelriechenden Frauenleiche begegnen würde, hatten weder er noch Roswitha am gestrigen Abend geahnt. Angesichts des atemberaubenden Gestanks bereute Eddie seine eifrige Zustimmung zu der morgendlichen Versetzung. Ihm fiel nichts anderes ein, als sich eine Zigarette anzuzünden und sich damit Kappes ersten scharfen Rüffel einzuhandeln: «Wir befinden uns hier an einem Tatort, Verehrtester, zumindest an einem Auffindungsort! Da kommt es auf die kleinste vorhandene Spur an. Ihre Kippe kann das ganze Tatortprofil verderben!»

Eddie drückte erschrocken den Glimmstängel aus und verbrannte sich die Finger.

Schieck sah ihn von unten her schief an und sagte hämisch: «Vielleicht will er ja als Frauenmörder entlarvt werden ...»

Eddie bückte sich nach dem Streichholz. Kappe knurrte etwas Unverständliches und beugte sich noch einmal über die Leiche. So dicht, dass Eddie beim bloßen Anblick übel wurde. Die Frau glich eher einem grausigen Kleiderbündel als einem Menschen.

«Machen Sie noch ein paar Aufnahmen von der Halspartie!», forderte Kappe den Fotografen auf. «Sie gucken sich das auch mal an, Holtefret! Sieht ganz nach Würgemalen aus.»

Eddie hatte in seinem Leben etliche tote Soldaten gesehen. Zum Glück zumeist aus der Ferne. Auch im Gefangenenlager hatte es Tote gegeben. Der Dolmetsch Eddie gehörte nicht zum Begräbniskommando. Jetzt aber zwang ihn die Pflicht oder vielmehr dieser abgebrühte alte Knochen Kappe dazu, neben dem Schützenloch in die Hocke zu gehen und auf die schwärzlich verfärbten Hautpartien zu blicken, die einmal der Hals einer möglicherweise hübschen jungen Frau gewesen waren. Er versuchte, die Luft anzuhalten, säuerlich stieg es ihm in die Kehle. «So sieht das also aus ...», krächzte er und schaffte es nicht mehr aufzustehen, bevor sich sein dürftiger Mageninhalt über die Tote ergoss.

VIER

ALMA UMBREIT hatte Kuchen gebacken. Vor zwei Tagen schon, aber das machte nichts. Der einzigen Art von Kuchen, die man in diesen Zeiten backen konnte, machten ein paar Tage Lagerung mehr oder weniger nichts aus. «Kaffeegrund altert nicht», meinte auch die Nachbarin, von der das Rezept für die Kaffeetorte stammte, die zum größten Teil aus Kaffee-Ersatz bestand. Hinzugefügt hatte Alma sehr wenig Mehl und Grieß, kaum Fett und ein bisschen von dem braunen Zeug, das es im Vormonat auf die Zuckermarken gegeben hatte.

Es war so eine Sache mit der alliierten Versorgung, die vierteljährlich wechselte. Bei den Russen gab es Schwarzbrot und Kartoffeln, die Amerikaner lieferten duftendes Weißbrot, das nicht sättigte, und gelben Maisgrieß, dazu Trockenkartoffeln, die hart wie Bonbons waren oder nur einen mehligen Brei ergaben. Die eimerhohen französischen Kartoffelkonserven schmeckten abscheulich. Aber was es auch gab, satt wurde man nie. Schon gar nicht, wenn man wie Alma Umbreit die Karte V für Sonstige bezog. Zum Sterben eine Spur zu viel, zum Leben viel zu wenig.

Und doch hatte sie sich die Zutaten für die Kaffeetorte vom Munde abgespart, und in der Speisekammer wartete die Leberwurst im Napf darauf, endlich aufs klitschige Brot geschmiert zu werden. Natürlich keine echte Leberwurst, an deren Geschmack sich Alma Umbreit erinnerte. Nur ein Gemisch aus Mehl und Majoran mit allerhand anderen Zutaten, die ein Wurstaroma vortäuschten. Auch dies war ein Rezept der findigen Nachbarin, ohne deren Hilfe und gute Ratschläge sie vielleicht nicht mehr am Leben gewesen wäre. Alma war 63 Jahre alt und wohnte seit über zwanzig Jahren in Neukölln, Prinz-Handjery-Straße, Vorderhaus drei Treppen hoch, zwei Zimmer und Küche mit Bad, was schon beinahe als Luxus gelten musste.

Bis vor zwei Jahren war der Blick aus ihrem stets blitzblank geputzten Küchenfenster in den verwinkelten Hof des benachbarten Eckhauses gefallen. Als Alma sich an einem frühen Junimorgen nach dem gewohnten Bombenangriff aus dem Luftschutzkeller hinaufgequält hatte und ihre zentimeterdick mit Staub bedeckte Küche betrat, hielt sie den Lichtschein, der durch das zerborstene Fenster fiel, zunächst für den Widerschein der Brände ringsum. Doch dann erkannte sie, dass es sich um ein Ereignis handelte, das sie als Großstädterin kaum je in ihrem Leben beobachtet hatte. Das nahe Eckhaus war zu einem qualmenden Trümmerhaufen zusammengesunken. Almas Blick reichte daher plötzlich bis weit über den alten Friedhof und die Baumwipfel hinweg, hinter denen die Sonne aufging. Ihr blieb wenig Zeit, die neue Aussicht aus Küche und Schlafzimmer zu genießen. Dafür sorgten die Papptafeln, welche die Fensterscheiben bald ersetzten. Nur an schönen Tagen standen alle Fenster weit offen – so wie heute, obwohl es ein eher kühler Septembertag war. Alma fror ein wenig. Mit Schrecken dachte sie an den nahenden Winter und an die spärlichen Kohlevorräte in ihrem Keller, den sie nun auch noch mit diesen schrecklichen Leuten teilen musste, die man ihr in das schöne Vorderzimmer gesetzt hatte. Was sollte das werden?

Doch sofort brach sich ihr angeborener Optimismus Bahn: Alles würde sich wie von selbst lösen, wenn der Junge wieder da war. Heute musste er kommen, das spürte sie einfach. Immer wieder trat sie ans Küchenfenster und blickte über die Trümmer weg hinunter auf die Straße, soweit die sich überblicken ließ. Dabei konnte sie nicht einmal sicher sein, aus welcher Richtung er kommen würde. Aber wenn, dann gab es keinen Zweifel, dass sie ihn erkannte.

Drei lange Jahre hatte sie ihn nicht gesehen. Die Gewissheit, dass er überlebt hatte, war nie in ihr erloschen. Sie war ein gläubiger Mensch, und die Annahme, der Herr im Himmel könne eine ganze Familie zugrunde richten und nur sie, das letzte unfruchtbare Glied, übrig lassen, schien ihr unvorstellbar. Als daher vor einigen Tagen die Nachbarin, die es sich leistete, eine Tageszeitung zu abonnieren, ganz aufgeregt bei ihr geklingelt und ihr in dieser Zeitung den Namen *Heinz Umbreit* schwarz auf weiß gezeigt hatte, war eine Zentnerlast von ihrer Seele gefallen. Wirklich überrascht hatte es sie nicht, ihren Heinz unter den in den nächsten Tagen aus sowjetischer Kriegsgefangenschaft Heimkehrenden zu finden. Angeblich hatten die Russen schon an die hunderttausend entlassen, und täglich kamen vier- bis fünftausend hinzu. Einmal war sie sogar voller Hoffnung zu einem Heimkehrerlager ganz in der Nähe von der Wohnung dieser Irmgard gefahren, hatte aber nichts erfahren oder ausrichten können. Nun also stand es sogar in der Zeitung!

Heinz war ihr Patenkind, der einzige und wohlgeratene Sohn ihres Bruders Karl. Der war im Sommer 1944 zusammen mit seiner Frau Emmi unter den Trümmern eines Wohnblocks in der Annenstraße umgekommen. Und Heinz' junge Frau Irmgard lebte vermutlich ebenfalls nicht mehr. Anstelle des Hauses am Lichtenberger Polizeipräsidium in der Alfredstraße, in dem diese Irmgard möbliert gewohnt hatte, erhob sich nur noch eine Brandruine. Niemand wusste, was aus den Bewohnern geworden war.

Alma hatte denn auch keine weitere Mühe aufgewandt, nach Irmgard zu suchen. Das war sowieso keine passende Frau für ihren Heinz gewesen, zu albern und leichtfertig und außerdem viel zu schnippisch einer alten Frau gegenüber, die wahrhaftig Besseres verdient hatte. Geschminkt und die Haare gefärbt, von solchen Frauen hielt Alma nun einmal nichts. Ihr Heinz würde leicht eine andere finden, so gut, wie er aussah, und so gebildet, wie er war. Außenhandelskaufmann hatte er gelernt, und nur der schreckliche Krieg hatte verhindert, dass ein tüchtiger Geschäftsmann aus ihm geworden war.

Jetzt würde er einen neuen Anfang finden und zeigen, was er konnte. In der Zeitung der Nachbarin stand alle Tage, dass es aufwärtsging, und wenn sie selbst auch nichts davon spürte – der Junge würde seine Chancen zu nutzen wissen! Wohnen konnte er bei ihr. Bis sie gemeinsam die fremden Eindringlinge aus ihrem einstigen Wohnzimmer vertrieben hatten, würde sie ihm ihre Stube überlassen und selber auf dem roten Plüschsofa in der Küche schlafen. Ein Grund mehr, die Fremden möglichst gar nicht mehr in die Küche zu lassen. War schon schlimm genug, dass man mit solchen Leuten die Toilette teilen musste. Fehlte bloß noch, dass die in ihrer Wanne baden wollten! In den nächsten Tagen würden die wohl ihre Laube, in der sie im Sommer hausten, verlassen und hier auftauchen.

Sobald Heinz da war, musste sie mit ihm das Sofa in die Küche tragen. Zusammen mit der stets hilfsbereiten Nachbarin hatte sie es nicht geschafft. Schon vor ihrem nächtlichen Unfall auf der Treppe hinunter in den Luftschutzkeller war sie nie besonders kräftig gewesen, hatte für die schweren Arbeiten oft Hilfe gebraucht. Seit dem schrecklichen Selbstmord der Eltern in den Inflationstagen war der Bruder Karl immer für sie da gewesen. Später war es dann der heranwachsende Heinz, ein lieber Junge, der ihr jeden Wunsch von den Augen ablas.

Sehnsuchtsvoll stand sie am offenen Fenster und starrte hinaus. Kein Heinz weit und breit. Nur ein alter Mann, der eine dieser zweirädrigen Karren schob, mit denen auch die Untermieter alles transportierten. Alma besaß nur einen einfachen Bollerwagen, aber der war kaputt. Heinz mit seinen geschickten Fingern würde ihn reparieren. Wenn der Junge nur erst da wäre …

Vielleicht ging er ja zuerst in die Alfredstraße und fand dort die Ruine vor. Dann blieb ihm gar nichts anderes übrig, als sich auf den Weg zu ihr zu machen. Wo seine Tante Alma wohnte, hatte er gewiss nicht vergessen. Die U-Bahn fuhr von Lichtenberg wieder bis zum Alex und von dort zur Leinestraße. Oder er nahm die S-Bahn …

Und dann setzte für einen Augenblick ihr Herzschlag aus. Es klingelte! Zwar lang und kräftig, nicht zweimal kurz, wie sie es von Heinz gewöhnt war – dennoch! Der Junge durfte ja so klingeln, wie er wollte!

«Ja!», schrie sie, so laut sie konnte, und hatte die Küchentür schon aufgerissen, hinkte in den Korridor und kriegte vor Aufregung kaum die Sperrkette aus der Halterung. «Ja, ja!», sagte sie noch einmal, und dann war die Tür endlich offen, und im schummrigen Licht des Treppenhauses stand ein Landser in seiner lumpigen Kluft vor ihr, die Schirmmütze beinahe demütig in der Hand.

«Fräulein Umbreit?», fragte er, und ihr Herz tat einen weiteren schmerzhaften Sprung, denn das war nicht ihr Heinz, der da vor ihr das spärliche Licht verdunkelte. Das war nicht die vertraute, die ersehnte Stimme. Es handelte sich um einen gänzlich Fremden, dessen Gesicht sie nicht einmal zu erkennen vermochte.

Und sie hatte ihm, gegen alle Gewohnheit, bereitwillig die Tür geöffnet und stand ihm nun hilflos gegenüber. Dass sie Umbreit hieß, war über der Klingel zu lesen, das gehörte zu den Tricks solcher Kerle! Hatte sie nicht gerade erst in der Zeitung etwas über die falschen Grußbesteller, eine Seuche der Nachkriegszeit, gelesen? Die zogen umher, bestellten Grüße vermisster Angehöriger, denen es in Lagern angeblich schlechtging, kassierten Geld oder Lebensmittel oder quartierten sich gar für einige Tage bei den Gutgläubigen ein, um sie dann auszuplündern. Stand so einer vor ihr?

Der Mann redete ruhig und besonnen auf sie ein. Die Stimme klang nicht unangenehm. Und er hatte sie als *Fräulein* Umbreit angesprochen. Er wusste also, mit wem er es zu tun hatte. Für einen Augenblick fühlte sie sich beruhigt, bevor neues Misstrauen in ihr aufflammte. Wo überall im Haus hatte der bereits geklingelt? Irgendeine gedankenlose oder bösartige Person mochte ihm gesagt haben: «Versuchen Sie es mal bei Fräulein Umbreit. Die wartet schon lange auf ihren Neffen ...»

Und richtig, während sie ihn von unten her anstarrte und ihm gar nicht richtig zuhörte, weil ihr so viel gleichzeitig durch den

Kopf schoss, fiel Heinz' Namen. «Sie sind doch seine Tante. Hält er sich nicht bei Ihnen auf?»

«Wie kommen Sie denn darauf?» Es klang viel patziger als beabsichtigt, und es tat ihr im selben Augenblick leid.

Der Mann wich einen halben Schritt zurück. Jetzt sah sie ihn im Profil. Ein scharf geschnittenes Jungengesicht mit einer markanten Nase und tiefliegenden Augen unter einem dicken Kopfverband. Ein bisschen unheimlich, aber keine Verbrechervisage. Nur, was wollte das schon sagen, in solchen Zeiten?

«Er hat oft von Ihnen gesprochen», sagte der junge Mann beinahe entschuldigend. «Deshalb hat er mir die Adresse gegeben, falls ich ihn nicht in der Alfredstraße antreffe.»

Alma horchte auf. Von Heinz' Frau in der Alfredstraße wussten nicht allzu viele Leute. Heinz hatte eigentlich nur während seiner letzten kurzen Urlaubsaufenthalte in Berlin bei der gewohnt. Anfangs, in Holland, war es ihm noch gutgegangen, und er durfte ein paarmal nach Berlin reisen. Eine wundervolle Strickjacke hatte er Alma mitgebracht, reine Schafwolle und Gold wert im Winter. Heinz hatte bei einem solchen Kurzurlaub dann diese Irmgard kennengelernt und beim nächsten gleich geheiratet, der dumme Junge. Gegen ihren Rat natürlich, aber mit Karls ausdrücklicher Zustimmung. Männer eben.

Männer waren Alma zeitlebens ein wenig unheimlich geblieben, von Karl und Heinz einmal abgesehen. Sie fühlte sich unter Frauen wohl – wie in dem Büro, in dem sie viele Jahre gearbeitet hatte. Dort hatte sie nur Bojar gefürchtet, den unerbittlichen Chef, dem sie ein Gutteil ihres Unglücks verdankte. Hatte der nicht alle gezwungen, in die Partei einzutreten? Gewiss, keine der Frauen setzte dem etwas entgegen. Alle bewunderten den Führer. Auch Alma. Ihr Beitrag für die Winterhilfe war immer der höchste gewesen. Dann kam der Krieg, und all das schreckliche Unglück begann, die Bomben, die Ruinen, die Toten, die Soldaten, die irgendwo in der Fremde fielen. Und ihr Heinz mitten unter ihnen!

«Unsere Mauern brechen, unsere Herzen nicht», hatte es zum

Schluss geheißen. Da war Almas Herz längst gebrochen. Für den Führer schlug es jedenfalls nicht mehr, nachdem Karl und Emmi auf so furchtbare Weise ums Leben gekommen waren und von Heinz jede Nachricht fehlte.

Irgendwer im Haus musste sie dennoch als Pg., als Parteigenosse also, denunziert haben. Seit einer Woche lag die Vorladung in der Schale auf dem Vertiko. *Entnazifizierungskommission* – wie sich das schon anhörte! Wer wollte da den Stab über sie, eine alte, gehbehinderte Frau, brechen? Eine Horde von Männern sicherlich, alles vorbildliche Antifaschisten. Wo die wohl alle den Krieg verbracht hatten? Wahrscheinlich würden sie versuchen, sie als Trümmerfrau zwangszuverpflichten. Das hatte sie schon von anderen Frauen gehört. Davor schützte sie glücklicherweise ihr lahmes Bein.

Jetzt aber stand erst mal dieser verdächtige Landser vor ihr im Treppenflur. «Was wollen Sie denn eigentlich?», fuhr sie ihn an und schielte gleich erschrocken zur Nachbarwohnung. Von da war keine Hilfe zu erwarten. Die Nachbarin war zur Markthalle gegangen. Wenn es dort etwas gab, konnte es Stunden dauern.

«Ich wollte mit Heinz reden», sagte der Landser. Es klang müde. «Das hatten wir so verabredet vor unserer Entlassung. Er weiß ja in Berlin viel besser Bescheid ...»

Der junge Mensch machte einen ziemlich erschöpften Eindruck. War er tatsächlich mit Heinz zusammen entlassen worden? «Was wissen Sie denn sonst noch von Heinz?», fragte Alma, immerhin um einige Grade freundlicher.

Er winkte ab. «Wir sind beide halbe Invaliden», sagte er müde. «Ihn hat's im Rücken und an der Hüfte erwischt und mich am Kopf.» Er wies auf den schmutzigen Verband.

«Das meine ich nicht. Hat er Ihnen sonst nichts von seiner Familie erzählt?»

Der Mann schien sie nicht gleich zu verstehen. Schließlich sagte er zögernd: «Seine Frau heißt Irmgard. Und die Eltern hießen Karl und Emmi. Sie sind in der Annenstraße umgekommen ...»

Alma atmete auf. Das konnte er nur von Heinz wissen. Wenn er ihr hätte etwas antun wollen, war dazu ausreichend Gelegenheit gewesen. «Kommen Sie rein!», sagte sie kurz entschlossen. Die Nachbarin würde ihr die Hölle heiß machen wegen dieser Unvorsichtigkeit. Das war jetzt egal. Der Mann wusste etwas über ihren Heinz. Nur darauf kam es an.

In der Küche stand der Kuchen auf dem Tisch, und sein hungriger Blick entging ihr nicht. «Ich habe mich nicht einmal vorgestellt», sagte er. Er war größer als Heinz und wahrscheinlich älter. «Werner Böhnisch.» Er streckte seine Hand aus, die sie zögernd ergriff. «Aus Gartz an der Oder. Aber da liegt alles in Trümmern ...» Er war unrasiert und roch streng.

Sie bot ihm einen Stuhl an.

Er sank darauf nieder, als hätte er seit Wochen nicht mehr gesessen. «Hat Heinz meinen Namen nicht erwähnt?», fragte er. «Wann kommt er denn zurück?»

«Das frage ich Sie!», entgegnete Alma, und die Tränen traten ihr in die Augen. «Hier hat er sich jedenfalls noch nicht gemeldet.» Sie baute sich mit einigen Schritten Abstand vor ihm auf und musterte ihn erwartungsvoll. «Ich denke, Sie sind zusammen entlassen worden?»

Er schüttelte den Kopf. Seine blonden Haare über dem schmutzigen Verband sahen ungewaschen und strähnig aus. Hoffentlich hatte der keine Läuse!

«Nicht direkt», sagte er. «Wir sind nur bis Frankfurt/Oder zusammen gewesen. Er müsste eigentlich schon vor zwei, drei Tagen entlassen worden sein.»

Alma nickte. So lange erwartete sie ihn ja. Ihr fiel etwas ein. «Aber Sie heißen Böhnisch mit B, und er heißt Umbreit mit U.»

Wieder schüttelte Böhnisch den Kopf. «Bei den Russen geht es nicht nach dem Alphabet», sagte er. «Die haben ihr eigenes System. Wer mit dem Hintern nicht mehr hochkommt, den entlassen sie. Die anderen ...», er machte eine ungewisse Handbewegung, «... ab nach Sibirien.»

Alma schauderte es. «Sie meinen, dass die Heinz noch in letzter Minute ...»

«Das glaube ich eigentlich nicht. Er hatte alle Papiere und hat sich von mir verabschiedet. ‹Wiedersehen in Berlin›, hat er gesagt. ‹Vergiss die Adressen nicht!›» Er blickte Alma, deren zerfurchtes Gesicht sich auf gleicher Höhe mit dem seinen befand, ungläubig an. «Und nun sagen Sie, er ist hier noch gar nicht aufgetaucht?»

Alma nickte beklommen. Das hatte sie insgeheim die ganze Zeit befürchtet, dass alles nur Propaganda war und gar nicht alle entlassen wurden, deren Namen in der Zeitung standen. Vielleicht hatte Heinz gutgläubig ihren Namen genannt und ihre Adresse, und sie hatten herausgefunden, dass sie demnächst vor diese Kommission musste, und hielten ihn deshalb zurück. Aber das konnte sie diesem Böhnisch nicht erzählen, wer weiß, was das für einer war. Zwölf Jahre lang hatten die Leute Angst davor gehabt, denunziert zu werden, und nun war alles noch genauso schlimm ...

Ach was! Entschlossen ging sie zum Gaskocher und griff nach dem Kessel. «Ich brühe Ihnen wenigstens einen Kaffee auf», sagte sie. «Was anderes kann ich Ihnen nicht anbieten.»

Mit seinem Blick verschlang er den Kuchen.

«Den habe ich für Heinz gebacken», sagte Alma widerstrebend, bevor sie das Schubfach aufzog, um ein Messer herauszunehmen.

FÜNF

«WANN sind die Fotos fertig?», wollte Kappe wissen.

Schieck hob die Schultern. «Erst muss mal der Film entwickelt werden und trocknen. Vor morgen Mittag ist da nichts zu machen.»

Mit Mühe hatten sie sich in Buch in die S-Bahn gedrängt, die jetzt in den Bahnhof Gesundbrunnen einfuhr, wo viele umstiegen.

«Morgen Mittag?», erkundigte sich Kappe, als hätte er sich verhört. «Früher hatte ich so was nach zwei Stunden auf dem Tisch!» Er wusste, dass er mit dieser Bemerkung Schiecks Zorn erregte.

«Ja, ja, ihr hattet ein sagenhaftes Auto und studierte Techniker, und alles war überhaupt viel besser!», keifte der Fotograf ärgerlich und gleichwohl bemüht, nicht alle dicht um sie Gedrängten über ihren Gesprächsgegenstand aufzuklären. Dennoch konnte er sich nicht zurückhalten, leise und scharf hinzuzufügen: «Und alle waren bei der SS!»

«Die meisten», entgegnete Kappe ruhig. Er hatte genug davon, dass dieser Oberpimpf ihn ewig anstänkerte. Im Grunde war es gleichgültig, wann die Fotos vorlagen. Ein paar Stunden mehr oder weniger machten in dem Fall kaum etwas aus. Und ob die Frau sich damit identifizieren ließ, stand in den Sternen.

«Bringst du mir das mit dem Filmentwickeln bei?» Das war Holtefret, dem Schieck in der Hoffnung auf einen potenziellen jungen Genossen und damit auf einen Verbündeten gegen Kappe gleich das Du angeboten hatte.

Udo Schieck tat sich wichtig, lehnte aber nicht ab. «Kommt

alles auf die Qualität der Chemikalien und die richtige Temperatur an», klärte er den künftigen Lehrling auf. «Da braucht man viel Fingerspitzengefühl.»

Eddie Holtefret nickte zufrieden. Als Junge hatte er eine Agfa-Box sein Eigen genannt und damit manchen, wie er jedenfalls fand, schönen Schnappschuss gemacht. Aber es dauerte, bis man die Bilder endlich in der Hand hielt, und es kostete. Wenn dieser Udo ihm das Entwickeln und das Vergrößern beibrachte, konnte er damit vor Roswitha glänzen, und sie brauchte nicht länger nach einem zuverlässigen Fotografen zu suchen. Vielleicht hatte die Mordkommission, abgesehen vom Leichengeruch, doch ihr Gutes.

In der Linienstraße verschwanden die beiden Fotokünstler in der ehemaligen Damentoilette, die Schieck sich als Dunkelkammer gesichert hatte und zu der nur er einen Schlüssel besaß.

Kappe wusch sich in der Herrentoilette die Hände und kehrte an sein Schreibmöbel zurück. Alles schien unverändert, nur der Stuhl fehlte. Wortlos, doch voller Ingrimm griff Kappe Schiecks Hocker und ließ sich darauf nieder. In einer Stunde war Feierabend. Er war noch nicht mal dazu gekommen, seine mittägliche Scheibe Brot zu essen. Dass ihm der Magen knurrte, darauf achtete er schon gar nicht mehr. Er trank einen Schluck von Klaras lauer Kaffeeplörre und verzog angewidert das Gesicht. Mein Gott, was man sich alles freiwillig antat!

Während er sich bemühte, das Brot möglichst langsam und sorgfältig zu kauen, sichtete er seine Notizen über die aufgefundene Leiche, die inzwischen hoffentlich bei den Gerichtsmedizinern gelandet war. Vielleicht fanden die etwas Brauchbares heraus. Seine eigenen Erkenntnisse lohnten kaum das Aufschreiben:

Nach anonym eingegangenem Anruf beim Polizeirevier in Buch Auffinden einer unbekannten weiblichen Leiche unbekannter Herkunft und unbekannten Alters. Todeszeitpunkt und -ursache ungewiss. Verwertbare Spuren: bisher keine.

Jemand hatte ihm ein Blatt auf den Schreibtisch gelegt, eine Pressenotiz, die der Polizeipräsident herauszugeben gedachte: *Rückgang der Morde in Berlin*.

Die Zahl war im August 1946 erstaunlicherweise tatsächlich auf 11 gegenüber 24 im Juni und 14 im Juli gesunken. Sogar die Selbstmorde hatten sich von 175 auf 133 vermindert, und nur 99 Verkehrstote standen 177 aus dem Juni gegenüber.

Woran das wohl lag? Im Gegensatz zu seinem Präsidenten gab Kappe sich da keiner Illusion hin. Elf Morde in einem Monat waren wahrlich noch immer genug, und täglich mehr als drei Tote auf den Straßen reichten bei dem bescheidenen Verkehrsaufkommen allemal. Für einen Augenblick dachte er an den Potsdamer Platz, wie er ihn einst gekannt hatte. War das länger als ein Menschenleben her? Würde nicht ein weiteres Menschenleben vergehen, bis der Verkehr dort wieder so rege floss wie einst?

Ohne anzuklopfen, betrat jemand den Raum. Irritiert blickte Kappe auf, er vermochte das Gesicht des Mannes jedoch in dem schlechten Licht nicht genau zu erkennen. Ein großer und in besseren Zeiten sicherlich kräftiger junger Mann jedenfalls, gekleidet in der bunten Tracht der Zeit: umgefärbte Uniformteile und darüber eine Art Joppe mit kariertem Muster, aus einer Decke vermutlich. Der Mann sagte: «Guten Tag! Bin ich hier richtig bei Kriminalinspektor Kappe?»

Kappe schoss das Blut zum Herzen. Für einen Augenblick glaubte er, ohnmächtig von Schiecks Hocker zu sinken. Die Stimme! Unter Tausenden hätte er sie erkannt. Und den Mann natürlich auch. Kappe stützte sich auf die Tischplatte und stand auf. «Hartmut!», entfuhr es ihm dumpf, und er schämte sich der Tränen nicht, die ihm nun in den Augen standen. Unbeholfen trat er auf seinen ältesten Sohn zu und umarmte ihn. Das war seit mindestens zehn, zwölf Jahren nicht mehr vorgekommen. Aber die Rührung durfte einen wohl übermannen, wenn der Kronprinz der Familie so plötzlich und unerwartet und noch dazu ohne erkennbare äußerliche Schäden vor einem stand.

Hartmut, einen halben Kopf größer als sein Vater, klopfte ihm mit der Handfläche auf den Rücken. «Ist ja schon gut», sagte er. «Ich bin wieder da.»

«Warst du schon zu Hause bei Mama?»

Hartmut schüttelte den Kopf. «Bin ja gerade erst angekommen», sagte er.

Kappe zog seinen Sohn näher zur Fensterluke und betrachtete ihn eingehend. Der Junge sah nicht einmal schlecht aus. «Wie hast du mich denn so schnell gefunden?»

Hartmut lachte. «Wo das Polizeipräsidium ist, habe ich mühelos erfahren ...»

«Aber ich hätte ja auch ...» Kappe ließ den Satz unvollendet.

Hartmut verstand dennoch. «Da hättest du dich aber sehr ändern müssen», sagte er. «Was sollten sie denn sonst mit so 'nem alten Mordkommissar wie dir anfangen?»

Kappe blieb ernst. «Hast du 'ne Ahnung! Hier sind schon ganz andere Leute verlorengegangen.»

«Na ja, das große Aufräumen ist wohl nötig», befand Hartmut leichthin. «Man hört ja, dass überall noch die Braunen drinstecken und ihre Köpfe recken.»

Kappe fragte nicht, wo der Sohn das gehört hatte, wenn er doch eben erst in Berlin eingetroffen war. Und was hieß «die Braunen»? War Hartmut nicht selber als begeisterter HJ-ler zu den Fliegern eingerückt? Hatte er als sein Vater nicht oft genug mit dem Jungen über die politischen und strategischen Fehler des größten Führers aller Zeiten gestritten, und hatte Hartmut ihn nicht seiner gefährlichen Ansichten wegen verwarnt?

Nun ja, die Zeiten hatten sich geändert, und Hartmut auch. Die Russen vollbrachten ja wahre Wunder der Umerziehung, wie Schieck oder der Polizeipräsident Markgraf bewiesen. Oder der Generalfeldmarschall Paulus, den sie im Februar vor dem Nürnberger Tribunal präsentiert hatten.

«Hast du schon eine Unterkunft?», erkundigte sich Kappe.

Mit leichtem Schrecken dachte er daran, was für neue Probleme auf sie zukamen.

Hartmut jedoch winkte ab. «Mach dir keine Sorgen! Dafür ist gesorgt.»

Kappe konnte es noch immer kaum glauben. Immer wieder schüttelte er den Kopf. «Mein Gott, was wird deine Mutter sagen!»

«Ich hoffe, es geht ihr einigermaßen gut.»

«Na, du wirst sie ja nachher sehen. Das gibt ja ein richtiges Familienfest, wenn wir beide nach Hause kommen!»

«Karl-Heinz ist bei euch?»

Kappe nickte bedrückt. «Dein kleiner Bruder macht uns Sorgen», sagte er. «Aber damit will ich dich jetzt nicht behelligen. Wir haben ja noch den ganzen Nachhauseweg und den Abend miteinander.»

«Aber sonst kommt ihr zurecht?»

«Was bleibt uns anderes übrig? Verhungert sind wir jedenfalls noch nicht. Und irgendwas werden wir heute Abend auch zu deinem Empfang auf den Tisch bringen!»

«Ich fürchte, daraus wird nichts. Heute Abend hab ich leider etwas anderes vor. Grüß Mama erst mal von mir! Wir sehen uns am Wochenende.»

Was war das nun wieder? Befremdet blickte Kappe seinen Ältesten an. Was gab es Wichtigeres für den als die Familie? Dann begriff er. «Du triffst dich mit einer Frau», sagte er verständnisvoll. «Da muss Mama erst mal zurückstehen. Sie wird es nur nicht einsehen.»

Hartmuts nüchterne Antwort, im Augenblick gäbe es wichtigere Dinge als Frauen, überraschte Kappe. Was war mit dem Jungen los? Kam nach langen Jahren direkt aus der Kriegsgefangenschaft und spielte den Abgeklärten. «Hast du dich schon nach Arbeit umgeguckt?», wollte Kappe wissen.

Ein leichtes Grienen überzog Hartmuts Gesicht. «Deswegen bin ich ja hier», sagte er. «Sonst hätte ich dich kaum so schnell gefunden.»

Wieder dauerte es einen Augenblick, bis Kappe verstand. «Du willst zur Polizei?», fragte er ungläubig.

Hartmuts Antwort war nicht geeignet, seine Verwunderung zu mildern. «So ist es vorgesehen ...»

Kappe stellte keine weitere Frage. Wenn etwas «so vorgesehen» war, dann kam es von ganz oben und blieb unwidersprochen. «Dann darf ich dich möglicherweise künftig zu meinen Chefs zählen», vermutete Kappe, bemüht, es nicht wie eine Frage klingen zu lassen.

«Ich glaube nicht», beruhigte ihn der Sohn. «Ich soll vorerst irgendwo aufs Revier.»

Im britischen oder amerikanischen Sektor, dachte Kappe, ohne es auszusprechen. Das war die übliche Taktik der Russen, ihre Leute als Ersatz für die Kommunisten unterzubringen, die von den Westalliierten entlassen worden waren. «Na gut, Herr Kollege in spe», sagte Kappe, und eine Spur von Bitterkeit klang in seiner Stimme mit. «Das sind ja eine ganze Menge Überraschungen auf einen Haufen. Nur wie ich deiner Mutter beibringen soll, dass du sie erst in ein paar Tagen sehen willst, weiß ich noch nicht.»

Kappes Ton brachte Hartmut doch ein wenig in Verlegenheit. «Wenn ich es schaffe, komme ich morgen Abend bei euch vorbei. Ich habe wirklich eine Menge um die Ohren, bis alle Papiere fertig sind ...»

Kappe klopfte ihm auf die Schulter. «Tu Mama den Gefallen!», bat er väterlich. «Hast du überhaupt unsere Adresse?»

Hartmut nickte. «Die hat man mir schon gegeben.» Er drückte seinen Vater noch einmal an sich und verließ eilig den Raum.

Ein seltsamer Duft blieb zurück. Machorka, wie Kappe erkannte. Schwerfällig ließ er sich wieder hinter seinem Schreibtisch nieder. Was für ein unwahrscheinliches Glück: Beide Söhne hatten den Krieg überlebt. Und doch konnte Kappe nicht leugnen, so etwas wie Unzufriedenheit zu verspüren. Das mit Karl-Heinz ließ sich vielleicht noch hinbiegen, wenn die Zeiten erst wieder normaler waren. Bezüglich Hartmuts Wandlung war er da weniger zuversichtlich.

Kurz darauf betrat der Neue den Raum. «Kann ich noch irgendwas tun?», fragte er. Besonders unternehmungslustig klang es nicht.

Kappe blickte ihn melancholisch an. «Ist was drauf auf dem Film?», lautete seine Gegenfrage. Er misstraute Schiecks Fähigkeiten. Der hatte unlängst einen Film versaut und behauptet, es habe am Entwickler gelegen.

«Soweit ich das beurteilen kann, ist was zu erkennen. Muss aber erst trocknen.»

«Dann soll Schieck meinetwegen einen Fön nehmen!»»

Der Neue blickte ihn erstaunt an. «Der ist schon weg. Er musste ganz eilig zu einer Versammlung. Hat er Ihnen das nicht gesagt?»

Kappe griente bissig. «Da hat er dich nicht gleich mitgenommen?» Das Du floss ihm sonst nicht so leicht über die Lippen, aber bei dem Milchgesicht kam es wirklich nicht darauf an.

«In welcher Partei ist er denn?», erkundigte sich Holtefret.

Kappe hätte jetzt sagen können: In derselben, zu der mein ältester Sohn mit einiger Gewissheit bald gehören wird. Doch er hielt sich zurück. «Na rate mal!», sagte er. «Für Schieck gibt's nur eine, und wenn es nach ihm ginge, wären wir alle längst seine Genossen.»

Holtefret hob die Schultern und sagte: «Ich mach mir nicht viel aus Politik.»

SECHS

ALFRED KNISPEL hatte den Russlandfeldzug als Kriegsversehrter und mit einem Dutzend Granatsplitter in verschiedenen Teilen seines ausgemergelten Körpers überstanden. Er besaß nur noch einen Arm und war dennoch ein fröhlicher Mensch geblieben. «Sie haben mich bei Welikije Luki nicht umgebracht, da werde ich wohl das bisschen Nachkrieg überstehen», lautete seine durch nichts zu erschütternde Devise, der seine Frau Martha kaum etwas abgewinnen wollte. Die Tochter Sonja dagegen teilte den Optimismus des Vaters und war mit dem Leben nicht unzufrieden. Immerhin bewohnte sie in der Knispel'schen Wohnung in der Petersburger Straße eine eigene schmale Kammer und verdiente selbst ihr Geld. Die Knispels waren mancherlei Entbehrungen gewohnt. Bei ihnen war es immer bescheiden zugegangen. Erst 1936 hatte Alfred nach fünf Jahren Arbeitslosigkeit eine schlechtbezahlte Anstellung in seinem Beruf als Polsterer gefunden, die ihn nicht davor bewahrte, 1942 zuerst nach Jugoslawien und dann gen Osten geschickt zu werden.

Bei Licht besehen war Alfred Knispel ein alter Sozialdemokrat. Jedenfalls hatte er bis 1933 SPD gewählt. Das beabsichtigte er auch bei der bevorstehenden Wahl zu tun, was man an seiner Arbeitsstelle gewiss nicht gerne sah, wo neuerdings nur noch von der SED als künftigem Heilbringer die Rede war. Alfred Knispel arbeitete nämlich beim Berliner Rundfunk. Zuerst hatte sich die neunzehnjährige Sonja in der Masurenallee erfolgreich als technische Assistentin beworben, und dann war Alfred dort bei der Hauskontrolle eingestellt worden - eine Tätigkeit, die ein Einarmiger gut ausüben konnte, wenn er wachsam war und Passierscheine auszufüllen verstand. Alfred schrieb mit seiner Linken besser als mancher Redakteur mit rechts. Das war einer der Scherze von Sonja, die beständig mit dieser sich ungeheuer wichtig gebärdenden Berufsgruppe zu tun und sich gegen ihre dreisten Annäherungsversuche zur Wehr zu setzen hatte. Sie hielt von den meisten nicht viel und machte daraus kein Hehl. Zuerst musste sie das Cuttern erlernen, was das Schneiden und Kleben von Tonbändern bedeutete und «Köttern» ausgesprochen wurde. Inzwischen aber war sie aufgestiegen und durfte die Folien, Schallplatten und Bänder für die Sendungen des Berliner Rundfunks auflegen und abspielen. Diese Arbeit machte ihr zwar Spaß, war jedoch zum Kummer ihrer Mutter auch nachts und sonntags notwendig.

Da sie im Schichtdienst tätig waren, hatten Vater und Tochter zwar öfter freie Zeit in der Woche, doch selten genug gemeinsam. Heute aber war so ein Tag, auf den Alfred Knispel sich schon lange gefreut hatte, wollte er doch endlich mal in die Pilze gehen. Sonja begleitete ihn, um ihm eine Freude zu machen. Außerdem tat ihr nach drei Nachtdiensten die frische Luft ganz gut. Martha verwies gerne auf ihre schmerzende Hüfte, wenn die beiden einen größeren Ausflug unternahmen.

Ausgerechnet an diesem Morgen waren anscheinend eine ganze Menge Leute auf die gleiche Idee gekommen wie Alfred Knispel. Jedenfalls war die S-Bahn voll. Oder fuhren die alle zum Hamstern? Die Strecke nach Erkner war eigentlich nicht die Gegend dafür. Dörfer gab es da so gut wie keine, es sei denn, man fuhr weiter in Richtung Fürstenwalde. Zu Alfreds Beruhigung verließen in Wilhelmshagen nur wenige Passagiere die S-Bahn. Der Wald rings um die Grenzberge nördlich der Bahnlinie war sein persönlicher Geheimtipp für die Pilzsuche. Früher war er mit dem Rad bis Hangelsberg gefahren, doch von der Petersburger Straße einarmig so weit zu radeln erschien ihm denn doch als ein zu gewagtes Abenteuer.

Er freute sich auf den Tag mit seiner Tochter. Zu reden gab es genug miteinander, das Funkhaus und seine zahllosen Mitarbeiter stellten einen unerschöpflichen Born für ihre Gespräche dar. Zu Hause regte sich Martha oft genug darüber auf, weil sie die Leute nicht kannte, über die da geredet wurde, und weder Alfred noch Sonja sich stattdessen ihren Hausfrauenklatsch anhören wollten. Heute konnten sie nach Herzenslust miteinander schwatzen, vor allem auf dem ersten Teil des Weges, der sie allmählich tiefer in den Wald führte.

«Die Amerikaner haben jetzt einen eigenen Sender aufgemacht», sagte Alfred. «Das Funkhaus ist wie ein Bienenkorb deswegen.»

«Es ist nur ein ganz schwacher Sender, sagen unsere Ingenieure. Man kann ihn kaum hören», widersprach Sonja. «Die sitzen im Verstärkeramt in der Winterfeldtstraße, wo sie nicht mal ein richtiges Studio haben.»

«Wahrscheinlich nur ein Provisorium vor der Wahl», vermutete Alfred. «Den Amis stinkt es, dass die Kommunisten im Äther den Ton angeben. War eben ziemlich schlau von den Russen, sich das Funkhaus mit allen Anlagen zu sichern. Dagegen kommt so schnell keiner an.»

«Was meinst du, wie lange das so bleiben wird mit den vier Sektoren in Berlin?»

«Vermutlich ewig und drei Tage. Sofern die Alliierten sich nicht noch mehr in die Haare geraten und die Russen die Amis nicht rausschmeißen.»

«Bei uns sagt jeder was anderes. Manche meinen sogar, es gäbe wieder Krieg ...»

Alfred lachte. Es klang nicht fröhlich. «Das könnte den Herren so passen. Nicht mit uns!»

Eine Weile stapften sie wortlos durch den Sand.

«Vielleicht haben die Russen doch Recht mit der Vereinigung von Kommunisten und Sozialdemokraten», sagte Alfred dann. «Das gibt wenigstens ’ne starke Arbeiterpartei.»

Sonja war überrascht. «Ich denke, du hast dagegen gestimmt?»

«Hab ich auch!», sagte Alfred grantig. «Weil ich denen nicht traue. Die versprechen das Blaue vom Himmel runter. Genau wie die Kirche, bloß dass der Papst in Rom sitzt und Stalin in Moskau. Als Stellvertreter Gottes fühlen die sich beide.»

Sonja packte ihn am Ärmel. «Lass das bloß keinen hören!», warnte sie ihn. «Den Schmittke von der Musik haben sie einfach abgeholt. Der soll was gegen die Russen geäußert haben.»

«Quatsch!» Alfred wusste es besser. «Das ist ein alter Nazi, wie er im Buche steht, weiter nichts. Von der Sorte gibt es noch viel zu viele im Haus.»

«Woher willst du denn das wissen?»

«Du wirst schon sehen, da werden noch etliche verschwinden. In der Beziehung kennen die Russen kein Pardon.»

Sonja trottete träumend vor sich hin. «Manche von denen sind ja ganz nett», sagte sie. «Dieser Micha Storm zum Beispiel, der sieht nach was aus und spricht so gut Deutsch, dass man gar nicht glauben will, er sei ein Russe.»

«Das ist auch keiner. Das ist ein deutscher Emigrant.»

«Dazu ist der doch viel zu jung!»

«Ach Mädel, viele Kommunisten sind mit ihren Kindern nach Russland gegangen. Dein Onkel Georg beispielsweise ...» Alfred verstummte.

«Ich denke, der ist im KZ umgekommen? Habt ihr jedenfalls erzählt.»

«Stimmt ja auch», murmelte Alfred mit gesenktem Kopf, «die Russen haben ihn an die Nazis ausgeliefert ...»

Sonja blieb stehen. «Die Russen an die Nazis? Was ist denn das nun wieder? Die haben doch Krieg gegeneinander geführt!»

Alfred seufzte. «Ich erzähl's dir später mal. Wir wollen uns nicht den schönen Tag verderben. Guck mal, da drüben steht der erste Pilz!»

Es war nur ein kahler Krempling, aber immerhin ein Anfang. Sie trennten sich und streiften rechts und links des Weges durch das Unterholz. Von Zeit zu Zeit riefen sie einander etwas zu. Alfred achtete darauf, seine Tochter nicht völlig aus den Augen zu verlieren. Die Zeiten waren unsicher. Wie leicht konnte so einem Mädel was passieren.

Die Pilzausbeute hielt sich in Grenzen. Als nach anderthalb Stunden die ersten Häuser von Woltersdorf in Sicht kamen und sie den Inhalt ihrer Körbe verglichen, kam da kaum eine Mahlzeit für die ganze Familie zusammen.

«Wir laufen im großen Bogen zurück», schlug Alfred vor. «Vielleicht haben wir auf dem Rückweg mehr Glück.»

Doch von Glück konnte keine Rede sein. Alfred, der seine Augen überall herumschweifen ließ, hatte nicht erwartet, dass der Reisighaufen, auf den er trat, unter seinem Gewicht nachgeben würde. Sein linker Fuß versank in einer Vertiefung, und auch der rechte fand plötzlich keinen Halt mehr. In weitem Bogen flogen die Pilze auf den Waldboden. Er stieß einen wütenden Schreckenslaut aus, aber der half ihm auch nicht. Bis weit über die Knie hatte er sich in dem Reisig verheddert, und unter seinen Füßen spürte er etwas Unangenehmes, in dem er langsam zu versinken drohte. «Sonja!», rief er, so laut er konnte. Erst beim dritten Mal antwortete sie. Es dauerte ein Weilchen, bis sie ihn fand. Inzwischen war es ihm gelungen, sich aus dem abgedeckten Loch zu befreien, aus dem ihm ein unangenehmer Geruch in die Nase stieg. Vergeblich versuchte er, seinen rechten Schuh im Waldgras von dem schmierigen Schmutz zu reinigen, der daran klebte.

Sonja, beruhigt, ihn auf beiden Beinen herumstiefeln zu sehen, machte sich daran, die Pilze aufzusammeln. «Ich dachte schon, dir ist was Schlimmes passiert», sagte sie. «Aber du bist bloß gestolpert, oder?»

Alfred sagte gepresst: «*Mir* ist nichts passiert ...»

Sonja blickte auf. «Aber?», fragte sie. Sie kannte ihren Vater gut genug, um zu bemerken, dass ihm etwas Unangenehmes widerfahren sein musste. Besorgt fragte sie: «Hast du dich verletzt?»

Alfred schüttelte den Kopf. «Geh nicht so nahe an das Loch ran», sagte er mit rauher Stimme.

«Wieso, was ist denn damit?» Natürlich ging sie auf das Loch zu, und jetzt roch sie es auch. «Igitt, das stinkt ja so süßlich!» Im selben Augenblick erkannte sie den Geruch. So hatten die Leichen gerochen, die man aus dem Luftschutzkeller des Nebenhauses geborgen und auf der Straße abgelegt hatte. Sie verzog das Gesicht zu einer Grimasse und sagte: «Komm bloß weg hier, aber schnell!»

Alfred Knispel zögerte. «Ich weiß nicht so recht ...», sagte er. «Geh du mal 'n paar Schritte weiter! Ich guck nach.»

«Wozu denn das? Vielleicht ist es ein totes Wildschwein oder so was.»

Alfred schüttelte den Kopf und machte sich schon an dem Reisig zu schaffen.

«Lass das doch! Das ist ja widerlich!», forderte Sonja, aber er ließ sich nicht beirren. Angeekelt wandte sie sich ab.

«Dachte ich mir», sagte Alfred nach einer Weile. «Ein Soldat, wie es aussieht.» Schwerfällig tappte er auf seine Tochter zu und legte den Arm um sie. «Armer Kerl ...»

«Mein Gott, es sind so viele umgekommen. Ich verstehe nur nicht, weshalb es jetzt noch so stinkt, wo er doch bestimmt schon anderthalb Jahre hier liegt.»

«Eben nicht», sagte Alfred ernst, «der ist höchstens ein paar Tage tot.»

«Woher willst du denn das wissen?»

Alfred sah seine Tochter aus großen Augen an. Einmal mehr fiel ihr auf, wie grau und elend er aussah. «Ach Mädel», sagte er, «ich habe bei Welikije Luki genügend Leichen begraben ...»

SIEBEN

ALS KAPPE an diesem Tag mit zwanzig Minuten Verspätung in der Linienstraße eintraf, fand er das Büro leer vor. Sein Stuhl fehlte immer noch, und Schiecks Hocker stand wieder hinter dessen Schreibtisch. Vermutlich steckten die beiden Jungkriminalisten in der Dunkelkammer.

Kappe tastete sich den dämmerigen Gang entlang bis zu den Toiletten und öffnete die Tür, an der Schieck das Schild *Damen* mit einem Zettel überklebt hatte, auf dem *Eintritt verboten* stand. In dem herrschenden Halbdunkel war es ohnehin kaum zu entziffern, doch Schieck brüllte laut: «Tür zu! Können Sie nicht lesen?»

«Hab die Brille nicht auf», sagte Kappe, wobei er die Tür von innen schloss.

In dem gekachelten Raum, von Schieck mittels alter Verdunklungen in ein Fotolabor verwandelt, verbreitete eine rote Glühbirne gespenstisches Licht. Holtefret, an die gekachelte Wand gelehnt, sah aus wie eine Schreckensfigur auf der Geisterbahn.

«Hinterher heißt es wieder, ich hätte den Film verdorben!», murrte Schieck, der auf einem der drei Klobecken hinter einem improvisierten Tisch hockte, ehemals eine Tür der demontierten WC-Zelle.

«Ich dachte, den Film habt ihr gestern entwickelt. Macht man das nicht in einer geschlossenen Dose, in die sowieso kein Licht eindringt?»

Schieck war pikiert. «Ihre fotografischen Kenntnisse in allen

Ehren, Herr Kollege, aber auch das Papier ist lichtempfindlich. In einer Dunkelkammer öffnet man prinzipiell nicht die Tür.»

Kappe schwieg dazu, grüßte Holtefret nur mit schlaff erhobener Hand.

Der Vergrößerungsapparat warf ein undeutliches Schattenbild auf den Tisch. Schieck rückte den Papierrahmen zurecht und korrigierte die Schärfe. «Sieht ganz gut aus», sagte er grantig. «Mal sehen, ob man mit diesem Papier was draus machen kann. Außerdem ist das Fixiersalz nichts wert.»

Die Klagen waren Kappe nicht neu. Papier war knapp genug – wie sollte es da mit Fotopapier besser aussehen? Gab es außer Hunger überhaupt etwas, woran kein Mangel bestand? Er tippte Holtefrets Arm an und sagte: «Ich habe eine verantwortungsvolle Aufgabe für Sie. Am besten sofort zu erledigen.»

Der Neue nahm Haltung an, soweit das in diesem Licht zu erkennen war, und hätte wohl am liebsten gekräht: Zu Befehl! Er brachte aber nur «Ja bitte ...» hervor.

«Gehen Sie mal durchs Haus, und besorgen Sie unauffällig ein paar Stühle! Zwei bis drei mindestens.»

«In Ordnung. Einfach nur Stühle?»

«Einfach nur Stühle. Meinetwegen mit Seitenlehne und Polster. Mal sehen, wie findig Sie sind.»

«Und wo soll ich ...»

«Menschenskind, wenn wir das wüssten», polterte Kappe, «würde Schieck hier längst auf einem samtenen Sofa sitzen statt auf einem Klosettbecken! Machen Sie, was Sie wollen – aber lassen Sie sich nicht dabei erwischen! Im Augenblick kennt Sie hier noch keiner, das kann von Vorteil sein.»

Als Kappe mit den kaum getrockneten Fotos in das Büro zurückkehrte, stand hinter seinem Schreibtisch ein Monstrum von Schreibtischstuhl, aus dessen Lederbezug Holzwolle quoll. Auf Schieck wartete ein wackliges weißes Ding, das wahrscheinlich aus einer Küche stammte. Holtefret war dabei, seinen Arbeitsplatz einzurichten, und hatte sich den Hocker gesichert.

«Donnerwetter!», sagte Kappe. «Wie ist Ihnen denn das so schnell gelungen?»

Bescheiden hob Holtefret die Schultern. «Ich hab gesagt, wir müssen Zeugen vernehmen. Die können wir schließlich nicht stehen lassen.»

Kappe nickte. «Eins rauf mit Mappe», sagte er. Dämlich schien der Junge jedenfalls nicht zu sein. Wurde Zeit, ihn in die ernsthafte kriminalistische Tätigkeit einzubeziehen. «Wir beide werden jetzt zur Vermisstenstelle in der Dircksenstraße fahren und versuchen, die Tote zu identifizieren.»

Das hörte sich gut an, war jedoch nach Kappes Erfahrung ein relativ aussichtsloses Unterfangen. Kein Mensch wusste, wie viele Personen in dieser Stadt tatsächlich vermisst wurden, in der es alleine 31 Umsiedlerlager gab und in der Tausende ihre nächsten Verwandten suchten.

Vom Rosenthaler Platz fuhren sie mit der U-Bahn bis Jannowitzbrücke. Der Weg von dort bis zum Präsidiumsrest schien Kappe kürzer als vom Alex. Außerdem zerriss es ihm jedes Mal das Herz, wenn er den Platz mit den umstehenden Ruinen erblickte. Dabei sah es an der Jannowitzbrücke keineswegs besser aus. Die Brücke war in den letzten Kriegstagen von der Wehrmacht gesprengt worden. Zwar überspannte das verbogene Tragwerk noch die Spree, die Fahrbahn aber lag unter Wasser auf der Decke des U-Bahn-Tunnels.

Im alten Amtsgefängnis, dessen Zellen jetzt als Büroräume dienten, herrschte drangvolle Enge, und in der Vermisstenstelle war schier der Teufel los. Kappe hatte nichts anderes erwartet. Holtefrets Vorstellung, die Recherchen irgendwo in einem Nebenraum führen zu können, fand keine Gegenliebe. Alles, was man ihnen zugestand, war ein schäbiges Tischchen in einer finsteren Ecke.

«Wie viele verschwundene Frauen willst du heute bearbeiten?», erkundigte sich der Zuständige. «Reichen dir die ersten fünfhundert?»

Von den meisten gab es nicht einmal ein Foto. Oder nur eines, auf dem man die eigene Mutter nicht erkannt hätte. Resigniert blätterte Kappe die Suchmeldungen durch. Holtefret bemühte sich um Gewissenhaftigkeit. Doch auch sein Eifer ließ nach.

«Wenn uns die Leichenschneider nicht ein paar handfeste Anhaltspunkte liefern, bleiben wir mit dem Fall im Regen stehen», gab Kappe zu.

«Kommt das oft vor?»

«Öfter, als uns lieb ist. Wenn ich daran denke, wo vor dem Krieg die Aufklärungsrate bei den Morden lag ...» Kappe blickte auf. Der Chef der Vermisstenstelle nahte. «Eine Spur?», erkundigte sich Kappe hoffnungsvoll.

Der Chef zog eine Grimasse. «Ein Anruf», sagte er. «Ihr sollt sofort zurückkommen. Leichenfund im Forst zwischen Rahnsdorf und Woltersdorf.»

Holtefret sah Kappe an. Wahrscheinlich dachte er an den zu erwartenden Geruch, und sein Magen drehte sich um. Kappe ging es nicht besser. Der Hunger, dachte er. Immer diese Toten auf nahezu nüchternen Magen!

Diesmal hatten sie Glück. Die Leiche lag noch nicht lange in dem Schützenloch. Da hatte der Zeuge recht, der den Toten angeblich rein zufällig gefunden haben wollte, ein einarmiger Invalide mit Pilzkörbchen, der behauptete, geradewegs in die mit Gestrüpp abgedeckte Grube hineingestolpert zu sein. Er habe dann seine Tochter ausgeschickt, um irgendwo zu telefonieren. Das war ihr schließlich auch mit einiger Mühe gelungen. Die Polizei in Erkner aber hatte erklärt, der Tote ginge sie nichts an, der Wald gehöre zu Berlin. Sie müsse dort anrufen.

Kappe kannte das. Wenn es irgend ging, redeten sich die Provinzler raus, und die Telefonverbindungen zu denen waren auch unter aller Sau.

Der Invalide verhielt sich einigermaßen ruhig. Seine Tochter aber beschwerte sich darüber, dass sie nun seit Stunden hier ausharren mussten. Ob die Polizei immer so langsam wäre? Und was die Herren überhaupt von ihnen wollten, sie wären schließlich nur zufällig hier vorbeigekommen, und wenn ihr Vater nicht ...

Kappe wehrte ab. «Alles zu seiner Zeit», beruhigte er sie. Und da er bemerkte, dass Blick und Tonfall der jungen Dame in Richtung Holtefret an Schärfe zu verlieren schienen, stieß er den Kollegen an und sagte: «Vielleicht schreiben Sie schon mal auf, was Fräulein Knispel uns an Beobachtungen mitzuteilen hat. Aber seien Sie gründlich!» Er selber hielt sich lieber an den Vater, der einen wesentlich gefassteren Eindruck machte und seine Aussage in erstaunlich klaren Sätzen formulierte. Als er Kappe seine gegenwärtige Beschäftigung nannte, nickte der. «Da haben Sie wohl öfter mal eine Meldung zu schreiben», vermutete er.

Alfred Knispel bestätigte es.

Eddie Holtefret, den die Tochter von vornherein mehr interessiert hatte als der einarmige Vater, war froh, das zierliche Mädchen beiseite führen und sich mit ihr unterhalten zu können. Von den vier Lehrstunden Vernehmungstaktik war nicht allzu viel in seinem Gedächtnis hängengeblieben, und bei den Schwarzhändlern, mit denen er es bis dahin zu tun gehabt hatte, war derlei Theorie auch kaum nötig gewesen. Die benahmen sich alle, wie er selber sich in der gleichen Situation verhalten hätte, und schwindelten, was das Zeug hielt.

Das aufgeweckte blonde Mädchen hatte dazu wohl kaum einen Grund. Was sie aussagte, nahm in Eddies Notizkladde keine halbe Seite ein. Zu dem Fund selber konnte sie gar nichts sagen, da ihr der Vater den Blick auf die Leiche verwehrt hatte.

«Sie wissen also nichts über die Identität des Toten?», fragte er sicherheitshalber nach. Ihre Antwort fiel so bestimmt aus, dass er ein Ausrufezeichen dahinter vermerkte. Eddie konnte nicht bestreiten, dass ihm diese Sonja gefiel. Unter einem Übergangsmantel undefinierbarer Färbung trug sie ein buntes Sommerkleid. Selbst geschneidert, wie Holtefret erfuhr, als er den schicken Schnitt lobte. Sie war offensichtlich eine selbstbewusste junge Frau, die sich die Butter nicht vom Brot nehmen ließ – ein unpassendes Bild in diesen Zeiten, wie Eddie fand. Eine Frau einfach von ganz anderem Kaliber als seine Roswitha. Obwohl die Knispels anscheinend auch kleine Leute waren, tat sich da eine andere Welt vor ihm auf, in der die Leute einer ehrlichen Arbeit nachgingen und anständig geblieben waren. Sobald es nicht mehr um den Toten ging, erwies sich Sonja als recht gesprächig. Beim Rundfunk arbeitete sie, das interessierte Eddie. «Für mich wäre das ja nichts», sagte er bedauernd. «Ick berlinere zu sehr.»

Sie lachte. «Die Sprecher sind meist Schauspieler.»

«Und alle anderen dürfen berlinern?»

Sie fragte zurück: «Was muss man denn außer berlinern können, um bei der Kriminalpolizei angenommen zu werden?»

Eddie winkte ab. «Das lassen Sie mal lieber. Sie riechen ja, womit wir uns beschäftigen müssen.»

«Findet man denn so oft Tote?»

Eddie nickte. «Der Chef meint, in diesem Jahr werden es wohl über dreihundert sein.»

«Sind Sie fertig, Holtefret?», rief Kappe herüber.

Bedauernd reichte Eddie Sonja die Hand. «Vielleicht sehen wir uns noch mal ...», sagte er hoffnungsvoll.

Sie lächelte immerhin und erwiderte seinen Händedruck.

Schieck war diesmal mit einer 6 × 6-Kamera zugange und tat sich schwer damit. Die Leica wurde angeblich anderswo im Einsatz benötigt.

Aus Schöneiche hatte man einen Arzt herbeigerufen. Er verlangte, dass man den Toten aus der Grube hebe, sonst könne er keinerlei Aussage treffen. Als die Leiche dann endlich auf der Bahre lag, wollte er sich bezüglich Todesart und Zeitpunkt dennoch nicht festlegen. «Der ist nicht länger als drei Tage hier, vermute ich. Aber das lassen Sie mal Ihre Gerichtsmediziner feststellen. Die werden dafür bezahlt.»

«Und wir dafür, dass wir hier im Dreck herumwühlen dürfen», murmelte Kappe. Gemeinsam mit Holtefret räumte er Zweige und Geäst auf den Rand der Grube und machte sich an deren Untersuchung. Das Ergebnis blieb mager. Sie fanden den Deckel eines Kochgeschirrs und einen Stofffetzen mit einem Uniformknopf. Beide Gegenstände mussten nicht unbedingt im Zusammenhang mit dem Toten stehen. In dessen Taschen hatte Kappe keinerlei Wertgegenstände oder Papiere gefunden. Schon das deutete auf ein Verbrechen hin. Irgendein Papier trug heutzutage jeder bei sich. Die entscheidenden Beweise aber waren die Abdeckung der Grube und das bewusst entstellte Gesicht des Toten. Der Täter hatte sich die Mühe gemacht, den Kopf seines Opfers so zu bearbeiten, dass eine Identifizierung schwerlich möglich war.

Kappe seufzte. Ein Fall mehr für die Aktenablage, vermutete er im Stillen, sprach es jedoch nicht aus. Die jungen Burschen sollten nicht glauben, Hermann Kappe gäbe so leicht auf.

ACHT

HARALD GROMMEK war nicht sehr groß, und man sah ihm die Kraft, die in ihm steckte, kaum an. Obwohl er nicht gerne auffiel, achtete er viel zu sehr auf sein Äußeres, um wirklich unbemerkt zu bleiben. In seinem braunen Nadelstreifenanzug, dem hellen Staubmantel und dem modisch geknifften Hut auf dem Kopf strahlte er die gediegene Eleganz eines aus der Zeit gefallenen Dandys aus. Seine pechschwarzen Haare saßen stets gut frisiert, die Oberlippe zierte ein schmales Menjou-Bärtchen, und die Nägel seiner dicken und ein wenig kurz geratenen Finger waren schmutzfrei und gepflegt. Das schwarze Kassengestell der Brille, gedacht, den Eindruck von Intelligenz zu verstärken, ließ ihn älter erscheinen als die 23 Jahre, die ihm die Kennkarte bescheinigte. Doch nach dem Alter fragte man in seinen Kreisen ohnehin nicht. Da kam es auf andere Werte an, und die konnte er in ausreichendem Maße nachweisen.

Grommek, ebendieser Kennkarte nach 1923 im schlesischen Patschkau an der Neiße geboren und ohne erlernten Beruf, war nach eigenen Angaben Geschäftsmann. Er vertrat eine Textilfabrik im sächsischen Oederan, deren Firmenstempel sein Arbeitsbuch und die regelmäßig für die Zuteilung der Lebensmittelkarten notwendigen Arbeitsbescheinigungen schmückte. Das ersparte manchen Ärger.

Ansonsten war Harald Grommek in einschlägigen Kreisen und auf dem schwarzen Markt unter dem Namen «der schnieke Harry» bekannt, am Alex so gut wie am Reichstag oder am Bahnhof Zoo. Er war geschäftstüchtig, um nicht zu sagen gerissen, und er scheute vor keinem Coup zurück, versprach der genügend Gewinn. Mit seinem ebenso weltmännischen wie vertrauenerweckenden Auftreten fiel es ihm nicht schwer, älteren Damen für einen Pappenstiel wertvolle Haushalts- oder Kunstgegenstände abzuschwatzen, jüngere mit seinem Charme zu umgarnen und Männer von seiner Seriosität zu überzeugen. Er war ein scharfer Beobachter und immer auf der Hut. Nur einmal war er bisher in eine Razzia geraten, hatte es jedoch verstanden, sich rechtzeitig einiger Scheine in alliierter Währung und seiner Handelsware zu entledigen und den harmlosen, rein zufällig aufgegriffenen Passanten zu mimen. Den Verlust spielte er schnell wieder ein. Eher wurmte es ihn, dass der ehrliche Name Grommek damit in den Annalen der Polizei verzeichnet stand, und er bemühte sich um noch mehr Vorsicht.

An diesem sonnigen Septembertag war ihm eine Transaktion mittlerer Größenordnung geglückt, die seine Brieftasche um einiges aufquellen ließ und ihn veranlasste, den Geschäftsbetrieb vorsichtshalber bis zum nächsten Tag zu unterbrechen. Es schien ihm klüger, die Scheine erst einmal in Sicherheit zu bringen, die ihm der Verkauf eines unscheinbaren kleinen Ölbildes eingebracht hatte. Er verfügte eben über den richtigen Blick für die Dinge. Der verblasste Museumsstempel auf der Rückseite der Leinwand war ihm nicht entgangen und hatte den Ami vom Wert des goldgerahmten Stücks überzeugt.

Munter strebte er dem U-Bahn-Eingang auf dem Alex zu. Anklagend ragte daneben der Betonsockel der eingeschmolzenen Berolina auf, der inzwischen als Litfaßsäule diente. Harry gönnte dem Plakat *Kennt ihr euch überhaupt?*, das vor den Gefahren der Geschlechtskrankheiten warnte, keinen Blick und hätte beinahe auch die Frau übersehen, die ihn von der Seite her ansprach: «Kiek an, der schnieke Harry. Warum hastes denn so eilig?»

Ja warum? Das konnte er ihr schlecht erklären. Wollte er auch gar nicht. Er blieb stehen. «Mensch, Rosi», sagte er, «wir haben uns ja eine Ewigkeit nicht gesehen ...»

Sie schmollte ein bisschen. «Na, an mir liegt et nich. Du bist jederzeit jerne jesehen.»

Grommek betrachtete sie wohlwollend. Rosi sah proper aus, wie es sich für das Gewerbe gehörte, das sie ausübte und von dem sie was verstand. Soweit er wusste, war sie gesund. Und sie würde ihn nicht beklauen. Warum also nicht eine kleine Nummer zur Erfrischung nach dem gelungenen Geschäft? Gewiss, er litt auch in dieser Hinsicht keine Not. Er hatte Schlag bei den Weibern und war außerdem so gut wie in festen Händen. Jedenfalls in Händen, an die er sich in den letzten Wochen enger gebunden fühlte, als ihm lieb sein konnte. So waren die Zeiten nun mal. Über sein Privatleben wusste niemand in der Szene etwas. Es ging auch keinen was an. Über Rosi hingegen wusste er Bescheid. Er griente sie fröhlich an und sagte: «Gehen wir!»

In Rosis lausiger Kemenate kamen sie schnell zur Sache. Rosi verstand wirklich was von ihrem Geschäft. Es tat ihm um den Schein nicht leid, den er noch vor dem Ausziehen auf die Kommode gelegt hatte. Genüsslich streckte er sich aus und überließ sich ihren erfahrenen Bewegungen. Das Bett wies eine Ausbeulung auf wie eine Hängematte und ächzte unter dem doppelten Gewicht.

«'ne neue Matratze könntest du dir mal anschaffen», murmelte er.

Sie lachte. «Sei froh, det wa nicht uff de Erde liegen müssen. Du schläfst wohl zu Hause in ein Himmelbett?»

«Nicht direkt», sagte er, spürte aber keinen Augenblick ein schlechtes Gewissen, als er an zu Hause dachte. Eigentlich handelte es sich um eine ziemliche Bruchbude, die er da bewohnte. Fließend Wasser die Wände runter bei jedem Regen, die Zimmerdecke mit Wachstuch benagelt. Und nie alleine in dem engen Loch. So ein Beinahe-Eheleben wurde allmählich lästig. Langweilig sowieso. Da war Rosi glücklicherweise ein anderes Kaliber. Er strich mit der Hand über ihren glatten Hintern und klatschte ordentlich zu.

Sie quiekte lustvoll.

«Treibst du's immer noch mit deinem Schupo?», fragte er. «Ist der so gut im Bett?»

Rosi richtete sich auf. «Biste neuerdings eifersüchtig?»

Nun lachte er. «Aber der weiß doch, wovon du lebst, oder?»

Er ahnte, dass ihr das Gesprächsthema nicht passte, doch sie ließ sich nichts anmerken. «Der ist ja schließlich nicht doof!», sagte sie und fügte nicht ganz ohne Stolz hinzu: «Sie haben ihm jetzt zur Mordkommission versetzt!»

Für einen Moment erstarrte Grommek. «Mordkommission?», fragte er, als traue er seinen Ohren nicht. «Nehmen sie da neuerdings Anfänger?»

«Keene Ahnung. Wahrscheinlich besitzt er eben jewisse Qualitäten, der jute Eddie.»

«Wahrscheinlich ...», stimmte Harry zu und überließ sich wieder ihrer ursprünglichen Beschäftigung. Danach hielt es ihn nicht lange im Bett. Er wusch sich an der Porzellanschüssel mit dem angeschlagenen Rand und zog sich an.

Rosi schien es nicht so eilig zu haben. «Wann kommsten wieder?», fragte sie und gähnte.

Er antwortete mit einer unbestimmten Geste. Dann besann er sich und setzte sich zu ihr auf den Bettrand. «Vielleicht schon bald», sagte er und tätschelte ihre Brust. «Im Augenblick läuft's ganz gut. Sieht aus, als wären die mit ihren Wahlvorbereitungen ausreichend beschäftigt.»

«Gehst du da etwa hin, zu diese Wahl?»

«Du kannst Fragen stellen!» Er sah sie an. «Meine Partei ist sowieso nicht dabei. Und deine auch nicht, wenn du mich fragst.»

«Nu reg dir man nicht uff! Unsereins hat ja jeden Tag die freie Wahl ...» Sie kicherte.

«Sag mal, das mit der Mordkommission, das war wohl ein Witz, oder?»

Energisch schüttelte sie den Kopf. «Nee, nee! Er ist tatsächlich dabei. Jestern haben sie draußen in Buch 'ne janz eklige

Frauenleiche im Wald gefunden.» Sie erschauerte. «Wenn man so wat hört, kann man richtig Angst kriejen.»

«Auf dich passt doch dein Mordkommissar auf.» Gedankenverloren knetete er ihre fleischige Brust. «Wäre vielleicht ganz gut, wenn du ein bisschen aufpasst, was dein Eddie so erzählt», sagte er nachdenklich und griff ein bisschen stärker zu.

Sie reagierte mit einem lustvollen Stöhnen. Er bezweifelte, dass es echt war, fühlte aber neue Erregung. Rosi war ein verdammt gerissenes Luder!

Sie legte seine andere Hand auf ihren bettwarmen Körper. «Haste eenen um die Ecke jebracht?», erkundigte sie sich schelmisch.

«Ach Quatsch», sagte er lauter als beabsichtigt, «an was du gleich denkst! Ich möchte einfach wissen, was bei denen so los ist. Und wer da was zu sagen hat.»

«Und wat hab ick davon?»

Er begann, sein Hemd wieder aufzuknöpfen. «Ein regelmäßig und gut zahlender Freier ist doch was wert», sagte er, «oder?»

«Wiederholungstäter», entgegnete sie und kicherte, während sie ihn wieder ins Bett zog und sich an ihn drängte.

Als Harry drei Stunden später, aber immer noch viel früher als gewöhnlich die Wohnungstür aufschloss, und zwar so leise, wie er es stets zu tun pflegte, vernahm er eine männliche Stimme aus der Küche. Also doch, dachte er, und Wut stieg in ihm auf, aber auch so etwas wie Befriedigung, sie endlich erwischt zu haben. Nach dem ausgiebigen Besuch bei Rosi kam es ihm gerade recht, ihr eine Szene zu machen.

Er lauschte auf die Stimme, die anscheinend etwas erklärte. Eine tiefe, wohlklingende Stimme, die etwas von demokratischer Erneuerung schwafelte. Politik – auch das noch! Das sollten die mal mit ihr alleine ausmachen, ihn ging das nichts an. Wahl – wenn er das schon hörte! Als hätte irgendein anderer als die vier Besatzungsmächte irgendwas zu melden! Die ließen die Deutschen den Dreck wegräumen und schleppten alles Brauchbare davon. Die Textilbude, deren Stempel er immer noch benutzte, war auch längst demontiert.

Er schlüpfte aus seinen Schuhen und schlich an der Küchentür vorbei ins Zimmer. Natürlich knarrte eine Diele, doch die tönende Männerstimme verstummte nicht.

Unhörbar zog Harry die Zimmertür hinter sich zu. Gut, dass er das Geld ungestört im Versteck unterbringen konnte. Wer weiß, wie oft sie schon danach gesucht hatte. Nutzte ihr nur nichts. Um den großen Kleiderschrank an einer Ecke anzuheben, brauchte man so viel Kraft, wie nur er sie aufbrachte. Harry griff nach dem Packen Leihbücher, von denen sie anscheinend pro Woche ein halbes Dutzend las, und schob ihn unter die Kante des bedrohlich schwankenden Schrankungetüms. Der Fußklotz löste sich von selbst. Harry, die Schulter gegen den Schrank gestemmt, schob die Geldrolle in den hohlen Fuß und rückte das Möbelstück sorgfältig an seinen Platz zurück, bevor er es erneut anhob und den Bücherpacken hervorzog. Auf das Versteck sollte erst mal einer kommen!

Eigentlich habe ich jetzt einen guten Schnaps verdient, dachte er. Aber die Flasche stand in der kühlen Speisekammer. Ärgerlich warf er sich rücklings auf das Bett und starrte das Wachstuch an der Decke an. Wie lange dauerte denn dieses Palaver in der Küche noch?

Am Tage hielt er sich nur selten in der Wohnung auf, aber irgendeine Adresse brauchte man schließlich, alleine schon wegen der Lebensmittelkarten. Das mit dem Unterschlupf hatte sich wie von selbst gefügt. Unauffällig wohnte er hier allemal, von dem neugierigen alten Aas von Nachbarin mal abgesehen. Im Grunde konnte ein Mensch wie er in dieser düsteren Bude nichts anderes tun als schlafen. Aus dem Fenster hinunter in den engen Hof zu starren war nun wirklich das Letzte, was ihm einfiel. Allenfalls rausspringen wie der dämliche Krüger, dem die Wohnung vorher gehört hatte. Wenn alle Stricke rissen, blieb das immer noch als letzte Möglichkeit.

Er verzog das Gesicht. Für ihn kam das wahrhaftig nicht in Betracht. Er hatte kritischere Situationen überlebt, und er gedachte, am Leben zu bleiben und ein gutes Leben zu führen. Allmählich würde alles wieder ins Lot kommen. Er überlegte einmal mehr, ob es nicht an der Zeit war, aus dem russischen in einen westlichen Sektor umzuziehen, und schob die Entscheidung wie immer auf. Am liebsten vermied er jeden Kontakt mit den Behörden. Außerdem ging es denen in Neukölln bis jetzt nicht besser als den Menschen hier im Osten, und wen die Russen auf dem Kieker hatten, den holten sie sich sowieso. Ein Harald Grommek gehörte nicht dazu, da war er ganz sicher.

Rein spielerisch dachte er darüber nach, wie es wohl wäre, hier einfach zu verschwinden und sich mit Rosi zusammenzutun. Wenn man sich deren Freier genauer anguckte, war vielleicht auch das eine oder andere zu holen. Andererseits sah ihre Verbindung zur Kripo zu günstig aus, um dieses Risiko einzugehen. Mit diesem Eddie wollte er sich lieber nicht anlegen. Rosi musste den nur richtig aushorchen. Aus guten Informationen ließ sich immer etwas machen. Chef der Mordkommission war also ein gewisser Kappe. Er fuhr auf. Dass ihm das nicht aufgefallen war! Kalle Kappe hieß einer, den er vom Alex her kannte. Ob die miteinander verwandt waren? Kappe war kein ganz seltener Name. Wenn er diesen Kalle das nächste Mal traf, würde er ihm auf den Zahn fühlen.

Endlich klappte die Wohnungstür. Er hörte sie in dem winzigen Flur rumoren, dann kam sie herein und erschrak. «Du liegst hier rum, und ich muss inzwischen lange Propagandareden über mich ergehen lassen!», maulte sie.

«Na und? Weißt du jetzt wenigstens, wen du wählen musst?»

Sie schüttelte den Kopf. «Mein Vater war immer deutschnational. Aber da war ich noch ein Kind ...»

Harry lachte. «Wird wohl ’n Weilchen dauern, bis die wieder ans Ruder wollen», sagte er.

Sie setzte sich zu ihm auf die Bettkante und sah ihn an. «Ach Harry», sagte sie, «was soll das bloß werden mit uns beiden ...»

«Wenn du mich nicht hättest, müsstest du eben auf den Strich gehen, um nicht zu verhungern», erwiderte er nüchtern.

Mit einer laschen Handbewegung schlug sie nach ihm. «Du weißt, dass ich das nie tun würde!»

Wer weiß, ob deine Kunden so zufrieden wären wie die von Rosi, dachte er boshaft. Und bei dem Gedanken packte ihn seltsamerweise wieder die Lust. Er richtete sich auf und griff nach ihrer Bluse. «Na los», sagte er, «zeig mal, was du so drauf hast, falls mir mal was passiert und du den Beruf wechseln musst!»

Erschrocken blickte sie ihn an. «Ist irgendwas ... schiefgegangen?»

Er lachte böse und kippte sie auf das Bett. «Bei mir geht nichts schief, verstehst du? Das musst du doch langsam gemerkt haben.»

Vergeblich versuchte sie sich aufzurichten. «Manchmal habe ich richtige Angst», sagte sie.

Er hockte sich über sie und knöpfte bedächtig die Hose auf. Was er in ihren Augen las, sah nicht nach liebevoller Erwartung aus. Wütend sagte er: «Hab dich nicht so!»

NEUN

DAS ERSTE SONNTÄGLICHE FAMILIENTREFFEN der Kappes nach dem Krieg begann mit einem Missklang. Immerhin war es Klara gelungen, ihre wütende Enttäuschung darüber, dass ihr Erstgeborener sich erst nach Tagen bequemte, die eigene Mutter aufzusuchen, so weit zu dämpfen, dass sie ihn ohne jeden Vorwurf in die Arme schloss und einfach nur hemmungslos zu weinen begann.

Karl-Heinz jedoch, den Hermann Kappe mit ungewohnter väterlicher Strenge zur Anwesenheit verpflichtet und darüber hinaus eindringlich gebeten hatte, jegliche Bemerkung in politischer Hinsicht zu unterlassen, begrüßte seinen Bruder mit einem abschätzenden Blick und der Frage: «Na, haben sie dich bekehrt und als Politkommissar zurückgeschickt?»

Damit war die Fortsetzung der alten Wortgefechte der Brüder gesichert. Nur Margaretes rechtzeitiges Erscheinen samt ihrer Tochter verhinderte einen vollständigen Eklat, tobte doch die kleine Marlies sofort wie ein Wirbelwind durch die Enge der Kappe'schen Wohnung. Die Kleine wurde nur mit Mühe daran gehindert, die Tür zu Klaras Ersatzbalkon zu öffnen, um die wunderbare Ruinenlandschaft darunter zu begutachten. «Bei uns sind noch alle Wände da», bemerkte die Fünfjährige altklug, als der fremde Onkel Hartmut, dem sie noch nie zuvor begegnet war, sich bei Margarete nach den Wohnverhältnissen erkundigte.

Margarete wohnte mit ihrer Tochter in einem Hinterhaus in der Nähe der Prenzlauer Allee, froh darüber, überhaupt ein Dach über dem Kopf zu haben. Ihr Mann Arno war gleich nach seiner

Rückkehr aus dem Erzgebirge festgenommen worden. Seitdem fehlte jede Nachricht von ihm. In den letzten Kriegswochen hatte man seine Abteilung von Telefunken nach Süden verlagert, wo bald darauf die Amerikaner eintrafen und die Gegend kampflos besetzten. «Wäre er doch bloß bei den Amerikanern geblieben!», lautete Margaretes ständige Klage und wurde von Klara mit den Worten ergänzt: «Oder wenigstens hierher zu uns in den amerikanischen Sektor gekommen. Bei den Russen weiß man nie ...»

Alle sahen anklagend auf Hartmut. Ihn hatten die Russen freigelassen, während sie Arno festhielten, wenn er überhaupt noch lebte. «Er war bei der SS» war alles, was Hartmut dazu einfiel. «Wisst ihr überhaupt, was die in Russland für schreckliche Verbrechen begangen haben?»

«Aber doch nicht Arno!», begehrten alle auf. «Der hat keiner Fliege was zuleide getan!»

«Woher sollen die Russen das wissen? Die sperren erst mal alle ein und sortieren dann. Ihr müsst einfach ein bisschen Vertrauen haben. Sie werden das untersuchen und ihn freilassen, wenn er wirklich unschuldig ist.»

«Er ist unschuldig!», ereiferte sich Margarete. «Er wollte nicht mal die SS-Uniform tragen. Deshalb musste er ja an die Front.» Sie brach in Tränen aus. «Er war ein ganz unpolitischer Mensch ...»

«Das waren wir alle mal», brummte Kappe. Margarete war so naiv geblieben, wie sie es immer gewesen war. Daran hatte nicht mal Arnos Propagandaeinsatz in Litzmannstadt etwas geändert. Vergeblich versuchte Kappe, die kleine Runde endlich auf ein harmloseres Gesprächsthema zu lenken. Immer wieder kam jemand auf die Kriegsgefangenen oder die Flüchtlinge zurück, die die Stadt überschwemmten und die Not noch verstärkten. In normalen Zeiten hätte Kappe wenigstens bei Tisch um Ruhe gebeten. Das karge Mittagessen, das Klara mit unendlicher Mühe zusammengeklaubt hatte, war schnell vertilgt. Zu ihrem Kummer hatte sich Karl-Heinz geweigert, mit seinen Beziehungen zu einer wesentlichen Verbesserung des Mahls beizutragen. «Das würde

Papa nicht passen», hatte er gesagt. «Als ich zurückkam, gab es auch keinen Festbraten. Soll Hartmut doch ein Pajok von seinen russischen Genossen beisteuern!»

Mit Pajok-Paketen beglückten die Russen ihre deutschen Funktionäre und die sogenannten Kulturschaffenden. Zu denen zählte Hartmut nicht, aber eine Flasche Wodka und ein Schwarzbrot hatte er dennoch mitgebracht, was Karl-Heinz' Verdruss nur verstärkte. Unter den strafenden Blicken seines Vaters sparte der nicht mit bissigen Bemerkungen über den heimgekehrten Bruder. Natürlich hatte ihm Klara brühwarm erzählt, dass der künftig ebenfalls bei der Polizei tätig sein werde.

«Wartet nur diese sogenannten Wahlen ab! Dann werden sie euch in ‹Miliz› umbenennen», meinte er gallig. «Und die Kripo am besten gleich in ‹GPU›.»

GPU – das war die gefürchtete russische Geheimpolizei gewesen, wie jeder wusste. Alle verstummten. Hartmut wurde ein bisschen bleich um die Nase und schlug mit der flachen Hand auf den Küchentisch, um den sie versammelt saßen. «Jetzt habe ich genug von deiner Hetzerei!», fuhr er seinen Bruder an. «Von einem, der freiwillig bei der Waffen-SS war, brauche ich mir so etwas nicht sagen zu lassen! Wahrscheinlich hätten sie besser dich statt Arno internieren sollen.»

Klara schlug erschrocken die Hand vor den Mund. «Wie kannst du so etwas von deinem eigenen Bruder sagen! Und noch dazu so laut ...»

Der Meinung war Kappe zwar auch, aber die Unverschämtheit seines Jüngsten ließ ihn minutenlang verstummen.

Karl-Heinz hingegen blieb eiskalt. «Und du?», fragte er hämisch seinen Bruder. «Bist du nicht gerne zu den Fliegern gegangen? Obwohl es nur fürs Bodenpersonal gereicht hat. Leutnant bist du trotzdem geworden und hast dem Führer einen Eid geschworen.»

Hartmut sah ihn durchbohrend an. Leise sagte er: «Es war ein langer, schmerzlicher Prozess, sich von diesem Eid auf einen

Verbrecher zu lösen. Einer wie du wird das wahrscheinlich nie begreifen.»

«Nee, werde ich auch nicht! Dir haben ja vermutlich Überläufer wie Paulus und sein Komitee bei deinem Gesinnungswandel geholfen. Für mich bleiben das alles Verräter am deutschen Volk!»

Kappe fand seine Stimme wieder. Er schlug mit der geballten Faust auf den Tisch, viel lauter als Hartmut zuvor. «Jetzt ist es genug!», dröhnte er. «Du hältst jetzt einfach mal dein vorlautes Mundwerk, Karl-Heinz! Vielleicht kommst du noch mit so ollen Kamellen wie der Dolchstoßlegende – im Felde unbesiegt! Wer hat denn die Soldaten in Stalingrad im Stich gelassen? Dieser ganze Krieg war ein einziges Verbrechen. Punktum, und jetzt will ich kein Wort mehr davon hören!»

In die unheilschwangere Stille hinein ertönte Marlies' Stimme: «Wann ist denn wieder Krieg, Opa?»

Zum Kaffee, soweit das bräunliche Getränk in Klaras Sammeltassen den Namen verdiente, erschienen Kappes Neffe Otto und seine Frau Gertrud, in Hartmuts Jugendjahren sein stiller Traum und trotz der schlechten Zeiten auch jetzt noch eine ansehnliche und schick gekleidete junge Frau. Otto dagegen, gerade 35 geworden, wirkte grau und abgespannt. Nervös bewegten sich seine Finger, um die Augen zuckte es. Bis April 1945 war Otto Kappe Kriminalkommissar wie Hermann Kappe gewesen, im Dienst unabkömmlich bis in die letzten Kriegstage. Das hatte ihm Wehrmacht und Gefangenschaft erspart, ihn jedoch nicht vor dem Totalschaden der Wohnung und dem bewahrt, was Gertrud beim Einmarsch der Roten Armee erleben musste. In der Familie wusste nur Hermann Kappe davon. Gertrud und Otto ließen darüber nie ein Wort verlauten.

Tief getroffen hatte Otto außerdem der Verlust seiner Arbeit. Er war Kriminalist mit Leib und Seele, und es schmerzte ihn, wenn er sah und las, was sich täglich in der Stadt abspielte. «Sie brauchen uns doch», sagte er immer wieder zu Hermann, doch der konnte ihm nicht helfen und riet: «Warte die richtige Zeit ab, sie werden längerfristig nicht auf erfahrene Leute wie dich verzichten können.»

Ein schwacher Trost. Otto war inzwischen bei einem Spreng- und Abrissunternehmen untergekommen. Die dreckige und gefährliche Arbeit zermürbte ihn sichtlich. Zwei seiner Kollegen waren durch herabstürzende Trümmer schwer verletzt worden, einen dritten hatte die Explosion eines Blindgängers in Stücke gerissen. Als Otto hörte, dass nun auch Hartmut bei der Polizei gelandet war, wusste er nicht recht, ob er den jüngeren Cousin einfach nur beneiden oder als unlautere Konkurrenz verwünschen sollte. «Ich bezweifele, dass die jemals einen dritten Kappe einstellen», unkte er.

Hermann Kappe lachte und meinte: «Was sollen da erst Leute sagen, die Schmidt oder Müller heißen?»

«Oder Lange», fügte Otto an. «Erinnerst du dich an die Trickbetrügerin, die wir zehn Jahre lang nicht gefasst haben?»

Kappe nickte. «Von der Sorte sind inzwischen täglich mindestens fünfzig in Berlin unterwegs», sagte er. «Du ahnst nicht, auf was für Betrügereien selbst ehrbare Leute verfallen.»

«Martha Lange wird niemanden mehr betrügen», sagte Otto beinahe melancholisch. «Anfang '43 ist sie verhaftet worden.»

«Und?», fragte Hartmut, der sich erinnerte, wie oft Otto den Namen der Frau erwähnt hatte.

«Und?» Otto blickte ihn düster an. «Im Juli '43 hat man sie in Plötzensee hingerichtet.»

«Hingerichtet – eine Trickbetrügerin?», fragte Hartmut ungläubig.

Kappe und Otto wechselten einen Blick. «Sie galt als Berufsverbrecherin», erläuterte Otto. «Mit denen machte man kurzen Prozess.»

Kappe konnte das nur bestätigen. «Ich habe kurze Zeit mit einem Kollegen von der Fahndung zusammengearbeitet. Dessen Frau war Hebamme. Die starb auch unterm Fallbeil, wegen Abtreibung. Und ihn hat es am Schluss noch beim Volkssturm erwischt.»

Sie sprachen über die alten Kollegen, darüber, dass der unverwüstliche Galgenberg noch immer lebte, und fragten sich, was wohl aus Piossek und Klingbeil geworden sei. Karl-Heinz, der sich eine Weile mit seiner Schwester und mit Gertrud unterhalten hatte, mischte sich schließlich ein. «Wenn ihr hier 'ne interne Dienstbesprechung veranstaltet, bin ich wohl überflüssig. Ich hab sowieso was Besseres vor heute Abend.»

Kappe, der sich genügend über ihn geärgert hatte, stimmte sogleich zu. Nicht mal Klara hielt den Sohn zurück. Zum Abendbrot eine Person weniger, das hatte auch sein Gutes.

Und als hätte er die Gedanken seiner Mutter erraten, gönnte sich der Kronsohn im Abgehen noch einen letzten Triumph. «Hier», sagte er und ließ zwei kleine Blechbüchsen über den Tisch schlittern. «Echte Ölsardinen. Damit ihr endlich mal was Vernünftiges in den Wanst kriegt!» Und raus war er.

Kappe ballte die Fäuste. «So geht das beinahe jeden Tag mit dem Jungen», sagte er hilflos.

Und Klara fügte hinzu: «Ein Glück, dass deine Mutter nicht hier ist. Die hätte ihm wahrscheinlich eine geklebt!»

Kappes resolute Mutter Bertha weilte beim Bruder Oskar in Wendisch Rietz. Da gab es hoffentlich ausreichend Fisch zu essen. Doch selbst der Ärger über Karl-Heinz hielt niemanden davon ab, die Ölsardinen mit Appetit zu verspeisen. Danach schmeckte sogar das dünne Bier annehmbar. Nur die quengelnde Marlies wollte die unbekannte Nahrung nicht zu sich nehmen. Margarete verschwand mit ihr im Schlafzimmer.

«Es soll bald wieder Starkbier geben», wusste Otto indessen zu berichten. «Aber nur für den amerikanischen Sektor.» Das im russischen Sektor gebraute Drei-Prozent-Bier gab es dort nicht. «Ich habe gelesen, dass alleine in den sechs amerikanischen Bezirken monatlich zehntausend Hektoliter Bier konsumiert werden», ergänzte er.

Kappe hob die Flasche. «Na denn, prost!» Er sah Hartmut an. «Gab's in Russland auch so was wie Bier?»

«Die trinken eher härtere Sachen ...»

«Ihr mit eurem Bier», sagte Gertrud vorwurfsvoll. «Wenn alles gutgeht, heißt es, soll es demnächst wieder Schrippen und Schusterjungen geben, auf 50 Gramm Brotmarken 45 Gramm Gebäck.»

«Schrippen!» Kappe verdrehte genießerisch die Augen. «Mit Hackepeter oder einem sauren Hering und Zwiebel», schwärmte er.

Mit glänzenden Augen pflichtete ihm Otto bei. «Schusterjunge mit Schmalz oder Harzer Käse ...»

Klara rief die Männer in die Realität zurück. «Erst sollen die mal den Wassergehalt im Brot vermindern.»

Gertrud hatte auch dazu eine positive Meldung. «Der Feuchtigkeitsgehalt soll um drei Punkte herabgesetzt werden», sagte sie. «Außerdem soll es demnächst Einkellerungskartoffeln aus der Magdeburger Börde und holländisches Gemüse geben.»

«Demnächst ...», wiederholte Klara ungewohnt sarkastisch. «Weiß zufällig jemand, wo dieser sagenhafte Ort liegt?»

Gertrud verteidigte sich. «Hat alles in der Zeitung gestanden!»

Ihr Mann winkte ab. «Da stand auch im April '45 noch was vom Endsieg drin.»

Nun schwieg Hartmut nicht länger. «Die Zeiten lassen sich doch nicht vergleichen», widersprach er. «Hier herrschen jetzt antifaschistisch-demokratische Verhältnisse. Die Zeit, in der die Bevölkerung nach Strich und Faden belogen und betrogen wurde, ist endgültig vorbei.»

Otto nickte gemessen. «Demnach steht in Russland nur die blanke Wahrheit in den Zeitungen?»

In dieser Frage wollte Hartmut sich lieber nicht festlegen. «So genau kenne ich die sowjetische Presse nun auch wieder nicht. Aber wenn in der *Prawda* steht, dass die Rationen erhöht werden, dann können sich die Menschen hundertprozentig darauf verlassen.» Er blickte sich in der Runde um. «Ihr habt keine Ahnung, wie knapp es bei denen zugeht. Da fehlt es manchmal an den einfachsten Dingen. Und die Wohnverhältnisse ...» Er hob hilflos die Hände.

«Du hast noch kein Wort erzählt, wie es dir überhaupt ergangen ist», mahnte ihn seine Mutter. «War es sehr schlimm?»

Hartmut schüttelte den Kopf. «Gemessen an dem, was wir ihnen angetan haben, sind wir korrekt behandelt worden» war alles, was aus ihm herauszubringen war.

Kappe und Otto wechselten einen Blick und beließen es dabei.

Klara strich ihrem Ältesten mitleidig über das Stoppelhaar. «Das kannst du uns ja alles später mal erzählen ...»

Gertrud fiel die neueingerichtete Suchstelle für unzustellbare Kriegsgefangenenpost beim Postamt NW 40 ein, doch auch das schien kein passendes Gesprächsthema zu sein. Dass die Stromsperre künftig mit einer Vorwarnung verbunden sein sollte, löste hingegen eine lebhafte Diskussion über die zu geringen Strom- und Gaskontingente aus, von denen Hartmut noch keine Ahnung hatte. «Sechzehn Kubikmeter für drei Personen!», murrte Klara. «Und elektrisch kochen ist sowieso verboten!»

«Dazu reicht der Strom eben nicht», belehrte Kappe sie und blickte dabei so vorsichtig zur Küchenlampe, als könne die infolge Stromsperre sofort ihren Dienst einstellen. Das tat sie jedoch erst gut eine Stunde später, als ihre Gespräche längst bei den täglichen Entnazifizierungsmeldungen angekommen waren. Neuerdings zierte ein Trockenstempel den Ausweis der Ehemaligen.

«Man kann nur staunen, wer alles Pg. war», stellte Klara gerade kopfschüttelnd fest, als das Licht erlosch und Kappe so davor bewahrte, seine Frau an die eigene Führerverehrung zu erinnern.

In dieser Woche hatten Jockel Stahl, der Tanzpartner von Marika Rökk, und ein gewisser Willi Domgraf-Faßbaender, den nur Gertrud kannte, vor der Kommission gestanden. «Das ist der berühmte Bariton an der Staatsoper», erklärte sie. «Wir haben zwei Schallplatten von ihm.»

Auch Paula Busch, Artistin, Dompteuse und Schriftstellerin, war Parteigenossin gewesen, was Klara daran erinnerte, dass im

Metropoltheater *Die Zirkusprinzessin* gespielt wurde. «Wollten wir uns die Operette nicht schon lange mal ansehen, Hermann?», fragte sie.

Kappe verdrehte die Augen. «Schlafen kann ich zu Hause», sagte er. «Ganz ohne Musik.»

«Du bist und bleibst ein Kulturbanause!»

Zwei Kerzen verbreiteten anheimelndes Licht. «Wird Zeit, dass wir uns auf den Heimweg machen», meinte Otto. «Im Dustern zwischen den Ruinen rumzutappen macht wirklich keinen Spaß.»

Gertrud griff nach seinem Arm. «Wenn du bei mir bist, habe ich keine Angst», sagte sie und fügte hinzu: «In Charlottenburg gibt es ganze Ruinenviertel. In der Krummen Straße drehen sie jetzt einen Film. *Irgendwo in Berlin* soll der heißen. Ein Heimkehrerschicksal.»

Alle blickten auf Hartmut.

«Wusstet ihr, dass die Luftverschmutzung in Berlin durch die Enttrümmerung um siebzig Prozent gestiegen ist?», fragte Otto, um von dem schweigsamen Hartmut abzulenken.

«Findet ihr denn immer noch Leichen in den Trümmern?», wollte Klara wissen.

Bevor Otto antworten konnte, knurrte Kappe ungehalten: «Dazu sind *wir* ja da.» Klaras kaum kaschierte Sensationslust störte ihn von jeher.

Otto hatte es plötzlich nicht mehr so eilig. «Erzähl mal!», sagte er, und Kappe gab einen knappen Bericht über die beiden Leichen der letzten Tage. Geheim zu halten war da ohnehin nichts – im Gegenteil. «Das mit der Frauenleiche ist beinahe hoffnungslos», gab Kappe zu. «Wir können nicht mal ihr Alter schätzen. Nach Meinung der Mediziner ist sie jedenfalls vergewaltigt worden.»

Bei dem Wort zuckte Otto kaum spürbar, ließ sich aber sonst nichts anmerken. «Und der Landser?», fragte er. «Der muss doch irgendwo registriert sein.»

«Auch der trug keinerlei Papiere bei sich, überhaupt nichts, was einen Anhaltspunkt bieten könnte. Die Techniker untersuchen jetzt die Kleidung nach Spuren. Ich habe außer Tabakkrümeln nichts gefunden.»

«Machorka?», erkundigte sich Hartmut.

Otto griente. «Wäre naheliegend, wie? Aber da braucht nur eine mitleidige Seele dem Heimkehrer eine einzige Camel geschenkt zu haben, und schon sind die Indizien nichts wert.»

Das sah Hartmut ein. «Wer sagt euch überhaupt, dass der Mann gerade erst aus der Gefangenschaft gekommen ist?», wollte er wissen.

«Niemand», antwortete Kappe. «Wir wissen ja nicht mal, ob er die schäbige Kluft nicht bloß getragen hat, um Mitleid zu erregen.» Da Hartmut ihn erstaunt ansah, fügte er hinzu: «Das ist leider eine weitverbreitete Masche. Manche ziehen ganz offen bettelnd herum, andere lassen sich irgendeinen Trick einfallen, um an das Ersparte von alten Frauen heranzukommen oder was weiß ich. In solchen Zeiten entfalten die Menschen einen ungeahnten Einfallsreichtum. Wir haben es zum Beispiel ständig mit falschen Kripobeamten zu tun, die Haussuchungen vornehmen, Leute in Angst und Schrecken versetzen und Dinge beschlagnahmen, die sich weiterverkaufen lassen. Es gibt sogar welche, die sich mit russischen Uniformen verkleiden.»

So leicht war Hartmut nicht zu überzeugen. «Aber es muss doch herauszukriegen sein, wo jemand vermisst wird ...»

Jetzt lachten Hermann und Otto Kappe offen. «Du hast vielleicht eine Ahnung!», sagte sein Vater. «Abgesehen von den im Krieg und auf der Flucht verlorengegangenen Personen gibt es alleine in Berlin eine geradezu unendliche Zahl von Vermissten. Bestimmt mehr, als wir bei der Kripo Leute haben. Und zu unseren Kollegen gehören nun mal Amateure wie unser Fotograf Schieck und der blutige Anfänger Holtefret, den sie mir zugeteilt haben. Wenn du mich fragst, der kommt selber aus dem Milieu. Das muss nicht gleich das Schlimmste bedeuten. Aber wie soll man mit solchen Figuren Mordfälle klären?»

«Ich habe mich natürlich auch für die Kripo gemeldet», sagte Hartmut im Brustton der Überzeugung. «Aber vorläufig muss ich ...»

Kappe winkte ab. «Du verdien dir erst mal deine Sporen auf dem Revier! Mal sehen, ob du in einem halben Jahr noch Lust hast, bei so einer Truppe zu bleiben.»

Hartmut griente und boxte ihm freundschaftlich gegen die Schulter. «Du bist doch auch dabei», sagte er.

«Was bleibt einem übrig, wenn man nichts Vernünftiges gelernt hat», brummte Kappe.

ZEHN

KARL-HEINZ hatte die Faxen zu Hause schon lange dicke. Mutters ewiges Gefrage und Getue ging ihm ebenso auf die Nerven wie Vaters Polizistengehabe, und jetzt kam noch ein geläuterter Russenhäuptling dazu – das war wirklich mehr, als ein einzelner Mensch vertragen konnte. Ursprünglich hatte er nur vorgehabt, den brüderlichen Heimkehrer ein wenig anzuflachsen, dann hatte er plötzlich die alte Unterlegenheit gegenüber dem Älteren gespürt, die ihn von jeher aufbrachte. Deshalb hatte ihn der Teufel geritten. Statt Hartmut zur Begrüßung großkotzig eine Packung Ami-Zigaretten anzubieten und mit ihm zu plauschen, hatte er ihn angestänkert. Zwei Polizisten am Tisch und ein dritter dazu, der das Unglück bejammerte, nicht mehr zu denen zu gehören – das war mehr, als sich ein erfolgreicher Geschäftsmann wie Karl-Heinz zumuten wollte. Seinetwegen sollten denen die ungewohnten Ölsardinen zu einem gehörigen Dünnschiss verhelfen, und ihren Russenwodka durften sie auch alleine saufen!

Erst auf der Straße überlegte er, was er mit dem angebrochenen Abend anfangen sollte. Eine feste Freundin hatte er nicht. Davon hielt ihn sein Misstrauen ab. Und Misstrauen war allemal angebracht, wenn er bedachte, was rund um Alex und Zoo an ordinären Weibern herumgeisterte. Er hatte keine Lust, sich was wegzuholen oder sich mit einer einzulassen, die nur darauf aus war, ihn zu betrügen oder zu beklauen.

Und die anständigen Frauen? Von denen hatte er erst recht die Nase voll, seit seine Beziehung zur Witwe eines höheren NS-Würdenträgers ein jähes Ende gefunden hatte. Nach dem gewinnträchtigen Verkauf von zwei wertvollen alten Uhren aus ihrem Besitz vermochte er sich ihrer durchaus liebevollen Zuwendung kaum zu erwehren. In ihrem breiten Ehebett fühlte er sich wohl, und die paar Jahre Altersunterschied störten nicht. Elviras Körper war den schlechten Zeiten zum Trotz gut proportioniert geblieben. Er war nicht verwöhnt und begann ihre üppigen Reize zu genießen, zumal Elviras Temperament erst im Bett wirklich erwachte. Sie war eine dunkelhaarige Walküre, die auf ihr Äußeres achtete und sich pflegte. Erstaunlicherweise hatte sie nichts anderes zu tun. Über Frauen, die an den Straßenrändern Steine klopften, konnte sie nur lachen. «Man braucht eben einen guten Arzt» war alles, was sie zu diesem Thema anmerkte. Einmal hatte sie Karl-Heinz sogar um Kaffee für diesen Arzt gebeten, der sie angeblich seit Jahren behandelte. Es fiel ihm leicht, diesen Wunsch zu erfüllen. Dabei hatte ihre Beziehung von Anfang an unter einem Mangel gelitten, der Karl-Heinz zunehmend ärgerte. Obwohl Elvira eine sonnige und kaum beschädigte Wohnung am Hohenzollerndamm hatte, die trotz eines Untermieters ausreichend Platz für zwei bot, lehnte sie es strikt ab, Karl-Heinz bei sich aufzunehmen. «Ein Untermieter genügt mir.» Dank der Stellung ihres verstorbenen Mannes durfte sie sogar ihr Telefon behalten. So brauchte sie nicht den Berliner Rundfunk zu hören, sondern genoss den amerikanisch lizenzierten Drahtfunk.

Ja, es ging ihr gut. Doch angesichts des blühenden Denunziantentums und des entsetzlichen Untermieters, den man vorsorglich zu ihrer Überwachung eingewiesen habe, könne sie sich keinerlei Extravaganzen leisten und habe auf ihren guten Ruf zu achten. So blieb es für Karl-Heinz bei den nur am Tage unter strengen Vorsichtsmaßnahmen und Auflagen stattfindenden Haus- und Bettbesuchen und den Nächten in der Kappe'schen Küche. Kam er bei Tage und gab sich verstohlen mit dem vereinbarten Klopfzeichen zu erkennen, dann begrüßte ihn Elvira stets liebevoll und erwies ihm ihre Dankbarkeit für seine Mitbringsel, wobei sie niemals vergaß, auf die Uhr zu achten. Spätestens um sechs musste er das Haus verlassen.

Irgendwann war ihm das so sehr gegen den Strich gegangen, dass er beschloss, der Sache auf den Grund zu gehen. Statt sich um sechs aus dem Staub zu machen, ließ er sich heimlich auf der Bodentreppe nieder und wartete die Heimkehr des Untermieters ab. Erst nach sieben stieg einer schweren Schrittes bis in den dritten Stock hinauf. Als der sich an Elviras Tür zu schaffen machte, riskierte Karl-Heinz einen verstohlenen Blick über das Treppengeländer. Ein hagerer ältlicher Geselle mit Abzeichen am Revers fummelte mit einem Schlüsselbund an der Tür herum. Die jedoch wurde eilig aufgerissen und der Mann hereingezogen. Mehr musste der Beobachter nicht sehen, der leise die Stufen heruntertappte und eine Minute lang den Geräuschen eines innigen Empfangs im Wohnungskorridor lauschte. Küsschen hier und Küsschen da. «Haben sie dich Armen wieder so lange in deiner Behörde aufgehalten ...» Widerwärtig!

Von der Straße aus hatte er dann beobachtet, wie das Licht im Zimmer dieses Untermieters nur ganz kurz aufflammte. Danach saßen sie wahrscheinlich gemütlich in der Küche, tranken seinen Kaffee und rauchten seine Zigaretten. Eine Stunde später warf die intime Lampe im Schlafzimmer zwei Schatten an die Gardinen. Zähneknirschend überquerte Karl-Heinz die Straße, er drückte mit aller Kraft auf ihren Klingelknopf und klemmte, da ihm die Störung zu harmlos erschien, zusätzlich ein Streichholz ein. Oben läutete es Sturm. Wütend brach er das Hölzchen ab.

Am meisten ärgerte er sich hinterher, dass er sich herabgelassen hatte, sie am nächsten Vormittag zur Rede zu stellen. Ihre weinerlichen Ausreden hätte er sich selber zusammenreimen können. Die arme, hilflose, der Willkür der Behörden ausgesetzte Kriegerwitwe, mit einem aufdringlichen kommunistischen Untermieter bestraft, der noch dazu jahrelang im Lager gesessen hatte und von dort ganz schreckliche Dinge erzählte, die ihr Albträume bereiteten. Irgendeinen Schutz habe sie sich schließlich verschaffen müssen – weshalb also nicht gleich einen von denen, die künftig die Macht übernehmen würden ...

Grob hatte er sie angefahren: «Weiß der, welches Amt dein Mann bei den Nazis bekleidet hat?»

Ihre verschämte Antwort lautete: «Aber er liebt mich und will mich heiraten. Ich habe ihm gesagt, dass ich aus einfachen Verhältnissen stamme. Mein Vater hat immer links gewählt. Mein Patenonkel war sogar im Rotfrontkämpferbund. Der kannte Thälmann persönlich, hat er jedenfalls vor '33 immer erzählt ...»

Es schüttelte Karl-Heinz noch nachträglich, wenn er nur daran dachte.

Am Alex angekommen, wurde ihm schnell klar, dass der Sonntagabend nicht der ideale Zeitpunkt für unternehmerische Aktivitäten irgendeiner Art war. Ein kühler Wind wehte über das weite, von Ruinen umsäumte Oval. Von Hertie standen nur noch Reste der Fassade, die beiden Hochhäuser zur Königstraße hin waren trotz der Bombenschäden noch in ihren Konturen zu erkennen. Die Straße dahinter mit der Wertheim-Ruine hätte wie eine düstere Schlucht gewirkt, wäre nicht gerade eine S-Bahn über die Brücke gefahren. Quer über den Platz ratterte ab und an eine kaum beleuchtete Straßenbahn, über der unterirdischen Pinkelbude glimmte ein einsames Licht, und gegenüber, auf der anderen Seite des Alex', dräute über einem grauen Amtsgebäude der Turm der Georgenkirche in den schwarzen Himmel. Karl-Heinz Kappe sah hinüber. Rechts traf die Landsberger Allee auf den Platz, und von der zweigte die Große Frankfurter Straße ab, die breite Allee seiner Kindheit und Jugend. Vorbei, dachte er und empfand für einen Augenblick so etwas wie Wehmut.

Außer ihm waren nur wenige Passanten unterwegs. Gemächlich schlenderte er eine Runde um den Platz. Ob er nicht doch besser zum Zoo fuhr? Vielleicht war da mehr los. Aber auch hier gab es noch immer Kneipen und versteckte Etablissements, in denen man seinen Spaß haben konnte, wenn man über das notwendige Kapital verfügte. Für ihn kein wirkliches Problem, obwohl er bei solchen abendlichen Streifzügen nie viel Geld einsteckte. Mit ein, zwei Schachteln Amis in der Tasche war man überall ein gerngesehener Gast.

Karl-Heinz Kappes Beziehungen zu den Besatzungsmächten, zu denen er polnische und jugoslawische Kombattanten und in Berlin verbliebene italienische Zwangsarbeiter zählte, waren als gut, zu den Amerikanern sogar als eng zu bezeichnen. Die Amis galten als die besten Kunden für Antiquitäten und speziell für irgendwelchen Nazitrödel, auf den sie besonders scharf waren. Sie zahlten mit Zigaretten und mit allerlei Waren aus ihren Kantinen, die hierzulande noch für eine Weile als Luxus gelten würden. Mit den Engländern Geschäfte zu machen war längst nicht so lukrativ. Die Franzosen erwiesen sich als knickrig und ziemlich hochnäsig, zu Hause ging es denen wahrscheinlich nicht viel besser als den Deutschen. Mit den Russen stand er sich da besser, obwohl die mit einigem Recht als unberechenbar galten. Und wie es bei denen zu Hause aussah, wusste er aus eigener Anschauung. Mitunter schleppten sie die merkwürdigsten Sachen an, dann wieder waren sie scharf auf Klaviere, ja sogar auf Autos oder ganze Wohnungseinrichtungen. Das waren höhere Offiziere, die in die Heimat zurückkehrten, hieß es. Ihm konnte das gleich sein. Hauptsache, sie zahlten – und nicht bloß mit ihren bunten Alliierten-Lappen, die wie selbst gedruckt aussahen. Kein Mensch wusste, ob nicht mindestens die Hälfte davon Fälschungen waren. Jedenfalls wurde man sie schwer wieder los. Besonders die größeren Scheine. Der Aufdruck auf den Fünfzigern war blau, der auf den Hundertern violett. Angeblich existierte sogar ein Tausend-Mark-Schein mit grünem Aufdruck. Er hatte noch keinen gesehen und hätte ihn um nichts in der Welt in Zahlung genommen.

Sprachlich gab es keine Schwierigkeiten mit den internationalen Handelspartnern. Im Widerspruch zu seinen mäßigen Englisch- und Lateinzensuren in der Schule entwickelte er eine erstaunliche praktische Begabung, die ihn nahezu perfekt mit Italienern und Polen parlieren ließ, wobei Händen und Mimik eine gewichtige Rolle zukam.

Heute schien der Wurm drin zu sein. Entweder hatte hier gerade eine Razzia stattgefunden – was an einem Sonntagabend höchst unwahrscheinlich schien –, oder das handelswillige Publikum hatte sich schon in den einschlägigen Lokalen verkrochen. In Richtung auf das alte Scheunenviertel gab es davon genug.

An der Ecke Memhardstraße stieß er beinahe mit einem Pärchen zusammen, dem er keine besondere Aufmerksamkeit schenkte. Der Mann trug einen Hut und einen hellen Staubmantel, die Frau ein aus einer Decke gefertigtes Kostüm und eine modische Kappe. Außerdem war sie mächtig zurechtgemacht. Das alles fiel Karl-Heinz erst auf, als ihn der junge Kerl im Vorbeigehen mit einem geradezu eisernen Griff am Ärmel packte und sagte: «Kennst wohl keinen mehr, wie?»

Karl-Heinz, im Begriff, sich mit einem gutgezielten Fausthieb des vermeintlichen Angriffs zu erwehren, bremste den Schlag gerade noch rechtzeitig ab. «Ach, du bist es», stieß er erleichtert hervor. Mit erhobener Faust stand er Harry gegenüber, einem der wichtigeren Leute rund um den Alex. Und nicht nur dort war der bekannt. Jedenfalls gebärdete sich dieser Bursche, der nicht viel älter sein konnte als er selber, überall so, als habe er was zu melden. Und seltsamerweise zollte man ihm im einschlägigen Milieu den entsprechenden Respekt. Bis jetzt war Karl-Heinz noch nicht dahintergekommen, woran das lag. Bis jetzt hatte Harry auch noch nie besondere Notiz von ihm genommen. Sich gegenseitig zuzunicken, wenn man sich sah, das war das höchste der Gefühle.

«Entschuldige, hab dich nicht gleich erkannt», sagte er ein bisschen verlegen. Die rothaarige Frau lächelte ihn so seltsam an.

Harry gab sich versöhnlich. «Kann ja vorkommen», sagte er ruhig. «Hast du es eilig?»

Sofort war Karl-Heinz auf der Hut. Harry steckte gewöhnlich in größeren Sachen drin. Es hieß, der könne sogar Autoreifen besorgen. Vielleicht war das eine Chance für ihn. «Hab nichts Besonderes vor», sagte er eifrig, und er registrierte dabei den verheißungsvollen Blick, den Harrys Begleiterin ihm zuwarf. Wollte die was von ihm?

Harry aber tat, als gäbe es die Frau an seiner Seite gar nicht. «Würde mich gerne mal ’n paar Takte mit dir unterhalten», meinte er leichthin. «Vielleicht kriegen wir irgendwo ’n Schluck zu trinken.»

Die Frau schien nicht einverstanden. «Aber du wolltest mit mir ...», sagte sie schmollend, von Harry harsch unterbrochen: «Das können wir immer noch! Geschäfte gehen vor, das weißt du selber am besten.» Er gab ihr einen leichten Schubs, der aus Karl-Heinz’ Sicht etwas mehr als freundschaftlich wirkte, und sagte: «Kümmere dich um deins! Kannst ja in ’ner Stunde mal in der Münzklause vorbeigucken, wenn du nichts Besseres zu tun hast.»

Sie verzog den geschminkten Mund, schenkte Karl-Heinz einen letzten bedauernden Blick und trollte sich tatsächlich. Karl-Heinz fand das schade. Sah ganz schick aus, die Frau. Andererseits war es bestimmt nicht gut, ausgerechnet Harry ins Gehege zu geraten. Wenn einer wie der was mit ihr hatte, konnte es sich schließlich um keine gewöhnliche Nutte handeln. Oder ging sie etwa für ihn auf den Strich? Dann war sie sicher keine von den ganz billigen.

Die Getränke jedenfalls, die Harry mit leiser Stimme in der Münzklause orderte, waren keine von den billigen. Großzügig bot er Karl-Heinz eine Zigarre an. Der griff zu, obwohl er lieber die eigenen Camel geraucht hätte. Was Harry tatsächlich von ihm wollte, fand er nicht heraus. Natürlich sprachen sie von Geschäften, doch blieb es bei vagen Andeutungen. Karl-Heinz gab nicht mehr von seinen mühsam aufgebauten Beziehungen preis als unbedingt notwendig, und Harry hielt sich noch bedeckter. Wahrscheinlich wollte der ihn nur aushorchen und auf seine Tauglichkeit hin prüfen.

«Hast du was Größeres in Aussicht?», erkundigte sich Karl-Heinz schließlich.

Harrys Augen folgten träumerisch dem Zigarrenqualm, der

sich wie eine graue Wand über ihrem Zweiertisch erhob. «Kleinvieh macht auch Mist», äußerte er unbestimmt.

Karl-Heinz, der inzwischen das vierte oder fünfte Glas leerte, wurde direkter. «Wenn du mal jemanden brauchst – ich meine, ich bin auch kein heuriger Hase ...»

Harry musterte ihn wohlwollend. «Einen kräftigen jungen Kerl kann man immer gebrauchen. Haben sie dich in den Akten?»

Karl-Heinz schüttelte den Kopf. «Bin sauber», sagte er. Harrys abschätzender Blick veränderte sich, und so fühlte sich Karl-Heinz genötigt hinzuzufügen: «Hab mich bis jetzt noch nie erwischen lassen.»

«Hast du 'ne eigene Wohnung?»

Karl-Heinz schluckte. Das war ein weiterer Schwachpunkt. «Ich wohne noch bei Muttern», gab er ungern zu. «Ich brauche dringend eine eigene Bude. Kannst du mir nicht 'n Tipp geben?»

Harry schwieg eine ganze Weile. «Mal sehen, was sich machen lässt», äußerte er unbestimmt.

«Wäre schön ...», sagte Karl-Heinz.

«Und dein Vater?», wollte Harry wissen.

Die Frage hatte Karl-Heinz erwartet. Er machte eine unbestimmte Geste, um nicht direkt zu schwindeln. «Der spielt keine Rolle», murmelte er. Hinter dem Vorhang aus Zigarrenqualm spürte er Harrys durchdringenden Blick. Oder kam ihm das nur so vor? «Um meinen Alten brauchst du dir keine Sorgen zu machen», bekräftigte er.

Harry hob die Hand und bestellte neue Getränke. «Warst du in Gefangenschaft?», fragte er dann.

Karl-Heinz schüttelte den Kopf. «Hab in Holstein beim Bauern überwintert», sagte er. «War keine schöne Zeit.»

Harry griente schief. «Besser als im Lager.»

Sie redeten noch über dies und das. Karl-Heinz' Aufmerksamkeit ließ allmählich nach. War ja schließlich unerheblich, weshalb Harry ihn angesprochen hatte. So eine Bekanntschaft konnte immer nützlich sein, und der Schnaps auf Harrys Kosten schmeckte.

Jemand kam an den Tisch und begann mit Harry zu flüstern, der wehrte ärgerlich ab, und der andere verschwand. Karl-Heinz achtete nicht sonderlich darauf und fuhr erst auf, als Harry plötzlich leise, aber nicht ohne Schärfe die an ihn gerichtete Frage wiederholte: «Dein Alter ist bei der Kripo, stimmt's?»

«Wie ... kommst du denn darauf?», stotterte Karl-Heinz.

Harrys Augen hinter den Brillengläsern funkelten: «Ja oder ja?», zischte er.

«Quatsch!», sagte Karl-Heinz im Brustton der Überzeugung. «Wer hat dir denn den Blödsinn erzählt!» Das fehlte ihm noch, dass man ihn mit der Kripo in Verbindung brachte. So was ging schnell rum in diesen Kreisen. Da er nun einmal geflunkert hatte, setzte er lieber noch einen drauf: «Mein Alter ist in der Ukraine draufgegangen, wenn du es so genau wissen willst.»

Harry, der weiter an seiner Zigarre nuckelte, stieß eine neue Qualmwolke aus und nickte bedächtig. «Na, wenn du es sagst ...»

Karl-Heinz fühlte sich reichlich unwohl unter diesem kalten Blick. «Wie kommst du denn bloß auf die Idee?», fragte er, damit es nicht aussah, als wiche er dem Thema aus.

Harry tat harmlos. «Och, es gibt im Präsidium einen gewissen Kommissar Kappe. Bei der Mordkommission übrigens ...»

Karl-Heinz probierte ein verächtliches Lachen, das ihm nicht sonderlich gelang. «Mit denen hatte ich glücklicherweise noch nicht zu tun», sagte er. «So selten ist der Name Kappe ja auch nicht.»

Auch diesmal nickte der andere nur.

Karl-Heinz wurde das ungute Gefühl nicht los, dass Harry ihm nicht glaubte. «Ich geh mal aufs Klo», sagte er und spürte, dass das auch keine gute Ablenkung war. Einmal aufgestanden, konnte er jedoch nicht mehr zurück und bahnte sich den Weg zwischen den Tischen. Die Klause war rappelvoll.

In der Toilette drängten sich zwei junge Burschen und ein älterer Mann, die sich augenscheinlich nicht zum Pinkeln hierher zurückgezogen hatten. Obwohl ihn die drei argwöhnisch belauerten, brauchte Karl-Heinz keine zwei Minuten, um zu erkennen, was da lief. «Wenn du echte Amis haben willst», sagte er spöttisch zu dem Älteren, «musst du dich an die richtigen Leute halten.»

Die Jungen sahen sich an und verschwanden wortlos. Mit dem Alten kam Karl-Heinz schnell ins Geschäft. Kleinvieh macht auch Mist, dachte er, während er sich in dem stockfleckigen Spiegelrest über dem Waschbecken betrachtete. Seine Augen waren ungesund gerötet. Er hatte zu viel getrunken und spürte eine leichte Übelkeit. Er wusch sich das Gesicht mit dem kalten Wasser und kämmte seine Haare. Bemüht, aufrechten Schrittes an den Tisch zurückzukehren, ließ er sich keine Überraschung anmerken, als er die Dame aus der Memhardstraße auf seinem Platz erblickte. Seither mochte mehr als eine Stunde vergangen sein. Sie nickte ihm hoheitsvoll zu. Die Tusche um ihre Augen war ein bisschen verschmiert, aber sonst sah sie noch genauso flott aus wie vorhin auf der Straße. Sie hatte anscheinend gerade was mit Harry ausgehandelt und ließ etwas in ihrer Handtasche verschwinden.

«Ich will nicht länger stören», sagte Karl-Heinz und beugte höflich den Kopf zu einem Abschiedsgruß.

Überraschenderweise protestierten die beiden. Harry erhob sich und sagte: «Aber nicht doch! Bleibt ruhig noch ein bisschen. Ich hab sowieso ein paar Kleinigkeiten zu erledigen ...» Er warf nachlässig ein paar Scheine auf den Tisch und nickte Karl-Heinz zu.

Den hielt inzwischen die Frau am Ärmel fest. «Du wirst mich doch nicht alleine hier sitzen lassen», raunte sie ihm zu.

Karl-Heinz fühlte sich verunsichert. Hätte er nachgedacht, dann wäre ihm das Ganze wie ein abgekartetes Spiel vorgekommen. Nur war er nicht in der Stimmung, lange nachzudenken, und die Frau, die sich Rita nannte, ließ ihm keine Zeit dazu. Kaum hatte er sich auf Harrys Platz niedergelassen, spürte er ihre Knie an seinen eigenen. Das gefiel ihm und die Frau erst recht – eine Empfindung, die sich nach den nächsten zwei Schnäpsen noch verstärkte. Da war seine linke Hand längst unter dem Tisch verschwunden und tätschelte ihre Schenkel.

«Wir können zu mir gehen», sagte sie schließlich. «Is nich weit von hier ...»

«Und Harry?», fragte er. Trotz seiner Trunkenheit kam ihm sein Erfolg nicht ganz geheuer vor. «Was ist mit dem?»

Sie beruhigte ihn. «Wejen den mach dir man keene Sorjen! Is bloß 'n juter Bekannter, weiter nischt.» Sie lachte. «Der macht seine Jeschäfte, und ick mach meine, vastehste?»

Karl-Heinz hielt es für unangebracht, sich genauer nach ihren Geschäften zu erkundigen. Sie wirkte ein bisschen ordinär, war dafür aber lieb und sehr entgegenkommend. Was wollte er mehr?

Eng an ihn gedrückt, lotste Rita ihn durch finstere Gassen. Selbst die wenigen bewohnten Häuser inmitten der Ruinenlandschaft flößten wenig Vertrauen ein. Karl-Heinz störte es nicht. Er hatte gelernt sich nicht zu ängstigen. Die Frau im Arm und der Schnaps im Leib steigerten seine Furchtlosigkeit eher. Die rechte Hand in Ritas Ausschnitt versenkt, setzte er seine Schritte dennoch vorsichtig. Die ganze Gegend war ihm nicht geheuer. Überall lauerten Löcher und Trümmerbrocken, nur vereinzelt blakte irgendwo eine Gaslaterne.

Im Treppenhaus des geduckten Hauses, in dem sie landeten, brannte kein Licht. Karl-Heinz hatte keine Ahnung, wo er sich befand, und es war ihm auch egal, solange er sich an Rita festhalten konnte, die anscheinend über das Sehvermögen einer Katze verfügte. Sie zündete erst in ihrer kleinen Behausung – eigentlich kaum mehr als eine enge Kammer – eine Kerze an und begann sich sofort auszuziehen.

Karl-Heinz zögerte. «Ich hoffe, ich kann morgen früh bei dir ausschlafen ...», sagte er und fürchtete im Stillen, dass sie antworten würde: Kostet aber extra.

Sie jedoch legte beide Arme um ihn und gurrte zärtlich: «Willste nich erst mal ablejen?»

Vielleicht doch keine Nutte, dachte er erleichtert. Dann war Harry auch nicht ihr Stenz ...

ELF

EDDIE HOLTEFRET fühlte sich wie ausgewrungen. Sein Kopf dröhnte, aus der Kehle war der Nachgeschmack von Fusel nicht zu verdrängen. Außerdem war er rechtschaffen müde und gnatzig. Leider konnte er sich keiner dem Zustand entsprechenden Körperhaltung hingeben. Er war im Dienst, und er hockte in dem finsteren Büroraum auf einem lehnenlosen Schemel. Neben ihm saß Udo Schieck kerzengerade auf dem weißen Küchenstuhl und war dabei, die Fotos zu sortieren und zu beschriften. Er tat das mit Akribie und in einer gestochenen Schrift, um die ihn Eddie beneidete.

Im Gegensatz zu dem diensteifrigen Fotografen machte auch Kappe keinen besonders munteren Eindruck. Der Alte sah ziemlich zerknautscht und schlecht rasiert aus. Er ließ es sich aber nicht nehmen, gewichtig in den Listen herumzufuhrwerken, auf denen sie in den vergangenen Tagen die Namen und Daten aller vermissten Personen zusammengefasst hatten, deren Signalement eine gewisse Übereinstimmung mit den Angaben der Gerichtsmediziner versprach. Kappe war dabei, einige Namen zu tilgen.

Dennoch blieben es schier endlose Listen, bei deren Anblick Eddie das kalte Grauen beschlich. «Wollen Sie die wirklich alle überprüfen?», fragte er.

Kappe blickte ihn aus geröteten Augen an. «Wieso ich?», fragte er bärbeißig zurück. «Wir sind doch mindestens zwei, oder?»

Das hatte Eddie befürchtet. Ergeben nickte er. «Und wann fangen wir an?»

«Na, möglichst noch vor Feierabend.»

Eddie sollte es recht sein. Eigentlich konnte er gar nicht schnell genug aus dem muffigen Kasten hier rauskommen. Vielleicht blieb sogar Zeit genug für eine kurze Biege zu Roswitha, die ihn am gestrigen Sonntag versetzt hatte. Aus Ärger darüber war er in einer Spelunke hängengeblieben, bis sein letztes Geld versoffen war. Dabei war gerade einmal die erste Dekade des Monats verstrichen. Heute reichte es noch fürs Fahrgeld, danach blieb ihm nichts anderes übrig, als Roswitha anzupumpen, und das war nun wirklich so ziemlich das Letzte, was er sich vorstellen konnte. Seine Tante und Zimmerwirtin rückte keinen Groschen raus, wie er aus schlechter Erfahrung wusste, und nach kaum einer Woche die neuen Kollegen um Geld anzugehen verbot sich von selber.

Bei dem Gedanken an Roswitha fielen ihm die Fotos ein, von denen sie gesprochen hatte. Vielleicht ergab sich daraus ein kleines Geschäft. Um einfache Vergrößerungen herzustellen, hatte er Schieck genau genug über die Schulter geguckt. Das war kinderleicht. Die Chemikalien ließen sich wahrscheinlich bei Schieck abzweigen. Zu dessen Dunkelkammertür passte jeder rostige Nagel. Wenn er dort abends ein paar Stunden arbeiten würde, fiel das sicher nicht auf. Wer kontrollierte schon die Mordkommission!

Er schreckte auf und merkte, dass ihn Kappe schon eine ganze Weile kritisch betrachtete. «Also», sagte der Alte, «begeben wir beide uns auf die Tippeltappeltour, wie mein alter Kollege Galgenberg zu bemerken pflegte. Kriminalistische Alltagsarbeit. So richtig was für echte Treppenterrier, möglichst mit Raucherbein. Ist jedenfalls gesund und fördert den Appetit.»

«Daran mangelt's ja auch hauptsächlich ...», knurrte Eddie. Gegessen hatte er heute noch nichts.

Kappe sah ihn beinahe mitleidig an. Abwägend hielt er die beiden Listen in den Händen. «Womit wollen Sie anfangen? Mit den Soldaten? Das entspricht sicherlich am ehesten Ihrem Alter und Ihren Erfahrungen.»

«Und Sie übernehmen die holde Weiblichkeit?»

«Nur keinen Neid», sagte Kappe. Aus seiner Jackentasche förderte er einen eisernen Groschen hervor und warf ihn spielerisch in die Luft. «Kopf oder Zahl?»

«Zahl», sagte Eddie. Kopf war immer noch der Adler, der das Hakenkreuz in seinen Klauen hielt. Über eine Währungsreform wurde schon lange gemunkelt. Bisher zeichnete sich nichts in dieser Richtung ab. Es galten immer noch die alten Münzen und Rentenmarkscheine.

Natürlich landete die Münze mit dem Adler nach oben. «Wir können ja nach 'ner Woche mal tauschen», schlug Kappe großzügig vor.

Eddie verzog den Mund zu einem schiefen Grienen, das sich jedoch zu einem perfekten Lächeln aufhellte, als Kappe noch etwas zu bedenken gab: «Das Umfeld dieser Knispels müssten wir uns zweckmäßigerweise noch mal richtig angucken.»

Das hatte Eddie auf seinem Lehrgang auch gelernt: sich in jedem Fall die sogenannten Zeugen genau anzugucken. Oft genug hatten die etwas zu verbergen oder hingen in irgendeiner Weise mit der Straftat zusammen. Bei den Knispels erschien ihm das zwar unwahrscheinlich, doch alleine die Aussicht, das hübsche Fräulein Sonja wiederzusehen, veranlasste ihn sofort zuzustimmen. «Das übernehme ich als Erstes. Wohnen die nicht in der Petersburger?»

Nun griente Kappe. «Die heißt jetzt Bersarinstraße», verbesserte er den plötzlich so diensteifrigen Anlernling.

Zur Bersarinstraße gelangte man am schnellsten mit der U-Bahn. Die fuhr vom Rosenthaler Platz. Von dort bis zur Wadzeckstraße war es nur ein etwas größerer Katzensprung. Kappe aber wählte glücklicherweise die Richtung zur Friedrichstraße. Demzufolge entging ihm Eddies kleiner Umweg.

Roswithas Heim in der schmalen Gasse hinter dem ehemaligen Bürogebäude des Karstadt-Konzerns unterschied sich im sonnigen Tageslicht kaum von den umstehenden Brandruinen: die Fassade zernarbt und streckenweise ohne Putz, die Fenster mit

Pappe vernagelt, das Dach beschädigt. So sah es nun einmal in der ganzen Stadt aus.

Eddie war daran gewöhnt, dass die Treppenbeleuchtung nicht funktionierte. Stufenzählend tappte er hinauf in den dritten Stock. Von oben hörte er Stimmen, dann klappte eine Tür. Roswithas Wohnungstür? Jemand kam Eddie entgegen, von dem er gegen den Lichtschein, der durch ein Loch im Flurfenster fiel, nicht viel mehr als einen Schatten gewahrte. «Morjen», grüßte Eddie vorsichtshalber. Der andere murmelte etwas Undeutliches und schob sich auf der Wandseite an ihm vorbei. Ein junger Kerl noch, wie es Eddie schien. Eifersucht flammte in ihm auf – oder war es einfach nur Wut darüber, dass sie ihn gestern so schnöde hatte sitzenlassen?

Heftiger als üblich klopfte er an die Tür, die unverzüglich geöffnet wurde. «Hast du was ver…», fragte Roswitha, der das Wort im Halse steckenblieb, als sie ihn erkannte.

«Ja, ich hab was vergessen!», fuhr Eddie sie rauh an. «Dir eins auf's Maul zu hauen nämlich!» Damit drängte er sie in den Flur.

In der Küchentür war da schon die Schlummermutter aufgetaucht wie der Teufel aus der Flasche und zeterte: «Wat is denn hier los? Ick hab dir doch jesacht, wenn deine Bofkes sich nich benehm könn, denn fliechste achtkantich raus bei mir. Erst die janze Nacht det Jerammel und Jestöhne, und denn hier morjens Ärjer machen! Wo jibt's denn so wat?»

«Is ja schon jut, Mutta Jräbert», versuchte Roswitha die Frau zu beruhigen. «Is ja bloß mein Bekannter, der Eddie. Den kenn Se doch …»

«Der bei die Jrünen war, wo jetz blau sind. Ick weeß schon! Der hatt mer jrade noch jefehlt in meine Raupensammlung! De Pollezei ins eijene Haus! Zustände sind det heutzutage …» Sie maß beide mit einem vernichtenden Blick und zog sich räsonierend und türknallend in die Küche zurück.

Roswitha, die nur eine Art lumpigen Morgenrock trug, legte den Finger auf die Lippen und zog ihn in ihr Kabuff, wo sie sich auf ihr Bett fallen ließ. «Siehste», sagte sie anklagend, «die Olle krichtet fertich und schmeißt mir raus! Dit hab ick nu davon, wenn du hier am frühen Morjen anjedackelt kommst und Radau machst.»

Er sah sie an. Es war kein schöner Anblick, wie sie da ungeschminkt und mit wirren Haaren auf dem zerwühlten Bett lag. Neuer Zorn stieg in ihm auf. «Früher Morgen ist gut! Es ist bald elf. Bleiben deine Schlafburschen neuerdings so lange?»

Sie wurde bockig. «Nu man immer sachte mit die jungen Ferde. Wennste hier een uff eifasüchtja Bräutjam machen willst, biste schief jewickelt. Von irjentwat muss der Mensch schließlich lehm. Von deine paar Pimperlinge jeht et ja wohl nich, Herr Krimenaldirekter, oder?»

Eddie knirschte mit den Zähnen. Innerlich musste er ihr recht geben. Das ärgerte ihn noch mehr. Vielleicht war das mit der Kripo wirklich eine Schnapsidee gewesen. Wer war er denn, dass er am hellerlichten Vormittag durch die zerbombte Stadt gurkte, um sich nach irgendwelchen toten Landsern zu erkundigen, statt hier bei Roswitha warm und gemütlich in der Falle zu liegen und das Leben so zu genießen, wie es nun einmal war. «Na, hoffentlich hat er wenigstens gut bezahlt für die ganze Nacht!», sagte er höhnisch.

«Ach Eddie, dit war doch bloß 'n jewöhnlicher Freier. Und besoffen war der außerdem ...»

«Wir waren gestern verabredet. Hast du das vergessen?»

Roswitha umfasste seine Hüften und drängte sich an ihn. Ihr Morgenmantel hatte sich geöffnet. «Nu sei man nich so! Is ehm wat dazwischenjekomm, wie man so sacht ...»

Er schob sie von sich. Das war denn doch ein bisschen viel verlangt. «Ich hab keine Zeit», sagte er schroff. «Wollte nur sehen, ob alles in Ordnung ist mit dir.»

«Aber ja, könnte jar nich besser sein ... Wat haste denn so Eilijet vor?»

Das ging sie eigentlich nichts an, aber sie sollte ruhig wissen, was für wichtige Angelegenheiten ihn in Anspruch nahmen. «Wir haben schon wieder eine neue Leichensache», sagte er.

Sie erschrak. «Etwa noch ’ne Frau?»

«Nein, diesmal ist es ein junger Mann. Wir müssen ihn erst mal identifizieren.»

«Indenti... Wat müsst ihr mit dem machen?»

Sie war wirklich kein großes Kirchenlicht. «Wir müssen rauskriegen, wer es überhaupt ist.»

«Ach so. Na, und habter schon wat rausjefunden?»

«Es handelt sich wahrscheinlich um einen Heimkehrer.»

«Na, vleicht war sein Bette schon besetzt ...»

«Woran du immer gleich denkst! Sag mir lieber, wozu du den Fotografen brauchst. Ich komm da unter Umständen an ein Labor ran.»

«Na prima, da is vleicht ’ne kleene Nebeneinnahme drin. Die olle Jräberten hat mir so Filme überlassen, wo man Abzüje machen müsste.»

Eddie hörte es mit einigem Misstrauen. «Was sind denn das für Filme?», erkundigte er sich.

Roswitha griente verschwörerisch. «Wirste schon sehen. Sind jedenfalls ihr Jeld wert. Ick jeb dir erst mal zweee, dreie mit.» Sie kramte im untersten Schubfach der Kommode, neben einem Stuhl und dem Bett das einzige Mobiliar in der Kammer, und reichte ihm drei rot-blaue Agfa-Schachteln. «Machste erst mal zehn Stück pro Foto. Müsste für’n Anfang reichen.»

«Zehn Abzüge?» Eddie war klar, dass er sich da gewaltig übernahm. So viel Papier gab es in Schiecks Dunkelkammer gar nicht. «Werd mal sehn, was sich machen lässt», sagte er dennoch. Er brauchte Geld. Es blieb ihm nichts anderes übrig, als das Problem direkt anzusprechen. «Da brauche ich aber ’n Vorschuss. Muss schließlich die Chemikalien besorgen.»

Sie sah schräg zu ihm auf. «Na, du bist jut!», sagte sie. «Ick dachte, du willst mir ’n Jefallen tun!»

«Das schon, aber augenblicklich bin ich ziemlich klamm.»

«'s jeht den Menschen wie den Leuten ...»

«Soll das heißen, du hast keins?»

Sie nickte.

«Ach so!» Unwillkürlich wurde Eddie laut. «Willst du mich auf den Arm nehmen? Der Kerl, mit dem du die Nacht verbracht hast – das war also 'n reiner Freundschaftsdienst ...»

«Pscht! Der hat mit Lullen bezahlt. Echte Amis.» Sie wies auf die Kommode. Da lag tatsächlich eine Schachtel Camel. «Kann dir höchstens fünf Stück abjeben», sagte sie widerstrebend. «Verhökern musste se schon selber.»

Das hatte ihm noch gefehlt, am hellerlichten Tag am Alex stehen und Zigaretten einzeln zu verkaufen! «Wie stellst'n dir das vor!», murrte er. «Ich bin schließlich bei der Kripo ...»

«Na, denn lass dir von deine Kripo den Zaster jehm!»

Eddie wollte aufbrausen, dann fiel ihm etwas Besseres ein. Er griff sich die Packung mit dem brauen Kamel und steckte sie ein. «Schieberware. Ist beschlagnahmt», sagte er.

Sie fuhr wie eine Furie auf ihn los.

Er schubste sie grob auf das Bett zurück. «Wir sehen uns heute Abend. Wenn du artig bist, kriegst du den Rest der Einnahme.»

Sie merkte, dass es ihm ernst war, und sagte nur beleidigt: «Wer sagt dir denn, dass ick heute Abend zu Hause bin?»

«Ich sage das. Du willst schließlich dein Geld haben. Und vielleicht auch die Fotos.»

Sie machte eine lässige Handbewegung. «Ach, dit hat Zeit, ick meine, die Fotos ... Lass mir wenichstens 'n paar von die Amis hier.»

Entschlossen schüttelte er den Kopf. Wenn es schon sein musste, ließ sich die vollständige Packung viel leichter und unauffälliger verkaufen. «Komplett beschlagnahmt», wiederholte er. «Kannst dich ja beschweren.»

«Dit werd ick ooch! Wie heeßt dein neuer Chef? Kappe oder Mütze oder so ähnlich? Der wird bejeistert sein, wenn er hört, wat seine Beamten in ihre Dienstzeit so allet erledjen!»

Eddie lachte. «Da kommst du bei Kappe an den Richtigen! Der ist schon seit anno dunnemals bei dem Verein. Vielleicht war er sogar mal bei der Sitte.»

«Na und? Weeste zufällich, ob der 'n Sohn hat?»

«Wie kommst du denn darauf?»

«Nur so, ick hab da wat läuten hörn, von ein' jewissen Kappe, der mit Feuersteine und so 'ne Kinkerlitzchen handelt. Vielleicht ooch noch mit wat anderes ...»

Eddie schüttelte den Kopf. «Du kannst auf dämliche Ideen komm'», sagte er. Insgeheim aber beschloss er, dem alten Kappe diesbezüglich auf den Zahn zu fühlen.

ZWÖLF

DASS DIE PETERSBURGER STRASSE nach dem ersten russischen Stadtkommandanten umbenannt worden war, interessierte Eddie nicht sonderlich. Wie es hieß, war der ein paar Tage nach Kriegsende mit dem Motorrad tödlich verunglückt. «Wodka», lautete der allgemeine Kommentar dazu, zumal Bersarin gegen ein Fahrzeug der eigenen Streitkräfte geprallt war.

Als Eddie aus dem U-Bahn-Schacht stieg, brauchte er einige Zeit, um sich zu orientieren. So weit man blicken konnte, war von der alten Frankfurter Allee außer der Mittelpromenade mit den Straßenbahnschienen nicht viel übrig geblieben. Rechts und links nur Ruinen. Immerhin waren die Bürgersteige bis an die Häuserkanten freigeräumt. An der Ecke Tilsiter brachten sie gerade eine Seilwinde in Stellung, um einen Hausgiebel einstürzen zu lassen. Wenn es in dem Tempo weiterging mit dem Abriss, konnte es noch gut zwanzig Jahre dauern, bis die Gegend hier wieder bewohnbar sein würde.

Aus der Warschauer Straße klapperte eine Straßenbahn rauf in die Petersburger. Eingedenk seiner Finanzlage ging Eddie lieber zu Fuß. Wo sich die Hausnummer 21 befand, wusste er sowieso nicht. In den meisten Berliner Straßen begann die Zählung links mit der Nummer 1. Es fragte sich nur, ob das nächste oder das gegenüberliegende Haus die Nummer 2 trug. Er brauchte eine ganze Weile, bis er begriff, dass hier die Nummerierung rechts begann und fortlaufend zählte.

Je weiter er sich von der Allee entfernte, umso mehr Häuser hatten den Krieg überstanden. Hinter dem kreisrunden, nun ebenfalls umbenannten Baltenplatz überquerte er die Mittelpromenade. Das gesuchte Haus stand hinter der Zorndorfer. Im Nebenhaus befanden sich ein Kino und eine Fleischerei, vor der eine lange Schlange wartete. Im Vorbeigehen musterte Eddie die Frauen, konnte aber keine Sonja Knispel entdecken. Wenn hier jemand aus der Familie anstand, dann gewiss nur die Mutter.

Im Hausflur war es zu dunkel, um die Namen auf dem Stillen Portier zu entziffern. Eddie drückte auf den Knopf. Die schwache Birne weit über ihm reichte mit ihrem Schummerlicht gerade bis zu der Tafel. *E. Knispel*, las er. Es war also die richtige Adresse.

Im zweiten Stock war Knispels Klingel leider abgestellt, oder sie funktionierte nicht. Sein Klopfen blieb unbeantwortet. Während Eddie noch überlegte, ob er sich nicht einfach für ein halbes Stündchen geruhsam auf die Treppenstufen setzen und der Bewohner harren sollte, die ja mal zurückkehren mussten, vernahm er eine deutliche Bewegung hinter der benachbarten Wohnungstür.

Neugierige Nachbarn sind oft eine bessere Informationsquelle als jeder Verdächtige, entsann sich Eddie eines Kernsatzes seiner bescheidenen Ausbildung. Selbstbewusst trat er vor den Spion der Tür, er las das Messingschild mit dem Namen *S. Schlutow* und hob den Klingelgriff. Ein dünnes Läuten ertönte. Sonst geschah nichts. Eddie war sicher, dass hinter der Tür, keine zwanzig Zentimeter von ihm entfernt, jemand im Korridor lauerte. Er zog noch einmal heftig an dem Griff und sagte halblaut: «Bitte öffnen Sie! Kriminalpolizei.» Dabei hielt er seinen Ausweis vor das Guckloch.

Nach einer Pause sagte drinnen eine Männerstimme: «Das kann jeder sagen! Was wollen Sie denn von mir?»

«Nur eine Auskunft. Öffnen Sie bitte!»

Zögerlich wurde ein Sicherheitsschloss gedreht und ein Schlüssel herumgeschlossen. Eine Kette überspannte den offenen Türspalt. «Tut mir leid», sagte der Mann, der im Halbdunkel dahinter sichtbar wurde, «ich lasse niemanden in meine Wohnung.»

«Machen Sie nicht so ein Theater!», sagte Eddie mürrisch. Er hielt noch einmal seinen mehrsprachigen Ausweis hoch. «Ich will

Ihnen nur ein paar Fragen stellen. Aber nicht auf dem Treppenabsatz.»

Er musste seinen Fuß aus dem Türspalt nehmen, damit Herr Schlutow die Kette lösen konnte, ein mittelgroßer Mann mit ehemals schwarzem Haar und einer Hornbrille, die ihm ein eulenhaftes Aussehen verlieh. «Ich habe nichts mit der Polizei zu schaffen», erklärte er eifrig. «Ich bin ein unbescholtener Bürger.»

Schon entnazifiziert?, hätte Eddie beinahe spöttisch gefragt, verkniff es sich aber. Es spielte sowieso keine Rolle. «Großartig», sagte er stattdessen, «auf die korrekten Aussagen unbescholtener Bürger sind wir sozusagen angewiesen.»

Schlutow, dem man den Respekt vor dem unerwünschten Besucher anmerkte, bat ihn zögernd ins Zimmer. Auf dem blanken Wohnzimmertisch lagen ausgebreitet Briefmarken samt Lupe, mehrere Alben und ein aufgeschlagener Katalog.

«Entschuldigen Sie, das ist das Einzige, was einem alten Mann geblieben ist, um sich von all dem Elend ringsum abzulenken ...»

«Da haben Sie Glück gehabt», sagte Eddie ehrlichen Herzens. Für einen Augenblick erinnerte er sich schmerzlich an die eigene Sammlung, die unter den Trümmern in der Georgenkirchstraße lag.

Der Mann räumte sorgfältig Marken und Alben beiseite und bot Eddie einen Platz an. «Sie wollten zu den Knispels, nicht wahr?», vergewisserte er sich vorsichtig. Er stieß ein wenig mit der Zunge an. Die dicke Hornbrille überschattete sein einstmals sicherlich rundes, nun von tiefen Furchen gezeichnetes Gesicht. In seinem Eulenblick paarten sich Besorgnis und Ungeduld.

Eddie ließ sich nieder und fragte aufs Geratewohl: «Was können Sie mir denn über Ihre Nachbarn sagen?»

Schlutows spielte den Reservierten, doch seine Finger fuhren nervös auf dem Tisch herum. «Gott, man gibt ja nicht gerne Auskünfte über fremde Leute. Aber wenn die Kriminalpolizei persönlich ins Haus kommt ... Was liegt denn gegen die Knispels vor? Geht es etwa um den Süßstoff?»

Eddie lehnte sich zurück. Dass der Schwarzhandel auch mit

den kleinen weißen Pillen blühte, ging ihn glücklicherweise nichts an. «Es handelt sich lediglich um eine Zeugenaussage.» Er sah Schlutow an und wartete.

Irgendwie sah der aus, als wolle er etwas loswerden, zögerte jedoch. «Eigentlich kann ich gar nichts sagen ... Ich meine, es sind anständige Leute wie fast alle hier im Hause. Man kennt sich und grüßt sich ...»

«Wie lange wohnen Sie denn schon Tür an Tür?»

«Das muss so '31, '32 gewesen sein. Da ist die Familie hier eingezogen. Das Mädel kam gerade zur Schule.»

Eddie krauste die Stirn. «Wenn man fünfzehn Jahre mit einer Familie Wand an Wand lebt, dann erfährt man doch 'ne Menge über die Leute. Sicherlich haben Sie zusammen im Luftschutzkeller gesessen!»

Der erwähnte Ort schien bei Schlutow keine angenehmen Erinnerungen zu wecken. Er zuckte zusammen und sagte: «Nur mit Frau Knispel und der Tochter. Der Mann war ja an der Ostfront und lag lange im Lazarett.»

«Und Sie waren die ganze Zeit hier in Berlin.»

Schlutow empfand diese Äußerung als Vorwurf. «Ich leide heute noch unter den Folgen einer schweren Verwundung an der Marne», sagte er hitzig und wies auf sein narbiges Kinn. «Darüber mag man heutzutage gar nicht mehr reden.»

Eddie hob abwehrend die Hand. Ob der Mann an der Marne oder am Kopf verletzt worden war, ging ihn nichts an. «Mich interessieren Ihre Nachbarn. Sie sprachen von der Tochter ...»

Schlutow glotzte ihn durch die dicken Brillengläser an, bis er glaubte zu begreifen und den Mund öffnete. «Ach, wegen der sind Sie hier ...»

Eddie widersprach ihm nicht. Erst mal hören, was der so von sich gab. Wahrscheinlich nur Gewäsch.

«Eine hübsche junge Frau», begann Schlutow und guckte Eddie dabei lauernd an, «immer flott gekleidet und auch sonst wohl recht lebenslustig ...»

«Sie meinen, sie hat Männerbekanntschaften?», erkundigte sich Eddie schroff.

Der Mann hob abwehrend die Hände. «So etwas würde ich niemals behaupten. Nun ja, den einen oder anderen mag es da schon gegeben haben. Sie ist jung, und Männer sind ja wohl richtig knapp geworden ...»

Eddie, dem der Hunger im Gedärm und die Müdigkeit im Kopf umgingen, wurde allmählich ungeduldig. «Also, was nun – gibt es da bestimmte Männer im Leben der jungen Dame oder nicht?»

«Es heißt ja, sie wäre beim Rundfunk tätig ...»

Eddie nickte zustimmend und wartete.

«Ich bin auch schon mal in der Masurenallee gewesen ...»

«Beim Wunschkonzert vermutlich», entfuhr es Eddie.

Schlutow erschrak sichtbar und schwieg.

«Haben wir an der Front auch immer gehört», ergänzte Eddie versöhnlich, worauf Schlutow beruhigt, aber immer noch ein wenig misstrauisch lächelte.

«Ich weiß ja nicht, wo Sie politisch stehen ...», sagte er stockend.

Eddie machte eine unbestimmte Handbewegung. Das hätte er selber gerne gewusst.

«Die Knispels sind auf der Seite der Russen, wie es scheint.» Es klang ausgesprochen abgeneigt.

«Das muss jeder selber für sich entscheiden», sagte Eddie diplomatisch. Er war drauf und dran, das sinnlose Gespräch mit diesem Wichtigtuer zu beenden. Wahrscheinlich ein ehemaliger Beamter oder Lehrer. Jedenfalls ein Nazi, davon war er fest überzeugt.

«Sind mal irgendwelche Russen bei Ihren Nachbarn aufgetaucht?», fragte Eddie nur zur Sicherheit. Wenn jetzt die Besatzungsmacht ins Spiel kam, hatte er hier nichts verloren.

Doch Schlutow wehrte sofort ab. «Nein, nein, das nun nicht! Einen großen Streit hat es dennoch gegeben.»

«Erzählen Sie mal», sagte Eddie lustlos. Eigentlich war er nur zu müde, um aufzustehen und zu gehen.

«Das war, als der Heimkehrer bei den Knispels geklingelt hat ...»

Eddie war plötzlich hellwach. «Ein Heimkehrer?», fragte er gespannt. «Wann ist denn das gewesen?»

«Ach, das muss schon ein Weilchen her sein. Ein junger Mensch noch und sehr schlecht gekleidet. Die Sonja muss ihn von früher her gekannt haben. Jedenfalls haben sie sich geduzt, und sie hat ihn reingelassen. Zuerst blieb auch alles ganz ruhig, aber dann haben sie sich gestritten, dass es durch alle Wände schallte ...»

«Die Sonja und der Heimkehrer gerieten also aneinander?»

«Aber nein! Der alte Knispel geriet mit dem jungen Landser aneinander. Das klang alles ganz schrecklich.»

Da Schlutow schwieg, drängte Eddie: «Na, weiter, weiter! Worum ging es denn bei dem Streit?»

«Na, um Politik. Das sage ich doch die ganze Zeit. Der Knispel hat den armen Jungen einen verstockten ... Nazi genannt. Und der ihn einen ... Russenknecht ...» Den letzten Satz fügte Schlutow nur halblaut hinzu, als verriete er ein Geheimnis.

Eddie hatte sein zerschlissenes Notizbuch hervorgezogen und schrieb es auf. Das gefiel Schlutow gar nicht. «Ich hätte das alles besser nicht erwähnen sollen. Vermutlich habe ich jetzt den Ärger ...»

Eddie schüttelte den Kopf. «Nein, nein, seien Sie unbesorgt! Sie müssen mir nur etwas genauer sagen, wann das war.»

Doch Schlutows Gedächtnis schien plötzlich nicht mehr zu funktionieren. Er wollte sich weder auf einen Termin festlegen noch etwas Näheres über den Inhalt der Auseinandersetzung in der Nachbarwohnung angeben. Nicht einmal Eddies Drohung, ihn ins Präsidium vorzuladen und von seinem Vorgesetzten vernehmen zu lassen, schreckte Schlutow. «Das ist völlig überflüssig. Mehr erfahren Sie von mir sowieso nicht», sagte er ablehnend.

DREIZEHN

HERMANN KAPPE ahnte, dass sie ihn aufs Abstellgleis schieben wollten. Ausgerechnet ihm, einem gestandenen, alten Kriminalkommissar, hatte man die beiden aussichtslosesten Fälle angehängt. Er war nicht sicher, ob nur Schneidereit dahintersteckte oder eine höhere Instanz. Wer wusste schon, was da ganz oben vor sich ging, wo die Besatzungsmächte im erbitterten Streit miteinander lagen und die neuen Polizeiführer ihre Herrschaft zu festigen suchten? Bei Bergmann-Borsig in Wilhelmsruh hatten die Russen eine Deutsche Verwaltung des Innern etabliert, der die gesamte Polizei in der Zone unterstellt war. Fahlenberg, ein Kollege in Kappes Alter, den sie seiner Sachkenntnis wegen bei der Fahndung beschäftigten, hatte ihn auf den Namen eines der Vizepräsidenten dieser DVdI hingewiesen: Erich Mielke. «Erinnerst du dich?», hatte Fahlenberg leise gefragt. Was die Namen von Polizistenmördern betraf, gab es bei Kappe keine Gedächtnislücken. «Bülowplatz, Anlauf und Lenk», lautete seine ebenso leise Antwort. Verständnisinnig hatten sie sich zugenickt. Mehr dazu zu sagen erschien höchst unangebracht.

Seit April durfte die Polizei sogar wieder Schusswaffen tragen, allerdings nur ausländische, wie es hieß. Kappe hatte man erst vor ein paar Tagen in den Kreis der Waffenträger aufgenommen. Auch Udo Schieck war dessen für würdig befunden worden, wie Kappe feststellte, als der einmal sein Jackett auszog. In dieser Woche hatte man den bewaffneten Fotografen für eine nicht näher bezeichnete Sonderaufgabe abgezogen. Angeblich ging es um die rund 30 000 versteckt gehaltenen Kraftfahrzeuge, die man in den letzten Monaten aufgespürt hatte. Das war schon eine eindrucksvolle Zahl, bedachte man die 1500 in der Stadt herumrußenden Holzgasautos.

Kappe vermisste Schieck nicht. Zur Identitätsaufklärung der beiden Waldleichen konnte der ohnehin kaum beitragen. Kappe selber hatte allerdings bezüglich der weiblichen Leiche an diesem Tag auch nur Nieten gezogen und dabei wieder einmal einen tiefen Einblick in das überall herrschende Elend gewonnen. Wie sich herausgestellt hatte, handelte es sich nicht um das erste weibliche Mordopfer in der nördlichen Berliner Umgebung, was die Brisanz des Falles ein wenig erhöhte. Da trieb sich hoffentlich kein Serientäter rum!

Kappe hatte seine Ermittlungsrunde so zusammengestellt, dass ihn die letzten Befragungen in die Pallasstraße führten. Von dort war es nicht mehr weit nach Hause. Als er in der einsetzenden Dämmerung die Halbruine verließ, in der sich niemand mehr an eine vor Monaten verschwundene Frau erinnern wollte, traf ihn draußen wieder die ganze Trostlosigkeit. Bis zur Potsdamer war hier alles wegrasiert. Vom Sportpalast, in dem Goebbels' totaler Krieg bejubelt worden war, kündeten schrundige Fassadenteile. Nur die Betonmasse des Bunkers gegenüber dräute unzerstört gegen den dunklen Himmel.

In trübe Gedanken versunken, machte sich Hermann Kappe auf den Heimweg. Zu seiner Überraschung saßen Karl-Heinz und seine Mutter in traulichem Kerzenschein in der Küche und tranken Kaffee. Bohnenkaffee, wie Kappe sofort roch.

Klara freute sich. «Schön, dass du kommst! Den Kaffee habe ich gerade erst gebrüht.»

Kappe, der nichts lieber getan hätte, als sich niederzulassen und eine Tasse wunderbar duftenden Kaffees zu schlürfen, fragte herausfordernd: «Gab's den auf Sonderzuteilung?»

Klara reagierte empört. «Mein Gott, Hermann, du verstehst es wirklich, einem jede Freude zu verderben!»

Karl-Heinz blieb gelassen. «Nimm doch einfach an, wir hätten eines von den amerikanischen Carepaketen abgekriegt», sagte er. «Da sind jeweils zehn Tagesrationen drin.»

«Haben wir aber nicht!», fuhr ihn Kappe gallig an. «Und werden wir auch nicht, weil sich Leute wie du und deine Freunde die Pakete unter den Nagel reißen und verschieben werden! Die hungernden Kinder müssen darunter leiden!»

Tatsächlich hatte der Schwarzhandel mit amerikanischen Konserven zugenommen, seit die Carepakete eingeflogen wurden. Das wusste auch Karl-Heinz, doch befand er sich anscheinend in friedfertiger Stimmung. Er sagte ruhig: «Ich handle meistens mit Zigaretten. Oder mit Feuersteinen, falls du welche brauchst. Hungernde Kinder werden davon jedenfalls nicht satt.»

Kappe verzichtete auf eine Erwiderung. In diesem Augenblick ging das Licht wieder an.

«Nun setz dich hin und trink deinen Kaffee!», bat Klara ihren Mann, während sie die Kerzen auspustete. «Und tut mir bitte den einzigen Gefallen, und streitet mal eine halbe Stunde nicht miteinander!» Sie sah Kappe an. «Der Junge meint es doch gut mit uns ...»

Kappe gab auf. Er sank auf den Stuhl und hielt sich die Hand vor die Augen. «So weit ist es gekommen», knurrte er. «Ich sitze mit dem eigenen Sohn am Tisch und trinke dessen schwarz gehandelten Bohnenkaffee.»

«An die großen Kaffeehändler kommt ihr sowieso nicht ran», belehrte ihn Karl-Heinz ohne jeden Eifer. «Die werden von den Amis und den Russen gedeckt. Wie willst du das anders machen, wenn das Zeug knapp ist und für die Allgemeinheit nicht reicht?»

Kappe schwieg auch dazu. Dass die Besatzungsmächte hinter einem gehörigen Teil der Schwarzmarktgeschäfte steckten, war ihm nicht unbekannt. «Reden wir von was anderem!», sagte er. «Hast du wenigstens mal versucht, dich nach einer ordentlichen Arbeit umzusehen?»

Karl-Heinz sah ihn an, als zweifle er am Verstand des eigenen

Vaters. «Du weißt doch selber, was die einem anbieten. Gleisbauarbeiter bei der Trümmerbahn oder Kohlenausträger.»

«Du könntest dich doch bei der Verwaltung bewerben», schlug Klara vor.

Karl-Heinz und sein Vater wechselten einen Blick.

«Kann er eben nicht!», sagte Kappe. «Du weißt doch, bei welcher Truppe er gedient hat.»

«Na, will man ihm das jetzt sein ganzes Leben lang vorhalten? Er war eben damals jung und dumm ...»

Kappe sah niemanden an, als er sagte: «Es gab genügend Ältere, die noch dämlicher waren.»

Beleidigt stand Klara auf. «Sind eben nicht alle so schlau wie du!», sagte sie herablassend. «Dafür darfst du denen jetzt die Leichen sortieren ...»

«Erzähl mal!», bat Karl-Heinz. «Was gibt's denn so Neues bei dir?»

Kappe, von der versöhnlichen Stimmung seines Jüngsten angesteckt, sah keinen Grund, nicht ein bisschen aus dem Nähkästchen zu plaudern, wie er es früher manchmal getan hatte, um die Söhne für seine Arbeit zu interessieren. Natürlich unter strenger Wahrung aller Amtsgeheimnisse. Aber davon konnte bei den Waldleichen sowieso nicht die Rede sein.

Karl-Heinz hörte denn auch ganz sachverständig zu, glaubte sogar, seinem Vater den einen oder anderen Tipp geben zu müssen.

Kappe schüttelte jedes Mal den Kopf. «Haben wir alles längst probiert! Wir finden einfach nicht den richtigen Ansatzpunkt. Bei dem Landser sind wir inzwischen davon überzeugt, dass er gerade erst aus dem Lager gekommen war.»

«Das mit den vielen Heimkehrern ist wirklich schrecklich», mischte sich Klara wieder in die Unterhaltung ein. «Manche finden nur die Trümmer vor und wissen nicht, wo sie ihre Familie suchen sollen. Oder die Frau hat längst einen andern. Das hört man auch immer wieder.»

Kappe sah seinen Sohn an, der merkwürdig unbeteiligt tat.

«Hast du dir auch schon 'ne flotte Kriegerwitwe angelacht?», fragte er spaßeshalber.

Wider Erwarten errötete Karl-Heinz.

Erzähl mal!, wollte Kappe sagen, doch Klara kam ihm zuvor: «Du wirst dich doch nicht mit einer verheirateten Frau ... Karl-Heinz! Es gibt so viele nette und anständige junge Mädchen, da wirst du wohl die Richtige finden, die zu dir passt!»

«Die *dir* passt, meinst du», ergänzte Kappe spöttisch. «Und die muss erst geboren werden.»

Karl-Heinz verkniff sich das Lachen, doch Klara gab keine Ruhe. «Nun sag doch mal was, Junge! Hast du dich da etwa schon auf was eingelassen?» Und zu Kappe gewandt: «Er ist nämlich heute Nacht überhaupt nicht nach Hause gekommen ...»

«Ist ja nicht das erste Mal», sagte Kappe ohne jeden Vorwurf. «Dein Sohn ist 23. In dem Alter darf man auch mal aushäusig schlafen.»

«Ob 23 oder 30 – solange er hier wohnt, möchte ich wissen, wo und mit wem der Junge seine Nächte verbringt.»

Kappe war drauf und dran, aus der Haut zu fahren, bezwang sich jedoch. Er kannte seine Klara. Deshalb sagte er nur beißend: «Danach hast du jahrelang nicht gefragt, als er draußen im Schützengraben lag!»

Klara ging um den Tisch herum, drückte den Kopf ihres Jüngsten an ihren nicht mehr besonders üppigen Busen und strich ihm übers Haar. «Was du hast durchmachen müssen!», flüsterte sie. «Aber hier war es auch nicht einfach für uns ...»

Karl-Heinz tätschelte ihre Hand. «Schon gut, Mutter! Wir leben ja alle, und jeder sieht auf seine Weise zu, wie er mit dem Hintern an die Wand kommt.»

Klara nickte. «Aber mit den Frauen, da pass bloß auf, Junge! Die meisten sind nur hinter dem Geld oder Zigaretten oder sonst was her. Such dir ein anständiges, fleißiges Mädchen ...»

«So wie ich es damals gemacht habe», ergänzte Kappe heiter. Er meinte es nicht einmal ironisch.

Klaras strafender Blick traf ihn dennoch. «Du gerade!», sagte sie. «Du würdest auch auf die erstbeste Kriegerwitwe reinfallen, die dir schöne Augen macht!»

«Was hast du gegen Kriegerwitwen?», fragte Karl-Heinz. «Sollen die armen Frauen ihr Leben lang ohne Mann bleiben?»

Klara sah ihn aufmerksam an und sagte traurig: «Ich glaube, du verschweigst uns etwas, Junge ...»

«Ich schwöre dir, ich habe nichts mit einer Kriegerwitwe!»

Seine Mutter musterte ihn kritisch. «Irgendeine hat dich becirct, das spüre ich!»

Dabei war es geblieben. Schmunzelnd dachte Kappe noch am nächsten Morgen daran, dass Karl-Heinz es vorgezogen hatte, kein Wort über seine Eroberung zu verlieren. Dass er eine gemacht hatte, dessen war sich auch Kappe sicher. Er hatte in seinem Leben genügend Menschen ausgefragt, um den Gemütszustand eines frisch Verliebten einigermaßen einzuschätzen.

Zweihundert Meter vor dem Eingang zum Präsidium holte ihn der Kriminalanwärter Eddie Holtefret ein. Auch dem war deutlich etwas anzumerken, freudige Ungeduld nämlich. «Sie waren gestern zum Dienstschluss nicht noch einmal hier», sagte er bedauernd. «Sonst hätten wir uns gleich erneut auf den Weg machen können.»

«Zu diesen Knispels etwa?»

Holtefret, der ein zufriedenes, ja fast überlegenes Lächeln nicht zu unterdrücken vermochte, nickte eifrig. «Mein Besuch dort war ein Volltreffer!», sagte er. «Bei denen hat es einen großen Familienstreit mit einem jungen Soldaten gegeben. Das hat mir der Nachbar erzählt. Bei den Knispels selbst war niemand zu Hause.»

Kappe fiel das Sprichwort von den dümmsten Bauern und den größten Kartoffeln ein. «Na, sagen wir mal vorsichtig: Treffer», schränkte er Holtefrets Verzückung ein und klopfte dem Anwärter wohlwollend auf die Schulter. Auch ein blindes Huhn findet mal ein Korn, dachte er, ohne es auszusprechen. War er in seiner Anfängerzeit nicht selbst oft genug in Begeisterung über den eigenen Erfolg verfallen?

Im Büro ließ Kappe sich ausführlich über Schlutows Aussage berichten und sagte dann: «Am besten gehen wir der Sache gleich nach. Wir werden getrennt marschieren. Einer nimmt sich den Vater vor, der andere die Tochter.» Er blickte Holtefret, der unruhig vor dem Schreibtisch herumzappelte, durchdringend an. «Darf ich raten, wen Sie wählen?»

Holtefret errötete nur schwach. «Na ja», sagte er gedehnt, «zu der jungen Dame finde ich vermutlich leichter einen Draht.»

Kappe griente. «Das kann ich mir vorstellen. Wenn an der Sache was dran ist, wickelt die Sie nur ein, mein Lieber. Sie werden sich dem Herrn Papa widmen, quasi von Mann zu Mann!»

Holtefret zuckte die Achseln. Vielleicht hatte der Alte sogar recht.

Nur ging ihr schöner Plan leider nicht auf. In der Petersburger oder Bersarinstraße trafen sie nur Martha Knispel an, eine resolute Frau, der man ihr Gewicht aus besseren Zeiten noch ansah.

Guck dir die Mutter an, bevor du dich für die Tochter entscheidest, hätte Kappe seinem Lehrling gerne geraten, aber dazu kam er gar nicht. Martha Knispel geriet, kaum hatten sie sich vorgestellt, angesichts des kriminalpolizeilichen Besuchs in ihrem trauten Heim in eine solche Rage, dass den beiden Herren nur übrigblieb, sich mit verzweifelten Blicken zu verständigen. Natürlich hatten Mann und Tochter ihr von dem Toten im Wald erzählt – aber das könne ja wohl nicht der wahre Grund dafür sein, ausgerechnet sie, die ihr Leben lang eine ehrliche Person gewesen und nicht vom rechten Pfad abgewichen sei, in ein hinterlistiges Verhör zu verstricken, dessen Ziel vermutlich ihre Verhaftung sein würde. Sonst wären sie ja nicht zu zweit erschienen.

Kappe konnte sich die Aufregung der Frau nicht recht erklären. Holtefret hingegen, an die Reaktionen der eigenen Mutter erinnert, hörte den Unterton von schlechtem Gewissen in jedem ihrer Worte. Ist das Süßstoffgeschäft so einträglich?, hätte er am liebsten gefragt, riskierte aber im Beisein seines Vorgesetzten keine vorlaute Eigenmächtigkeit. Selbst als die Frau wortreich erläuterte, dass sie ohne ihren Gatten kein Wort auszusagen gedenke und der nun einmal unterwegs sei, fiel ihm unwillkürlich nur «Süßstoff beschaffen» als Grund für dessen Abwesenheit ein. Jedenfalls gab Frau Knispel vor, keine Ahnung zu haben, wann der Mann von seinen «Besorgungen» zurückkehre.

«Und Ihre Tochter», unterbrach Kappe ihren Redefluss, «wann ist die anzutreffen?»

«Meine Tochter, die lassen Sie bitte ganz aus dem Spiel! Das arme Mädel haben Sie mit Ihrer Leiche schon genug erschreckt. Die bekleidet eine gute Stellung beim Rundfunk, das genügt ja wohl!»

Kappe genügte es. Von dieser aufgebrachten Person etwas über eine eventuelle persönliche Beziehung der Tochter zu einem jungen Heimkehrer zu erfahren schien fast unmöglich. «Sie ist also auf der Arbeit?», versuchte er sich zu vergewissern, was jedoch nur einen neuerlichen Wortschwall über den verantwortungsvollen Dienst ihrer Sonja unter der Aufsicht sowjetischer Kontrolloffiziere hervorrief.

Kappe gab Holtefret einen Wink. «Sie hören von uns!», sagte er zum Abschied und legte es bewusst darauf an, ein bisschen drohend zu klingen.

Vor der Wohnungstür wischte Holtefret sich symbolisch den Schweiß von der Stirn. «Auf dem Lehrgang war von solchen Zeugen keine Rede», gab er zu und riet dennoch, es noch einmal beim Nachbarn Schlutow zu versuchen.

Kaum hatten sie dort geklingelt, als Martha Knispel erneut ihre Tür aufriss und sie anfuhr: «Bei dem alten Denunzianten brauchen Sie es gar nicht erst zu probieren! Der hat schon zur Nazizeit nichts Besseres zu tun gehabt, als ehrbare Leute anzuschwärzen! Um solche Subjekte sollte sich die Polizei mal kümmern – und nicht um Menschen, die pflichtbewusst ihrer Tätigkeit im Sinne einer neuen Ordnung nachgehen!»

Stoisch wandte Kappe ihr den Rücken zu. Holtefret klingelte noch einmal. Ihn wunderte es nicht, dass Schlutow nicht öffnete.

«Und jetzt?», fragte er, als sie aus dem Haus traten.

«Jetzt fahren wir nach Charlottenburg. Bin lange nicht am Funkturm gewesen.»

Das traf für Holtefret ebenfalls zu. Jedenfalls stand der lange Lulatsch noch, als sie aus dem Bahnhof Witzleben auf die Neue Kantstraße traten. «Ob man da schon wieder raufkann?», fragte Holtefret rhetorisch.

Kappe erinnerte sich, in der Zeitung etwas von einem Granattreffer auf den Fahrstuhl gelesen zu haben. Das Ausstellungsgelände zu Füßen des Turms wirkte einigermaßen unzerstört, und auch um das gegenüberliegende Haus des Rundfunks samt Bunker schienen die Bomben einen Bogen gemacht zu haben. Kappe erwartete, am Eingang von einem russischen Wachposten in Empfang genommen zu werden, doch in der verglasten Loge saßen nur zwei ältere Männer unter dem bunten Bild des Generalissimus. Zu Nazizeiten hatte die SS den Bau bewacht, und das Bild eines anderen Schnurrbartträgers hatte die Loge geschmückt. Kappes eigener Schwiegersohn Arno hatte hier Dienst getan, bevor er zum technischen Propagandisten aufgestiegen war.

Kappe, der möglichst wenig Unruhe stiften wollte, zeigte seinen Ausweis und wünschte höflich, den Chef der Wache zu sprechen. Die beiden in der Loge diskutierten miteinander. Die Frage, ob die Kriminalpolizei einen Passierschein braucht, entschieden sie pragmatisch. Einer der beiden begleitete sie zu einer Tür, hinter der ein missmutiger Mann mit einem Abzeichen am Revers sie erwartete. Kappe erblickte zum ersten Mal den festen Händedruck in ovaler Emaille. Das Ding ähnelte noch mehr einem Bonbon als der alte Reversschmuck.

Sorgfältig besah der Genosse die Ausweise von Kappe und Holtefret. Die Frage nach Alfred Knispel heiterte ihn keineswegs auf. «Liegt etwas gegen ihn vor?», fragte er sofort wachsam.

Kappe beruhigte ihn. «Es handelt sich lediglich um eine Zeugenaussage.»

«Und da kommt ihr extra zu zweit?»

Das war eine berechtigte Frage, auf die Kappe nonchalant antwortete, das habe sich rein zufällig so ergeben.

«Der Kollege Knispel ist ein sehr zuverlässiger Kollege. Nach 24 Stunden Dienst hat er heute seinen freien Tag.»

«Arbeitet er schon lange bei euch?» Kappe wählte mit Absicht die vertrauliche Anrede.

«Wir sind alle erst ein gutes Jahr hier. Die meisten jedenfalls.» Er verzog das Gesicht.

Kappe verstand. Unter denen, die in den paar Minuten am Eingang an ihm vorbeigeströmt waren, hatten etliche so ausgesehen, als gehörten sie schon zum Inventar des Hauses. «Was ist denn der Knispel für ein Mensch?»

Stirnrunzelnd sah ihn der Genosse an. «Ich denke, es geht lediglich um eine Zeugenaussage?»

«Das ist richtig. Aber wir verschaffen uns ganz gerne einen Eindruck vom Leumund unserer Zeugen.»

«Die Mitarbeiter sind alle überprüft worden. Gegen Knispel liegt nichts vor. Auch nicht von sowjetischer Seite.»

«Na, das hoffe ich doch!», sagte Kappe. «Ich meinte eher seinen Charakter, seinen Umgang mit den Kollegen. Ist er vielleicht besonders ruhig oder eher aufbrausend? Etwas in dieser Art ...»

«Ich kenne ihn nur als besonnen und verlässlich.»

«Die Tochter soll ebenfalls hier im Hause tätig sein ...»

Wieder ein sehr skeptischer Blick. «Sie arbeitet im Betriebsdienst, soviel ich weiß. Ich müsste im Personalbüro nachfragen.»

«Das wäre nett. Wenn sie im Dienst ist, würden wir uns gerne mit ihr unterhalten.»

Der Mann griff zum Telefonhörer. Sein Argwohn blieb Kappe nicht verborgen.

«Darf man fragen, um was für eine Zeugenaussage es sich handelt?»

«Hat Knispel nicht darüber gesprochen? Seine Tochter und er haben in der vorigen Woche in Wilhelmshagen einen Toten gefunden.»

Auch das schien den Abzeichenträger zu befremden. «Davon hat er hier kein Wort verlauten lassen.»

Kappe nickte zufrieden. «Dann hat er sich an unsere Weisung gehalten», sagte er leichthin, obwohl den Knispels keineswegs Verschwiegenheit verordnet worden war.

Sonja Knispel trafen sie im Büro ihres Chefs, der ihnen den Raum großzügig überließ, nachdem Kappe ihn mit dem Hinweis auf die Zeugenaussage von der Harmlosigkeit ihres Besuchs überzeugt hatte. Auch die junge Frau schien sich dieser Harmlosigkeit sicher. Sie gab sich recht ungezwungen, ja, Holtefret konnte sich sogar einbilden, sie sei angenehm überrascht von seiner Anwesenheit. Jedenfalls sah sie meist zunächst ihn an, bevor sie auf Kappes Fragen einging. Erst als es dabei um alte Freundschaften und schließlich um eventuelle Herrenbekanntschaften ging, wurde sie zunehmend verschlossener und konzentrierte sich auf Kappe.

Der zeigte ihr schließlich ein Bild. «Erinnert Sie der Tote an jemanden, den Sie kennen?»

Sie betrachtete das Foto mit Abscheu. «Ich verstehe nicht, was ich mit dieser schrecklichen Leiche zu tun haben soll», sagte sie. Eine steile Falte stand auf ihrer Stirn. «Ich habe Ihnen doch erklärt, dass ich den Toten in der Grube gar nicht gesehen habe.»

«Und Sie selbst oder Ihre Eltern erwarten keinen Heimkehrer?»

«Nein. Ein Cousin ist in Russland vermisst. Wer weiß, ob der je wiederkommt.»

«Hatten Sie eine nähere Beziehung zu ihm?»

Sie zog eine Grimasse. «Er war siebzehn, als ich ihn das letzte Mal sah. Und ich war fünfzehn!»

«Würden Sie uns dennoch seinen Namen nennen und seine Adresse?»

Allmählich regte sich in ihr Widerspruch. «Der hat absolut

nichts mit dem Toten zu tun! Boris war schwarzhaarig, den würde ich unter Hunderten erkennen!»

Kappe bestand höflich auf seinem Verlangen und verärgerte sie damit noch mehr. «Andere Heimkehrer sind nie bei Ihnen aufgetaucht?», fragte er, als stelle er endgültig die letzte Frage.

Sie zuckte mit den Schultern. «Na, ich weiß ja nicht, wo *Sie* wohnen! Bei uns jedenfalls klingeln dauernd welche und betteln oder erzählen irgendwelche Geschichten. Fragen Sie mal meine Mutter!»

«Hat es irgendwann mit einem Streit gegeben?»

Sie schüttelte den Kopf. «Ich kümmere mich nicht um so was. Vater und ich stellen die Klingel ab, wenn wir nach dem Nachtdienst schlafen wollen.»

«Ihr Vater soll mal eine Auseinandersetzung mit einem jungen Landser gehabt haben ...»

«Mein Vater?» Sie schüttelte entschieden den Kopf. Dann aber schien ihr doch etwas zu dämmern, und sie verdrehte die Augen. «Da hat der Herr Nachbar wieder die Flöhe husten hören! Den ollen Denunzianten haben die Russen auch vergessen abzuholen! Mein Vater hat tatsächlich einen Landser, wie Sie das nennen, achtkantig rausgeschmissen! Das ist schon eine ganze Weile her.»

«Erzählen Sie mal!», bat Kappe.

«Das war Siegfried, der blonde Sohn vom Seifenfritzen ein paar Häuser weiter. Das Haus steht nicht mehr, und den Vater haben die Russen ...» Sie verstummte erschrocken.

Kappe nickte ihr ermunternd zu, und Holtefret schenkte ihr ein beruhigendes Lächeln.

Also fuhr sie etwas zurückhaltender fort: «Jedenfalls ist der bei Kriegsende umgekommen, und die Frau war dann nicht mehr ganz richtig im Kopf. Sie wollte zu ihrer Schwester nach Leverkusen. Aber keiner weiß, wo sie wirklich abgeblieben ist.»

«Bleiben wir bei dem Sohn. Siegfried, sagten Sie ...»

«Ja. Der war bei der HJ ein bisschen was Höheres und hat sich eine Menge darauf eingebildet. Leider hatte er immer etwas für mich übrig. Man kann sich das ja nicht aussuchen. Wenn ich mit meiner Mutter Wäsche rollen ging, ist er mir nicht von der Fahne gegangen. Oder er hat mich vor dem Haus abgefangen. Und auch sonst ... Er wollte immer mit mir ins Kino gehen. Möglichst in die letzte Reihe ...» Sie sah dabei Holtefret an, der sich ein leichtes Grienen nicht verkniff.

Kappe ließ sich nicht ablenken. «Und dieser Siegfried ...», sagte er erwartungsvoll.

«Der tauchte eines Tages vor unserer Tür auf. Er sei aus der Gefangenschaft entlassen, sagte er. Er wirkte ziemlich komisch und redete immer von Deutschlands Ehre und von Treue und dass die Amerikaner den Russen schon zeigen würden, wo es langgeht. Darauf ist mein Vater besonders gut zu sprechen! Er hat ihn angebrüllt, ob er noch nicht genug habe vom Kriegspielen, und Siegfried hat ihn daraufhin einen zahnlosen alten Krüppel genannt, und das war's dann. Wenn man meinen Vater reizt, kann er noch ganz kräftig zulangen.»

Auf der Fahrt von Charlottenburg ins Präsidium konnte sich Kappe nicht mit seinem Anlernling über den Wert der Aussagen von Sonja Knispel einigen. Die Namen von zwei jungen Soldaten auf eine vage Vermutung oder eine handfeste Denunziation hin – das war ein dürftiges Ergebnis. Aber es war zumindest eines.

OKTOBER 1946

VIERZEHN

IN ALMA UMBREIT wuchs die Verzweiflung. Wochen waren inzwischen vergangen, und von ihrem Heinz fehlte noch immer jede Spur. Nicht einmal der angebliche Kamerad hatte sich wieder sehen lassen. Ein ums andere Mal redete die Nachbarin auf sie ein, sich an die Polizei zu wenden. Alma konnte sich nicht dazu entschließen. Allzu tief saß die Angst, man würde sie dort festhalten und ihr alle möglichen Fragen stellen, auf die sie keine Antwort wusste und auch gar keine wissen wollte. So wie bei dieser entsetzlichen Entnazifizierung, wo man auf sie eingeredet hatte wie auf einen kranken Schimmel, ohne eine vernünftige Aussage aus ihr herauszubekommen. Zu ihrer Überraschung war ausgerechnet der alte Hölzner, der Kommunist aus dem Seitenflügel, der sie all die Jahre kaum gegrüßt hatte, aufgestanden und hatte erklärt, sie sei nur eine harmlose Mitläuferin gewesen, der keine besondere Schuld nachzuweisen sei. Andere stimmten zu. Sie war als «minderbelastet» eingestuft worden und galt als entnazifiziert.

Bei der Polizei würde man sie wahrscheinlich dennoch zu den Russen schicken, und die fürchtete sie nun wirklich mehr als der Teufel das Weihwasser. Denen war alles zuzutrauen. Die hatten mit größter Wahrscheinlichkeit ihren Heinz auf dem Gewissen und würden es niemals zugeben.

Von Tag zu Tag vergrub sie sich mehr in ihren Kummer. Der September war zu Ende gegangen, die letzten Tage der Dekade gingen wie immer mit besonderem Hunger einher. Die Lebensmittelmarken wurden nur alle zehn Tage aufgerufen und beliefert. Alma fühlte sich schwach, und ihr schlechtverheiltes Bein schmerzte.

Dennoch gelang es der Nachbarin, sie an einem sonnigen Vormittag zu einem Spaziergang zu überreden. Wie durch Zufall kamen sie am Polizeirevier vorbei, und die Nachbarin nutzte die Gelegenheit, einen älteren Beamten, der gerade das Haus betreten wollte, zu fragen, wohin man sich wegen einer vermissten Person wenden müsse.

Der Uniformierte musterte die beiden Frauen und sagte: «Kommen Sie am besten mit rauf ...»

Alma war klar, dass sie nicht mehr zurückkonnte. In der Meldestelle hörte sich ein zweiter Polizist den Anfang ihrer stockend vorgetragenen Geschichte nicht sonderlich aufmerksam an. Erst als sie den unbekannten Kameraden ihres Neffen erwähnte, erwachte sein Interesse. «Das erzählen Sie mal besser unserem Herrn Kriminalsekretär Zobel», sagte er gemessen. Er führte sie ein paar Türen weiter in ein Zimmer, das sich ein jüngerer Mann mit einem anderen teilte, der die ganze Zeit auf einer klapprigen Büroschreibmaschine herumhackte und Alma damit irritierte. Sie schrieb perfekt mit zehn Fingern, aber das wollte hier niemand wissen, und sie hätte es um nichts in der Welt verraten. Sie fand es schlimm genug, dass nach einem kurzen Wortwechsel darüber, wer von ihnen denn nun die Anzeigende sei, die Nachbarin vor der Tür auf sie warten musste.

Alma fühlte sich sehr unbehaglich und hätte am liebsten kein Wort gesagt, doch der Kriminalsekretär stellte seine Fragen mit wahrer Engelsgeduld, die wohl eher darauf zurückzuführen war, dass er mit der Hand nicht viel schneller schrieb als sein Kollege auf der Maschine.

Was der alles wissen wollte! Wie groß Heinz sei, ob eher untersetzter oder schwächlicher Gestalt, mit ovaler oder hoher Stirn, dichtem, welligem oder struppigem Haarwuchs, links, rechts oder in der Mitte gescheitelt oder von einer auffälligen Haarkrankheit gezeichnet und dergleichen mehr. Ein Foto trug sie nicht bei sich, und sie hatte nicht die Absicht, das einzige Porträt von Heinz auf dem Vertiko, das ihn in Holland und in voller Uniform zeigte, aus der Hand zu geben.

«Ein Foto müssen Sie uns aber bringen!», verlangte der junge Mensch dennoch, bevor er das nächste Formular glattstrich und noch einmal die gleiche Prozedur, diesmal mit dem angeblichen Kameraden von Heinz, begann.

Sie hatte sich gemerkt, dass der Werner Böhnisch hieß und aus Gartz an der Oder stammte. Wie er ausgesehen hatte, wusste sie auch noch: entkräftet und elend wie die meisten dieser Gestalten, denen man an jeder Ecke begegnete. Groß waren aus Almas Sicht fast alle Männer. Und blond war er auch gewesen, genau wie Heinz. Sie erinnerte sich an den Kopfverband und daran, dass er Heinz' Verwundungen am Rücken und an der Hüfte erwähnt hatte.

Der Kriminalsekretär trug alles sorgfältig in das Formular ein.

Alma hatte ihre Brille nicht bei sich. Dennoch war sie sicher, dass er nicht ganz fehlerfrei schrieb. Das war ja auch unwichtig. Zumindest verwies er sie nicht an die Russen. Als sie vorsichtig danach fragte, ob man bei denen nach Heinz' Verbleib forschen könne, gönnte er ihr nur einen schrägen Blick. «Mit den Besatzungsmächten ist das nicht so einfach. Wir tun unser Möglichstes ...» Mit dieser wenig hoffnungsvollen Redewendung entließ er sie. «Wenn wir etwas erfahren, melden wir uns.»

Die Nachbarin wartete unten auf der Straße. «Mir ist vor Hunger übel geworden. Ich musste an die frische Luft», sagte sie entschuldigend. «Ich hatte schon Angst, die behalten Sie da.»

Kappe tat sein Möglichstes, und das war wenig genug, wie er verdrossen feststellte. Wochenlang zogen er und der Kriminalanwärter Eddie Holtefret bereits durch die zerbombte Stadt, die Identitäten der beiden Waldleichen aber waren noch immer ungeklärt. Daran hatte auch der wöchentliche Wechsel der Zuständigkeit nichts geändert. Um überflüssigen Fahraufwand zu vermeiden, fuhren sie jetzt häufig gemeinsam los und holten in dem jeweiligen Stadtviertel Erkundigungen nach beiden Toten ein.

Bei der Leiche aus dem Bucher Forst, deren knappes Signalement Kappe im Schlaf hersagen konnte, hatte es einige Male so ausgesehen, als ergebe sich eine Spur. In letzter Konsequenz aber erwies sich jede neue Adresse, die sie ansteuerten, als weiterer Fehlschlag. 30- bis 35-jährige dunkelblonde Frauen wurden in einer Anzahl vermisst, die Kappe deprimierte. Was nützte es, dass sie die Größe, den Zahnstatus und die mutmaßliche Todesursache der Frau kannten? Wer weiß, in welchem Feuersturm die zahnärztlichen Aufzeichnungen über ihr schadhaftes Gebiss verglüht waren. «Gewalt gegen den Hals», hatten die Mediziner konstatiert, eine Vergewaltigung war nicht auszuschließen. Dennoch blieb unklar, ob es sich um ein Sexualverbrechen oder um einen Raubmord gehandelt hatte. Möglicherweise hatte der Täter die Frau nach einvernehmlichem Geschlechtsverkehr umgebracht. Die wenigen halbverrotteten Kleidungsstücke des Opfers ließen keine eindeutigen Schlüsse zu. Unterwäsche und Bluse waren billige Vorkriegsware, der Rock war aus einem eingefärbten Mantel geschneidert.

Noch ungünstiger sah es bei der Leiche des Heimkehrers im Schöneicher Forst aus, deren Aussehen und Zahnstatus überhaupt nicht mehr zu bestimmen waren. Das entstellte Gesicht des Toten, dem ein Schneidezahn links oben fehlte, glich einer einzigen verkrusteten Wunde. Jemand hatte ihn totgeschlagen wie einen räudigen Hund. Besondere Kraft war dazu bei dem körperlichen Zustand des Mannes nicht einmal nötig gewesen. Er war stark unterernährt, was wahrlich kein besonderes Merkmal darstellte. Schlecht verheilte Narben einer oberflächlich behandelten Verwundung entstellten Rücken und rechte Hüfte. In welchem Lazarett und unter welchen Bedingungen hatten ihn Ärzte zusammengeflickt? Ein unbekannter Vermisster, 1,67 bis 1,70 Meter groß, zwischen 25 und 35 Jahre alt, blondes Kurzhaar, was auf die nicht lange zurückliegende Entlassung aus der Gefangenschaft deutete – das war ein Steckbrief, mit dem sich nicht viel anfangen ließ in einer Stadt, die Tausende ihrer Söhne vermisste. Wer sagte überhaupt, dass es sich um einen Berliner handelte?

Einigermaßen sicher war sich Kappe nur über das Tatwerkzeug: ein frisch geschnittener Eichenknüttel, von dem sich Spuren der Rinde im Halsgewebe des Erschlagenen nachweisen ließen. Bei einer gründlichen Nachsuche in Fundortnähe waren sie wie bei einer Schnitzeljagd daumennagelgroßen Eichenspänen gefolgt und auf abgeschnittene Zweige gestoßen. Hundert Meter weiter hatte Holtefret schließlich den Wurzelstumpf des jungen Baumes gefunden. Der daraus gefertigte Knüppel war mehr als fünf Zentimeter dick und trotz intensiver Suche nicht aufzufinden.

Auch die Knispel-Spur hatte sich als wenig ergiebig erwiesen. Der schwarzhaarige Cousin wurde mit den Resten seiner Einheit seit den Kämpfen im Kursker Bogen vermisst, eine Rückkehr aus der Gefangenschaft ließ sich nicht nachweisen. Der blonde Drogistensohn aus der Petersburger war bereits im April aus einem englischen Lager entlassen worden und angeblich seit Mitte Mai nicht mehr an seiner Meldeadresse am Wedding ansässig. Es hieß, er habe sich auf den Weg in die amerikanische Zone gemacht.

Kappe, seit 36 Jahren ein unermüdlicher Ermittler, gab nicht auf. Heute lag wieder ein erfolgloser Tag zwischen den Trümmerfeldern der Innenstadt hinter ihm. Die schleimige Kartoffelsuppe, die Klara als Abendessen auftrug, war nicht geeignet, seine Laune zu verbessern. Um dem kargen Mahl den Anschein von Sämigkeit zu geben, hatte sie einige Kartoffeln roh hineingerieben, die nun als grünlich-glibberige Fäden die Suppe durchzogen. Kappe dachte lieber nicht darüber nach, wie das aussah und wonach es schmeckte.

Sie saßen zu zweit am Küchentisch. Klara stimmte ihr übliches Klagelied an. Karl-Heinz hatte sich in den letzten Wochen nur noch selten blicken lassen. «Ich mache mir wirklich Sorgen. Man weiß nicht mal, wo er übernachtet ...»

«Irgendwann musst du begreifen, dass der Junge erwachsen ist und auf sich selber aufpassen kann», brummte Kappe. In seinen Gedanken spielte der Jüngste eine größere Rolle, als er Klara gegenüber jemals zugegeben hätte. Dass sie ihn ständig daran erinnerte, machte die Sache nicht besser.

«Du bist schließlich Kriminalpolizist, du wirst wohl herausfinden können, wo der Junge sich rumtreibt.»

Kappe schob scheppernd Teller und Löffel von sich. «Genau deshalb, weil ich bei der Kripo bin, werde ich das lieber gar nicht erst versuchen!»

«Mein Gott, du sollst ja nur mal rumhorchen! Ich habe Angst, er gerät irgendwie auf die schiefe Bahn. Dann hast du den Ärger richtig am Hals.»

Störrisch schüttelte Kappe den Kopf. «Ich kann im Dienst keine privaten Ermittlungen anstellen», sagte er abweisend.

Klara aber war nicht von dem Gedanken abzubringen. «Du kannst dich doch ganz unauffällig mal unter deinen Kollegen umhören ...»

«Unter den Kollegen?», knurrte Kappe gallig. «Welche meinst du? Die vom Betrug vielleicht? Oder soll ich bei der Fahndung fragen, ob sie ihn bei einer Razzia hoppgenommen haben?»

Klara war beleidigt. «Du sollst nur die Augen offen halten. Mehr verlange ich ja nicht von dir!»

«Wenn ich die Augen nicht offen halten würde ...», schnaufte Kappe. Ein schrilles Klingeln an der Tür ersparte ihm den Rest der Antwort.

Klara war schneller. «Wahrscheinlich nur ein aufdringlicher Bettler», sagte sie und war schon im Flur. Kappe folgte ihr sicherheitshalber.

Der Mann, der in der schwachen Treppenbeleuchtung vor ihrer Wohnungstür stand, war alles andere als ein Bettler. Eine schlanke, hochaufgeschossene Gestalt, bekleidet mit einem Mantel aus Friedenszeiten, hob höflich den Hut und sagte: «Guten Abend! Bin ich hier richtig bei Kappe?»

Klara hielt die Hand vor den offenen Mund, dem ein unartikulierter Laut entfuhr.

Im gleichen Augenblick erkannte auch Kappe den Besucher. «Arno!», rief er nur, während er sich an Klara vorbeidrängte, um den Mann in den Flur zu ziehen.

Es war tatsächlich Arno, der Schwiegersohn, den die Russen interniert und nun offensichtlich freigelassen hatten. Kappe half ihm aus dem Mantel. Den hatte ihm Margarete bei Peek & Cloppenburg am Spittelmarkt ausgesucht, wie Klara sich sofort erinnerte. Darunter trug Arno seinen einzigen Maßanzug, der ihn allerdings umschlotterte, als wäre er für eine doppelt so breite Figur geschneidert. Der eng gebundene Schlips vermochte nicht darüber hinwegzutäuschen, dass zwischen dem Hemdkragen und dem dürren Hals des Trägers eine Lücke klaffte.

«Komm erst mal rein!», sagte Kappe rauh. Klara indes klammerte sich an Arno und ließ ihren Tränen freien Lauf.

Im trüben Schein der Küchenlampe warfen die tiefen Kerben neben Arnos Nase schwarze Schatten. Der Schwiegersohn wirkte um Jahre gealtert, sein geschorenes Haar wies kahle Stellen und graue Einsprengsel auf. Doch er lebte. Als er den Mund zu einem Lächeln verzog, sah Kappe, dass ihm im Oberkiefer zwei Zähne fehlten.

«Margarete wollte unbedingt mitkommen. Aber ich dachte, ich überrasche euch lieber alleine ...»

«Erzähl mal!», bat Kappe, als Arno ihm gegenüber am Tisch Platz genommen hatte. Klara tauchte derweil in die Untiefen des Fensterspindes unter dem Sims. Kappe registrierte es mit Verwunderung. Dort bewahrte sie die leeren Töpfe auf.

Arno sah Kappe lange an und schwieg. «Da gibt es nichts zu erzählen», sagte er schließlich.

Kappe verstand und nickte. «Darfst du wenigstens sagen, wo du gewesen bist?», fragte er leise.

Arno griff in die Innentasche und förderte seine Brieftasche hervor, der er behutsam eine Bescheinigung im Format A6 entnahm. «Das ist alles, was ich vorzeigen kann», sagte er und gab Kappe das unscheinbare gelbliche Papier mit einem roten Stempelabdruck in der linken unteren Ecke, die wenigen Textzeilen in kyrillischen Buchstaben. «Feldpost Nummer 24570T», erläuterte Arno. «Der ehemalige Kriegsgefangene Arnold Wilhelm, geboren

1914, wird aus dem Lager für Kriegsgefangene an seinen Wohnort in Berlin-Prenzlauer Berg entlassen.»

Kappe drehte die Bescheinigung um. Auch hier ein Stempel. *Bezirksamt Prenzlauer Berg, Abt. für Sozialwesen.* Mit klobigen Buchstaben hatte jemand hinzugefügt: *Zimmer 27, zur Erledigung SS.*

«Da war ich heute», sagte Arno.

«Und vorher?», fragte Kappe tonlos und senkte seine Stimme noch mehr. «Sachsenhausen?»

Arno nickte kaum merklich.

Klara, inzwischen in den Schein der Lampe zurückgekehrt, schlug erneut die Hand vor den Mund. Vor Entsetzen diesmal. Sachsenhausen – das Wort hatte seinen Schrecken nicht verloren. «Das ist doch ...», flüsterte sie fassungslos.

«Ein Lager», sagte Arno ruhig. «Die Baracken stehen seit '34.»

«Aber das ist doch ein KZ! Werden dort immer noch Menschen eingesperrt?»

«Klara!», mahnte Kappe. «Haben wir wirklich nichts anderes mit unserem glücklich erretteten Schwiegersohn zu bereden?»

Erschüttert wandte sie sich ab.

Setz erst mal Kaffeewasser auf, wollte Kappe sagen, da hörte er schon das Wasser in den Teekessel laufen.

«Waren eine ganze Menge hohe Tiere dort», sagte Arno. «Sogar Heinrich George ...» Er verstummte plötzlich, als hätte er bereits viel zu viel gesagt.

«Den haben sie bestimmt wegen *Kolberg* geschnappt», vermutete Klara, die sich gut an den Durchhaltefilm erinnerte. Vor fast zwei Jahren war der zu sehen gewesen. Kappe hatte versäumt, ihn anzugucken. Auch *Jud Süß*, ebenfalls mit George, war ihm entgangen. Wahrscheinlich hatten die Russen den Schauspieler eher deswegen interniert.

Als Klara den Kaffee aufbrühte, hoben die Männer die Köpfe und schnupperten. «Wo hast du denn den her?», fragten sie wie aus einem Munde.

«Das ist eines von meinen Geheimnissen», erklärte Klara

schnippisch, wenn auch nicht ohne Stolz. «Ich habe sogar noch eine Büchse Fleisch und ein paar gute Zigaretten für den glücklichen Heimkehrer aufgespart. Was sagt denn Marlies dazu, dass ihr Vater wieder da ist?»

«Sie hat mich zuerst nicht erkannt. ‹Du riechst nicht gut›, hat sie festgestellt, womit sie zweifellos recht hatte. Den Geruch wird man schwer wieder los.» Er schnüffelte an seinem Ärmel und sagte erleichtert: «Das duftet nur nach dem Mottenpulver in unserem Kleiderschrank.»

Kappe unterdrückte den Wunsch, sich auf eine Grundsatzdiskussion über Klaras heimliche Vorräte im Fensterspind einzulassen. Er war froh, mit dem Schwiegersohn nicht am leeren Tisch sitzen zu müssen. Dass es sich bei dem aufgeschnittenen Brot um sein morgiges Frühstück und Mittagessen handelte, spielte jetzt keine Rolle.

Es spielte auch keine Rolle, dass Karl-Heinz, der gegen acht überraschend auftauchte, von Klara mit einer pantomimischen Vorstellung empfangen wurde, die Kappe erkennen ließ, wer der eigentliche Spender des Mahls war. Angesichts des Gastes schwieg er dazu ebenso wie sein Sohn, der den Schwager herzlich begrüßte und seiner Mutter nur großzügig zunickte.

«Hast du Arbeit gefunden?» war alles, was Kappe sich an Dreistigkeit dem Sohn gegenüber herausnahm. Eine Antwort erwartete er nicht. Viel wichtiger war ja die Frage, was Arno künftig zu tun gedachte.

Der hob die Schultern. «Das Arbeitsamt muss mir etwas vermitteln, hat man mir gesagt.»

«Arbeitsamt!», höhnte Karl-Heinz sofort. «Die schicken dich zum Enttrümmern. Guck dich lieber um, und such dir selber was!»

Arno lächelte dünn. «Das ist in meiner Lage kaum möglich», erläuterte er. «Ich darf die mir zugeteilte Arbeitsstelle nicht wechseln.»

«Schön blöd, wenn du dich nach denen richtest!»

«Karl-Heinz!» Kappe reagierte überraschend scharf. «Halte

dich gefälligst mit deinen Weisheiten zurück! Guck ihn dir an. Arno hat genug durchgemacht. Er wird für eine Weile leisetreten müssen, ob uns das passt oder nicht.»

So leicht ließ sich Karl-Heinz nicht zum Schweigen verdonnern. «Vor allem, wenn er im Russensektor bleibt!», meinte er hitzig. «Zieh wenigstens mit Margarete und Marlies hierher, wo die Amis bestimmen und das Schlimmste verhindern!»

Arno sah von einem zum anderen. Sein Blick blieb an Kappe haften. «Ich denke, ich werde deinen Rat befolgen», sagte er.

FÜNFZEHN

DIESMAL hatte Karl-Heinz Kappe endgültig die Nase voll. Nach Arnos Weggang war es gänzlich zum großen Knatsch zwischen ihm und seinem Vater gekommen, wobei es hauptsächlich um den Vorwurf ging, er bemühe sich nicht um eine geregelte Arbeit.

«Wo lebt ihr eigentlich?», hatte Karl-Heinz gefragt. «Soll ich Eicheln sammeln, hundert Kilo für zwanzig Mark und einen Gutschein über vier Kilo Kaffee-Ersatz?»

Ein Wort hatte das andere ergeben, bis er gegen Mitternacht seine sieben Zwetschgen und ein bisschen was an Schieberware zusammengesucht und wutentbrannt das Weite gesucht hatte, im Ohr Mutters Klage, seinetwegen werde es nun nichts mit der Erhöhung des Gaskontingents auf zwanzig Kubikmeter für drei Personen.

Die konnten ihn mal mit ihren Verboten und Kontingenten! Vor Wut vergaß er, dem Vater die versprochene Karte für den Boxkampf Conny Rux gegen Karl Szymanski im Neuen Wintergarten an der Hasenheide zu überreichen. Na gut, die wurde er allemal mit Gewinn los.

Sein Koffer stand vorerst gut in der Gepäckaufbewahrung am Schlesischen Bahnhof. Jetzt brauchte er vor allem ein Quartier für die Nacht. Naheliegend waren Rita und deren anheimelndes Bett in der Wadzeckstraße. Aber dort angelangt, fand er die Haustür verschlossen, worauf er zu Fuß zum Schlesischen Bahnhof zurückkehrte, sich der Kontrolle wegen eine Fahrkarte nach Müncheberg kaufte und den Rest der Nacht im überfüllten Wartesaal verbrachte.

Reichlich zerknautscht war er dann am Vormittag bei Rita erschienen, die ihn leider nicht so liebenswürdig aufnahm, wie er es erwartet hatte. «Tut mir wirklich leid, ick hab noch 'ne Menge vor den janzen Tach ...»

Das klang nach Ausrede. Er gab nicht auf. «Kann ich wenigstens heute Abend wiederkommen?»

Sie kicherte. «Willste mir 'n Antrach machen?»

Das hatte Karl-Heinz nicht vor, doch er durfte kommen. Er brachte eine Flasche ungewissen Inhalts mit, und es wurde eine anregende Nacht. Rita entpuppte sich als ziemlich wissbegierig, was sein Leben, seine Familie und seine Pläne anging, und versprach ihm für den Morgen eine angenehme Überraschung. Karl-Heinz, nur mit Zigaretten reichlich versehen, hoffte auf ein gutes Frühstück, wurde darin jedoch enttäuscht. Was sie ihm offerierte, war allerdings mehr wert als das beste Frühstück. «Fahr am besten gleich da hin. Die Frau is 'ne Kriejerwitwe. Vleicht kannste ihr gleich 'n bisschen trösten ...»

Dafür, dass er nicht gefrühstückt hatte, fühlte Karl-Heinz sich recht gut. Jedenfalls bis zu dem Augenblick, als er an einem Bäckerladen vorbeikam und ihn aus der geöffneten Ladentür die Duftwolke des Frischgebackenen umnebelte. Unwillkürlich blieb er stehen. Übelkeit stieg in ihm auf, seine Knie zitterten. Der Hunger, dachte er, und mit Schrecken wurde ihm bewusst, dass vorläufig und so weit von zu Hause weg kaum Aussicht bestand, etwas Essbares aufzutreiben. Bis zum Mittag, wenn es in wenigen Kneipen ein wässeriges, aber dafür markenfreies Stammgericht geben würde, fehlten noch zwei Stunden. Doch essen musste er, und die Lebensmittelkarte mit den Brotmarken hatte er natürlich bei seiner Mutter vergessen.

Er guckte in den Laden, in dem drei ältere Frauen mehr mit einem Gespräch als mit dem Kauf von Brot beschäftigt schienen. Kurz entschlossen trat er über die Schwelle. Misstrauische Blicke empfingen ihn. Zwei der Frauen verschwanden sofort. Die dritte klaubte umständlich ihre Groschen aus dem Portemonnaie.

Karl-Heinz sah sich um. Die Dicke hinter dem Ladentisch, todsicher die Meisterin selber, machte einen unsympathischen Eindruck. Außerdem betraten gerade zwei Frauen mit einem Kind den Laden. Da er an der Reihe war, sagte er: «Ich möchte bitte den Meister persönlich sprechen.» Das brachte ihm einen bösen Blick der stattlichen Dame ein, während sie gleichzeitig ein befehlendes «Gottfried!» in Richtung Backstube bellte.

Mit dem Rücken zu ihr und den Kundinnen wartete Karl-Heinz am kurzen Ende des L-förmigen Ladentischs. Der mehlbestäubte Chef wies kaum die Hälfte des Volumens seiner Gattin auf, stand ihr aber in der Grimmigkeit nicht nach. Wortlos und betont unauffällig gönnte Karl-Heinz ihm einen Blick auf die geöffnete Schachtel Lucky Strike in seiner Hand. Und richtig, die Mehlfinger zuckten nach dem herausragenden Glimmstängel. «Drei Salzkuchen», raunte Karl-Heinz ihm zu.

Der Mann zog die Zigarette aus der Packung, roch daran und begutachtete den Schriftzug. «Packung ’n Brot», wisperte er in gleicher Lautstärke zurück.

Karl-Heinz brauchte jetzt kein ganzes Brot, doch das reißende Hungergefühl im Magen zwang ihn dazu, dem Bäcker zustimmend zuzuplinkern und die letzte Lucky-Packung hervorzukramen. Hoffentlich hatte auf dem Schlesischen Bahnhof inzwischen niemand seinen Koffer geknackt.

Draußen vermochte er sich nicht zu beherrschen. Nur drei Schritte von der Bäckerei entfernt biss er gierig in den Kanten und schlang den Brotbatzen hinunter. Das Kind, an der mütterlichen Hand aus dem Laden tretend, beäugte ihn neidisch. Er wandte sich ab und ärgerte sich über seine Haltlosigkeit. Wie ein Trottel musste er jetzt mit dem angebissenen und notdürftig in ein Zeitungsblatt gehüllten Brot unter dem Arm durch die Straßen rennen. Es sei denn, er aß es auf. Mit dem Taschenmesser konnte er es sogar aufschneiden. Aber wo? Er befand sich in einer ihm nicht gänzlich fremden Gegend. Hier am Wismarplatz hatte er mal ein Mädchen nach Hause gebracht. In meinem vorigen Leben, dachte er für einen flüchtigen Augenblick. Ihm fiel nicht mal der Name des Mädchens ein. Nur die Ruine des Hauses erkannte er wieder. Dabei war hier längst nicht so viel zerstört wie anderswo.

In der Boxhagener lag nur das zweistöckige Häuschen an der Holteistraße in Trümmern. Der noble Bau daneben, vor dessen Toreinfahrt sich eine Gruppe von Frauen um einen hageren Invaliden mit weißem Bürstenhaar scharrte, schien unversehrt. Nur widerwillig machte man ihm Platz.

Erst als er in den engen Hof trat, erkannte Karl-Heinz, dass es sich um eine Mietskaserne mit zwei geduckten Hinterhauszugängen handelte. Weit oben, wo ein Stück Himmel sichtbar war, sang eine hohe Frauenstimme Koloraturen. «Drei Treppen rechts», hatte ihm Rita eingeflüstert, «bei Grommek klingeln, zweimal kurz, einmal lang. Die Frau weiß Bescheid.»

Er zog den Kopf ein und betrat das dunkle Treppenhaus. Im zweiten Stock roch es intensiv nach Kohl. Ihm fiel das Brot ein, dessen Rest er nun unter dem Arm trug, nachdem er noch drei dicke Scheiben abgesäbelt und verschlungen hatte. Das war jetzt nicht zu ändern.

Im dritten Stock zündete er sicherheitshalber ein Streichholz an und fand den Namen *Grommek* auf einem erstaunlich akkurat beschrifteten Stück Pappe über der Klingel. Er drückte den Knopf in dem angegebenen Rhythmus, worauf die Tür beinahe sofort geöffnet wurde, als hätte ihn die Frau in dem dunklen Korridor bereits erwartet.

«Frau Grommek?», vergewisserte er sich. «Ich soll mich auf Rita berufen – des Zimmers wegen ...»

«Aber ja», antwortete sie mit unerwarteter Freundlichkeit und einer Stimme, die jung klang. «Kommen Sie bitte rein!»

In der düsteren kleinen Küche erkannte er, dass sie höchstens Ende zwanzig war. Ihr Alter hatte Rita mit keinem Wort erwähnt. Das Gesicht mit den großen dunklen Augen gefiel ihm. Ein eher schüchternes Lächeln entblößte ihre obere Zahnreihe, was den freundlichen Eindruck verstärkte. Karl-Heinz war hingerissen.

Er setzte sein aufmerksamstes Lächeln auf, verbeugte sich formvollendet, wobei ihn das Brot unter dem Arm ein wenig behinderte, und sagte: «Sehr angenehm, Ihre Bekanntschaft zu machen. Mein Name ist Karl-Heinz Kappe.»

Lächelnd zeigte sie ihre Zähne und reichte ihm die schmale Hand. «Irmgard Grommek. Darf ich Ihnen eine Tasse Kaffee anbieten?»

Überrascht, so gastfreundlich aufgenommen zu werden, bejahte er. Wer hätte gedacht, in diesem finsteren Hinterhof statt einer abgetakelten Schlummermutter eine anziehende, gut frisierte und vor allem junge Frau anzutreffen? Normalerweise achtete er bei seinen Geschäften weniger auf das Äußere der Leute. Hübsche Frauen liefen ihm selten genug über den Weg.

Irmgard Grommek beeindruckte ihn vom ersten Augenblick an. Und er war ein Mann schneller Entschlüsse. «Ich habe ganz zufällig sogar ein frisches Brot mitgebracht», sagte er. Er befreite den angeschnittenen Brotlaib aus der Zeitungshülle und legte ihn auf den Küchentisch.

«Das ist nicht nötig», sagte sie zwar, schien aber ganz angetan.

«Wenn Sie mich zum Kaffee einladen, muss ich doch auch etwas beisteuern», erwiderte er galant.

Der Teekessel auf dem Gaskocher pfiff. «Vielleicht findet sich in der Speisekammer noch Butter», sagte sie neckisch, während sie das Wasser in die Kanne goss. Es roch nach Bohnenkaffee.

Karl-Heinz schloss für einen Moment die Augen. Träumte er, oder war er wirklich im Begriff, mit einer reizvollen jungen Frau zu frühstücken wie in besten Zeiten? Echter Kaffee, frisches Brot – das ihm schon jetzt schwer im Magen lag – und gute Butter! So lebte man eigentlich nur in Kreisen, die im Schwarzhandel weiter oben saßen als er. Für einen flüchtigen Augenblick kam ihm der Gedanke an den schnieken Harry.

«Sie haben sich ganz weiß gemacht mit dem Brot», stellte sie fest und klopfte an seinem Jackett herum. «Ziehen Sie das mal aus! Ich werde es richtig ausbürsten. Und setzen Sie sich endlich hin!»

Karl-Heinz fühlte sich wie ein Idiot. Das hatte er von seiner Gier!

Sie blickte ihm ins Gesicht und lachte. «Um den Mund herum alles voller Mehl! Hatten Sie solchen Hunger, Sie Ärmster?»

«Ich konnte mich nicht beherrschen», gab er zerknirscht zu. «Wie sollte ich denn ahnen, dass Sie mit dem Kaffee auf mich warten?»

Sie wischte um seinen Mund herum. Die Berührung ging ihm durch und durch. Im Film nutzte der Held eine solche Gelegenheit für einen Kuss. Er bedankte sich nur mit belegter Stimme. Im Umgang mit Frauen fühlte er sich seit der Affäre mit Elvira keineswegs unerfahren. Für ein bisschen Essen oder ein paar Zigaretten war an jeder Ecke eine zu haben. Eine wie Rita ... Plötzlich schämte er sich der letzten Nacht, von der Irmgard sicher erfahren würde. Von Rita stammte schließlich die Adresse: «Geh da vorbei! Bei der ist was mit Zigaretten und Feuersteinen zu machen. Und vielleicht nicht bloß damit ...»

Wie hatte sie das gemeint? Irmgard Grommek sah nicht aus, als würde sie vom Handel mit den begehrten Feuersteinen leben. Von Diensten, wie Rita sie anbot, schon gar nicht. Irmgard wirkte eher wie eine durch und durch anständige Frau, die sich im Leben zurechtfand, wie eine, die allenfalls für eine ernsthafte Beziehung in Frage kam. Er dachte nicht gerade ans Heiraten, aber etwas Festes konnte er sich mit einer wie Irmgard gut vorstellen. Gegen so eine hätte vermutlich nicht mal seine Mutter ernsthafte Einwände vorzubringen. Nun ja, das Alter. Irmgard Grommek war wahrscheinlich drei, vier Jahre älter als er. Vielleicht auch mehr? Er beobachtete ihre Bewegungen und fand sie immer begehrenswerter. Womit habe ich das verdient, dachte er erschüttert. Ihre obere Zahnreihe behexte ihn. Er konnte den Blick gar nicht von ihr wenden.

«Weshalb gucken Sie mich so durchdringend an?», fragte sie.

«Frau Blonowski hat mir nicht gesagt, wie hübsch ihre Freundin ist ...»

«Frau Blonowski?», fragte sie verwundert.

«Ich meine ... Rita ...» Es machte ihn verlegen, den Namen auszusprechen.

Sie verzog das Gesicht und schüttelte den Kopf. «Sie ist keine Freundin», sagte sie. «Genau genommen kenne ich die Frau gar nicht.»

Jetzt war es an ihm, erstaunt zu sein. «Aber von ihr habe ich doch ...»

«Ja, das hat schon seine Richtigkeit», unterbrach sie ihn. «Die Frau sollte die Vermittlung übernehmen ...»

Da klang eine Spur von Unsicherheit mit, die er nicht zu deuten wusste. Andererseits beruhigte es ihn, dass sie Rita wohl nicht kannte. Woher hatte die dann die Adresse? Manchmal war es besser, nicht zu viel zu fragen. Doch als sie ihm endlich das Zimmer zeigte, um das es ging, entfuhr es ihm spontan: «Wer hat vorher hier gewohnt?»

«Ich», sagte sie und bestätigte damit seinen Verdacht. Die etwa vier mal vier Meter messende Stube war mit Schrank, Bett, Tisch und Kommode nur sparsam möbliert, doch insgesamt so behaglich eingerichtet, wie er es keinem Mann zutraute.

Sie spürte wohl, dass er eine nähere Erklärung erwartete, und sagte: «Mein Bruder ist ganz plötzlich ausgezogen. Er hat versprochen, einen neuen Mieter zu besorgen.»

Der Bruder war also mit Rita bekannt. Das sagte nicht viel. Rita schien über einen ausgedehnten Bekanntenkreis zu verfügen. Nett, dass sie bei dem Zimmer sofort an ihn gedacht hatte.

«Gefällt es Ihnen nicht?»

«Doch, doch», beeilte er sich zu versichern. «Ich hoffe, wir einigen uns über die Miete.»

«35 Mark?», sagte sie fragend. «Ich bin ein bisschen darauf angewiesen ...»

«Einverstanden. Obwohl ich eher an Naturalien dachte ...»

Sie hob die Schultern. «Von irgendetwas muss man leben.»

Er lachte und sprach im halblauten Singsang des Marktes:

«Feuersteine, Zigaretten, echte Amis – ich muss nur meinen Koffer vom Schlesischen Bahnhof holen.»

Sie verstanden sich mit einem langen Blick.

«Und Sie wohnen hier nebenan?», erkundigte er sich, als sie den Raum verließen.

Sie nickte, missdeutete jedoch seinen irrtümlichen Schritt in die falsche Richtung. «Nein, nein, das lohnt das Ansehen nicht. Es sei denn, Sie sind Elektriker.»

Er lachte. «Ich habe mir immer eine elektrische Eisenbahn gewünscht. Aber wenn was kaputt ist, helfe ich natürlich gerne.»

Und ehe sie ihn hindern konnte, öffnete er schon die Tür zu dem größeren Zimmer und prallte zurück. Es roch wie in einer Ruine. Rohrgeflecht hing von der Decke herab, neben dem Ofen warteten zwei Zinkwannen auf den nächsten Regen. Nur vorn an einem der beiden Fenster verbreiteten eine Couch und ein Vertiko einen Anschein von Wohnlichkeit.

Ungläubig fragte er: «Hier hat Ihr Brüder gelebt?»

«Er hat nur manchmal hier übernachtet.»

«Aber so können Sie doch nicht wohnen!», rief er aus.

«Weshalb nicht? Ich bin anspruchslos geworden. Mir bleibt ja die Küche ...»

Karl-Heinz wandte sich um und umfasste ihre Schultern mit einem kräftigen Griff. «Darüber werden wir uns noch gründlich unterhalten», sagte er.

Sie widersprach ihm nicht.

SECHZEHN

EDDIE HOLTEFRET hatte die Nase gestrichen voll. So öde hatte er sich kriminalpolizeiliche Arbeit nicht vorgestellt, schon gar nicht bei der Mordkommission. Der einzige Lichtblick in den letzten Wochen trug den Namen Sonja Knispel, und selbst den musste er geheim halten. Kappe würde wahrscheinlich fuchsteufelswild werden, wenn er erfuhr, dass er bereits zum zweiten Mal mit ihr verabredet war und am Wochenende vorhatte, mit ihr in den Palast am Bahnhof Friedrichstraße zu gehen. Die Karten für das «Varieté der 3000» hatte Sonja besorgt. Unter der Bedingung, dass es sich um eine rein private Unternehmung handle, was sie sich mit einem tiefen Blick in seine braunen Augen und drei erhobenen Fingern von ihm schwören ließ. «Wenn ich rauskriege, dass du mir nur nachspionierst, um mir oder meinem Vater etwas anzuhängen, endest du wie der arme Kerl da draußen in dem Schützenloch», hatte sie im Scherz gedroht. «Schlimm genug, dass du uns so was zutraust!»

Natürlich traute er es ihr nicht zu. Dazu war sie nicht robust genug und viel zu leicht zu durchschauen, obwohl sie ihn mitunter durch Bemerkungen wie die mit dem Schützenloch verunsicherte. Sie besaß eine eigenwillige Art von Humor, an die er sich erst gewöhnen musste. Genau wie daran, dass ihre Rendezvous mit einem zwar herzlichen und zunehmend anschmiegsamen Abschied vor ihrer Haustür endeten - aber mit mehr eben nicht. Oben warteten die Walküre von Mutter und der misstrauische Vater auf sie und verhinderten jeden Herrenbesuch, noch dazu von der Kripo. Für einen nächtlichen Ausflug in den nahen Friedrichshain waren die Abende schon zu kalt, und in Tempelhof lauerte die Tante. Das mit der strengen Tante glaubte Sonja ihm nicht so recht, obwohl er ihr freimütig Adresse und Hausnummer offenbarte. Was das Spionieren anbetraf, so fürchtete er eher, dass Sonja eines Tages hinter seine wirklichen Geheimnisse kommen könnte, die ihn selbst genug beunruhigten und deren größtes Roswitha hieß.

Es wurde allerhöchste Zeit, Ordnung in sein Leben zu bringen. Mit Roswitha jedenfalls war er so gut wie fertig, zumindest in der Theorie. In ihrer Kammer hingegen fühlte er sich ihr und ihren leicht zu durchschauenden Finten immer wieder hilflos ausgeliefert. Wo, bitte schön, sollte er denn eine Frau finden, die ihn derartig erregte und die sich ihm so rückhaltlos hingab - und dabei ein so fürchterlich verlogenes Aas war, wie er mehr und mehr vermuten, ja erkennen musste! Er war schließlich ein praktizierender Kriminalist, der sich einigermaßen auf seine Menschenkenntnis und seine gute Beobachtungsgabe verlassen konnte, was sogar der Miesepeter Kappe ihm zugestand.

Grund für die erste heftige Auseinandersetzung zwischen Roswitha und ihm war die Sache mit den Fotos gewesen, die ihn beinahe seine Stellung gekostet hätte. Eines Abends hatte er sich mit den Filmen in Schiecks Labor eingeschlossen und sich an die Arbeit gemacht. Der Fotograf sollte als Diskussionsredner in einer Wahlversammlung seiner Partei auftreten, wie Eddie wusste, und auch sonst war es ruhig im Präsidium. Dass bei der M noch einer arbeitete, würde niemandem auffallen. Er setzte Entwickler und Fixierbad an, kontrollierte die Temperatur und holte den ersten Film aus der Schachtel. Im Rotlicht waren die Motive nur schemenhaft zu erkennen. Ein leichtes Unbehagen beschlich ihn dennoch. Weshalb hatte er sich die Filme nicht bei Tageslicht angeguckt?

Er fädelte den Film in das Vergrößerungsgerät und schaltete es ein. Um zu erfassen, dass es sich bei dem ersten Foto um eine abfotografierte Ansichtskarte handelte, brauchte er nicht einmal scharf einzustellen. Das Motiv war eindeutig: eine zaghaft über die Schulter grinsende junge Frau in altmodischer Unterwäsche, die ihr blankes Hinterteil präsentierte, wobei ihr die Rüschenhose um die fleischigen Knie hing.

Mein Gott, dachte Eddie, was bin ich für ein naives Rindvieh! Er schob die Negative eines nach dem anderen unter die Lichtbrücke und fand seine Befürchtungen bestätigt. Es handelte sich um eine Sammlung teils uralter pornografischer Postkarten, von denen er eine neue Auflage herstellen sollte. Manche von diesen Bildern hatte er schon als Vierzehnjähriger betrachtet, andere stammten augenscheinlich aus französischen Quellen, aus denen sich deutsche Soldaten während des Krieges bedient hatten. Auch die waren ihm nicht fremd. Eddie fühlte sich keineswegs vollkommen immun gegen die Reize solcher Fotos. Dass Roswitha ihn allerdings nicht einmal vorgewarnt, ja ausgerechnet ihn als Kriminalpolizisten mit der Anfertigung von Kopien betraut hatte, überstieg denn doch die Grenzen seiner Großzügigkeit. Er zerrte den Filmstreifen wütend aus dem Apparat und hätte ihn am liebsten in den Papierkorb geworfen. Er besann sich jedoch, rollte ihn zusammen und schob ihn in die Schachtel zurück. Da hatte er sich auf was Schönes eingelassen! Dazu war er nun eigens länger geblieben, hatte Schiecks Labortür geknackt und sich an den knappen Chemikalien vergangen und war überhaupt ein unverantwortliches Risiko eingegangen. Am besten packte er ganz schnell zusammen, beseitigte alle Spuren und machte sich auf den Weg zu Roswitha, um der mal anständig die Leviten zu lesen. Was glaubte die denn, wie viel sie ihm zumuten konnte! An den Kopf werfen würde er ihr diesen Dreck.

Auf dem Gang vor der Toilettentür näherten sich Schritte, irgendwo wurde eine Tür aufgeschlossen. Ein zweiter Mann tappte den Gang entlang. Das Labor zu verlassen, solange sich hier oben Personen aufhielten, erschien Eddie unklug.

Eine Weile saß er untätig da, dann beschloss er, sich auch die beiden anderen Rollen anzuschauen. Die Aufnahmen auf dem zweiten Filmstreifen waren anscheinend neueren Datums und von besserer Qualität. Eddie ließ sich Zeit, die Fotos zu begutachten.

Zu dem Bild einer vollbusigen, doch sonst ganz schlanken Blonden, die sich mit geöffneten Schenkeln auf einer Couch rekelte, kehrte er ein paarmal zurück. Ihr mädchenhafter Gesichtsausdruck erinnerte ihn an Sonja. Er spürte so etwas wie Eifersucht. Würde Sonja sich in einer solchen Pose fotografieren lassen?

Er schob den Fotorahmen ins Licht und regulierte die Schärfe. Ein tolles Bild. Bestens geeignet, seine Künste als Fotolaborant zu erproben. Er löschte die Vergrößerungslampe, entnahm dem Karton eines der mit schwarzem Papier umhüllten Blätter und klemmte es in den Rahmen. «21, 22 ...», zählte er. Die Belichtungszeit war das Wichtigste. Wahrscheinlich würde er mehrere Versuche benötigen.

Er tauchte das Blatt in die Entwicklerschale und wartete. Die Konturen traten viel zu schnell hervor und schwärzten das Papier bald gänzlich. Erst beim dritten Mal klappte es. Das Foto sah auch im Fixierbad noch zufriedenstellend aus.

Einmal auf den Geschmack gekommen, suchte Eddie ein paar andere Motive aus, nur so zum Spaß. Die schweinischen Negative würde er Roswitha dennoch vor die Füße werfen.

Versunken in seine Tätigkeit, hatte er nicht mehr auf die Geräusche im Gang draußen geachtet. Als plötzlich jemand an der Tür schloss, durchfuhr ihn ein heißer Schreck. Bevor er noch «Tür zu, Fotoarbeiten!» schreien konnte, betrat Udo Schieck den Raum.

«Was machst du denn hier?», erkundigte der sich verblüfft.

«Entschuldige», stotterte Eddie, «ich hätte dich natürlich fragen müssen ...»

Schieck schien eher überrascht als ärgerlich. Er sah sich um und guckte in die Schale mit dem Fixierbad. «Oh!», sagte er nur. Auch das klang eher anerkennend als kritisch. «Eine Dame aus deinem Bekanntenkreis?»

«Schön wär's», sagte Eddie, der eine gewisse Erleichterung über Schiecks Reaktion nicht unterdrücken konnte.

Udo Schieck rührte im Fixierbad herum und zog eines der Fotos heraus. Es zeigte drei Personen bei eindeutiger Beschäftigung.

Er verzog den Mund und sagte: «Lass das Papier nicht aneinanderkleben, das gibt braune Flecke!»

Eddie schluckte. Da hatte er sich in eine schöne Bredouille hineingeritten.

«Woher hast du den Film?», wollte Schieck wissen.

«Irgendwo in einem alten Aktenschrank gefunden», murmelte Eddie undeutlich.

«Hat vor uns hier die Sitte gesessen?»

Eddie setzte zu einer Erklärung an. «Du musst nicht denken ...», stammelte er, doch Schieck unterbrach ihn: «Na hör mal, schließlich sind wir alle nur ... Männer ...» Er zwinkerte Eddie vertraulich zu. «Ich weiß, du denkst, ich bin ein Petzer und melde alles weiter. Lass dir bloß nichts von dem alten Kappe weismachen! Auf solche wie den muss man natürlich aufpassen. Das solltest auch du beherzigen. Bei der Kripo sind noch 27 Prozent von den Altgedienten. Wir dürfen denen nicht über den Weg trauen.»

Eddie, froh darüber, dass Schieck nicht auf den illegalen Fotos rumritt, schwenkte sofort auf das Thema ein. «Du meinst, Kappe hat was zu verbergen?»

Schieck hob die plumpen Schultern. «Das weiß man bei diesen alten Amtsschimmeln nie. Hat er dir gegenüber mal was Verdächtiges geäußert?»

Eddie verneinte. «Mir ist nur aufgefallen, dass der nie was Persönliches erzählt oder von seiner Familie spricht.»

Schieck griente schief. «Vielleicht gibt es einen Grund dafür ...»

Roswithas Frage fiel Eddie ein. «Hat der überhaupt Kinder?»

«Eine Tochter und zwei Söhne. Steht jedenfalls in seiner Personalakte.» Schieck guckte Eddie an. «Du stammst auch nicht gerade aus den besten Kreisen, stimmt's?»

Sieh an, dachte Eddie erschrocken, der hat Zugang zu den Personalakten! Wer wusste denn, was die da oben alles sammelten? Dauernd wurden Leute entlassen. Wenn etwa Roswitha in seiner Personalakte vorkam, durfte er sich ein Pfeifchen anstecken!

Schieck hatte wohl selbst den Eindruck, zu weit gegangen zu sein. «Kappes älterer Sohn ist in Ordnung. Den habe ich vorhin bei der Versammlung erlebt. Aus dem wird bei unserer Firma noch was werden.»

Eddie staunte. Davon hatte der Alte nie ein Wort verlauten lassen. «Und der Jüngere?», fragte er.

«Auf den Sohn Karl-Heinz ist Kappe nicht gut zu sprechen. Der scheint das schwarze Schaf der Familie zu sein.»

«So einer kommt in jeder Familie vor», stimmte Eddie ihm zu.

Schieck sah ihn prüfend an. «Hör mal zu», sagte er, «ich mach dir einen Vorschlag: Du überlässt mir den Film, und die ganze Geschichte bleibt unter uns - einverstanden?»

Eddie brauchte seine Erleichterung nicht zu heucheln. «Einverstanden!»

So war es gekommen, dass er Roswitha nur zwei Filmschachteln vor die Füße warf. Sein Zorn hatte sich auf dem Weg zur Wadzeckstraße ohnehin gelegt, flammte jedoch neu auf, als ihm in der Tür ein bebrillter Dandy begegnete, der mit verkniffenem Grinsen die Kleidung ordnete und bissig äußerte: «Der nächste Herr - dieselbe Dame. Rosi wartet schon sehnsüchtig ...»

Ihn hatte sie anscheinend nicht erwartet. Seine Aktion, die Filme als Wurfgeschosse zu benutzen, amüsierte sie eher, als sie aufzuregen. Dass welche fehlten, fiel ihr nicht einmal auf. «Ick versteh janich, wat du dir so albern hast! Sollte 'n harmloses kleenes Nebenjeschäft sein ...»

«Du solltest dich was schämen, mir so was anzuhängen!»

«Wieso schämen? Ick bin ja nicht mal drauf auf die Bilder ...»

«Willst du damit sagen, dass auch von dir solche Fotos existieren?»

«Nu mach dir man bloß nich ins Hemde! Ick brauch meinen Astralleib vor keenem zu verstecken!» Quasi zum Beweis wand sie sich in ihrer Nacktheit vor ihm wie eine Schlange.

Wieder einmal musste Eddie sich geschlagen geben. Es hatte keinen Zweck, sich gegen die Versuchung aufzulehnen. Weshalb zog es ihn nur immer wieder zu ihr? Sie war fast dreißig, ordinär und nicht sehr klug – aber eben unschlagbar im Bett.

Die Ernüchterung folgte eine halbe Stunde später, als sie ihn, immer noch schlangengleich an ihn gedrückt, ziemlich ungeniert auszufragen begann. «Habter nu endlich den Mörder von der Frau im Wald jefunden?»

«So was geht nicht von heute auf morgen», brummte Eddie. Sie verfolgten noch immer keine bestimmte Spur. Aber das brauchte sie nicht zu wissen.

«Habter dafür wenichstens euern toten Heimkehrer infiziert?»

Eddie wollte keinen zweiten Misserfolg zugeben. «Da sind wir auf dem besten Wege», sagte er. «Das ist nur noch eine Frage von Tagen.»

«Mann, erzähl mal! Is doch spannend, wie ihr so wat rauskricht.»

Ihre Neugier machte Eddie misstrauisch. «Weshalb interessiert dich denn so sehr, wie's bei der Mordkommission zugeht?», fragte er.

Sie fuhr ihm mit ihren Krallen über die behaarte Brust. «Mein Jott, man jruselt sich doch janz jerne mal 'n bissken ...»

«Bei uns ist nichts gruselig außer den Leichen.»

«Nich mal dein Chef? Wie hieß der doch jleich, Knappe oder so ähnlich ...»

«Was geht dich mein Chef an? Frage ich dich vielleicht nach deinen Kunden?»

«Nu pust dir man nich jleich so uff! Wat willste denn wissen? Wat jeder für Spezjaletäten hat? Manchet davon würde dir villeicht jar nich jefallen ...»

«Wer war denn beispielsweise der geschniegelte Affe, dem ich vorhin begegnet bin?»

An ihrer Reaktion spürte er, dass da was war. Sie überlegte, bevor sie antwortete, und das erschien ihm ungewöhnlich.

«Ick kenn den janich weiter», sagte sie schließlich.

«Der war doch nicht zum ersten Mal hier. Wie heißt der denn?»

«Weeß ick nich jenau ...», sagte sie zögernd. «Aber der hat beste Beziehungen zu die Amis. Willste eene roochen oder Schokolade?»

Es war die nächste Versuchung, der Eddie unterlag. Gegessen hatte er den ganzen Tag über kaum etwas, geraucht die letzten beiden Zuteilungszigaretten. So hatten die auch geschmeckt. Tabakmarke Sonne von Mazedonien, feucht geerntet am Rande der Uckermark.

Sie vertilgten eine Tafel Cadbury, dann lagen sie rauchend nebeneinander auf dem Bett. Die Luft in dem kleinen Raum war zum Schneiden.

Eddie hustete und fragte: «Ich möchte trotzdem wissen, weshalb dich ausgerechnet Kappe so interessiert.»

Roswitha nahm einen tiefen Zug aus der Zigarette. «Ick gloobe, ick kannte mal een Kappe – vleicht deswejen ...»

«Wie alt war der denn, so um die sechzig?»

«I bewahre! 'n junger Kerl noch. Unjefähr so wie du.»

«Vielleicht einer seiner Söhne. Heißt er Karl-Heinz?»

Sie antwortete nicht.

Er sah ihr an, dass sie nachdachte, und fragte: «Ist das der, den du meinst?»

Roswitha gab sich maulfaul. «Spielt eijentlich ja keene Rolle», sagte sie. «Willste heute Nacht hierbleiben?»

SIEBZEHN

AN DIESEM MORGEN legte Eddie die paar hundert Meter von der Wadzeck- zur Linienstraße zu Fuß zurück. Zeit genug zum Überdenken seiner Situation. Roswithas Kaffee und die kühle Oktoberluft verschafften ihm einen klaren Kopf.

«Immer systematisch vorgehen», klang ihm Kappes Predigt im Ohr. Daran wollte er sich halten. Drei Dinge galt es vordringlich zu klären. Erstens musste er mit Roswitha endgültig Schluss machen, so schwer es ihm auch fiel. Das konnte nur gutgehen, wenn er sie einfach nicht mehr sah. Zweitens brauchte er eine neue Bleibe. Am besten, er fand eine eigene Wohnung. Das war noch viel schwerer zu erreichen. Und drittens musste er Sonja davon überzeugen, dass er es ernst meinte.

«Einen Junggesellen erkennt man daran, dass er jeden Morgen aus einer anderen Richtung zur Arbeit kommt.» Kappes spöttische Stimme riss ihn aus seinen Gedanken. Eddie grüßte höflich und verwünschte den Alten im Stillen. Ob der wohl ahnte, wie nahe er der Wahrheit mit seiner Weisheit kam?

Im Büro war quasi über Nacht ein Wunder geschehen: Jemand hatte die Fenster verglast. Der Glanz des Tageslichts ließ das verrottete Mobiliar umso schäbiger erscheinen. «Ich glaube, hier müsste mal gründlich ausgemistet werden» war alles, was Kappe dazu anmerkte. Seine Klara hätte angesichts des Schmutzes in allen Ecken die Hände über dem Kopf zusammengeschlagen.

Auch Schieck fühlte sich geblendet, als er den Raum betrat. «Sie sehen, meine Herren, es geht voran!», verkündete er sofort, als sei der Glasereinsatz sein Verdienst.

Kappe, der ausnahmsweise guter Laune zu sein schien, wollte es nicht dabei belassen. «Na, wie ist der erste Auftritt als Volkstribun ausgefallen?», hänselte er den Fotografen.

Schieck nahm es gelassen. «Ihr Sohn war besser», sagte er ohne jeden Spott. «Sie haben gar nicht erwähnt, dass er für den Polizeidienst vorgesehen ist. Alle Achtung, der hat wirklich eine Menge gelernt!»

Kappe ließ sich hinter seinem monströsen Schreibtisch nieder. «Leider nicht von mir», brubbelte er vor sich hin.

Schieck und Eddie wechselten einen verständnisinnigen Blick.

Bei der Arbeitsverteilung für den Tag entschieden sie sich für den französischen Sektor. Kappe wählte den Wedding und die Gegend um Gesundbrunnen, Eddie durfte weiter raus nach Wittenau und Reinickendorf fahren.

Doch es kam anders. Während sie noch beim Vergleichen ihrer Listen waren, rief Fahlenberg von der Fahndung an. «Suchst du nicht einen verschwundenen Heimkehrer?», wollte er von Kappe wissen. «Uns ist hier ein komischer Vogel ins Netz gegangen, der dich interessieren könnte ...»

«Bin schon unterwegs», antwortete Kappe, nachdem er Näheres gehört hatte. Wenn ein alter Hase wie Fahlenberg anrief, gab es kein Zögern. «Am besten, Sie kommen erst mal mit zum Alex», forderte er Holtefret auf. Konnte nichts schaden, wenn der ein bisschen alte Präsidiumsluft schnupperte.

Unterwegs schwärmte Kappe dem Anwärter etwas von dem einmaligen roten Bau zwischen Alexander- und Dircksenstraße vor. Galgenberg und er hatten nur immer die Hofaussicht genossen, während sich vor Gennats Augen die S-Bahn-Trasse erstreckte, auf der anfangs noch Dampfloks die Stadtbahnzüge zogen. Holtefret, erstaunt über Kappes Redseligkeit, ließ die alten Mären samt dem legendären Mordauto über sich ergehen. «Dessen Karosse liegt sicherlich unter den Trümmern begraben», vermutete Kappe wehmütig. Oder hatte es die SS vorher zum letzten Aufgebot geholt?

Aus den Trümmern waren inzwischen große Teile der Kartei geborgen worden. Der Fahndung standen die meisten alten Verbrecheralben und Fingerabdrucksammlungen zur Verfügung. Fast täglich gabelten sie irgendwo in Berlin einen alten Bekannten auf, der damit nicht gerechnet hatte.

Werner Böhnisch gehörte offensichtlich nicht dazu, denn Fahlenberg merkte bedauernd an: «Der Name ist in keiner Kartei zu finden. Allerdings stammt er nach eigenen Angaben aus Gartz an der Oder. Gelernter Drogist, behauptet er.»

Böhnisch wartete im Nebenraum, ein mit Jackett und Mantel recht ordentlich bekleideter Mann, der stoisch auf dem Stuhl hockte, seinen Hut knetete und so tat, als würde er Kappe und Holtefret gar nicht wahrnehmen. Er trug Schuhe von unpassend heller Farbe, war unrasiert, und seinen Kopf zierte ein angeschmutztes Pflaster von beachtlicher Größe. Ja, er habe sich unangemeldet in Berlin aufgehalten, gab er höchst widerwillig zu. Und sonst? Er sei sich keiner Schuld bewusst. Dass er versucht habe, auf dem schwarzen Markt einen Damenmantel zu verkaufen, sei eine böswillige Unterstellung. Er habe den Mantel lediglich bei sich gehabt, um ihn der Eigentümerin zu überbringen. Auf die Frage, in wessen Auftrag er das tat und wem er den Mantel zum Kauf anbieten wollte, schwieg er und gab vor einzuschlafen.

Fahlenberg schob Kappe die Anzeige und zwei weitere Blätter zu und verließ den Raum.

Schwarzhandel, Verdacht auf Diebstahl durch Trickbetrug, las Kappe. Er sah Böhnisch an. «Tja, zum Schlafen werden Sie demnächst ausreichend Gelegenheit haben», sagte er gemütlich, während er das zweite Blatt überflog.

Die 63-jährige Alma Umbreit aus Neukölln suchte ihren laut Zeitungsbericht aus russischer Kriegsgefangenschaft entlassenen Neffen Heinz Umbreit. Als Zeuge für die Entlassung habe sich bei ihr dessen angeblicher Kamerad Werner Böhnisch gemeldet, der jedoch nichts über den Verbleib des Umbreit auszusagen wusste.

«Sieh mal an!», sagte Kappe. «Was ist denn aus Ihrem Kameraden Heinz Umbreit geworden?»

Irritiert guckte ihn Böhnisch an. «Wie kommen Sie denn plötzlich auf Heinz? Den suche ich selber seit Wochen!»

«Seit dem 7. September? Was haben Sie unternommen, um ihn zu finden?»

«Weshalb interessiert Sie das? Ist dem was passiert? Oder haben Sie ihn auch in Ihrem netten Hotel einquartiert?»

Kappe beobachtete ihn scharf. «Was sollte Umbreit denn Böses widerfahren?»

Böhnisch machte keineswegs einen ängstlichen Eindruck. Sein Ton klang eher spöttisch, als er antwortete: «Na, was Schlimmeres als die mittelalterlichen Zellen bei euch gibt's ja wohl kaum!»

Kappe wusste, dass die Zellen in den Resten der Alten Stadtvogtei, die 1938 beim Abriss stehen geblieben waren, wieder benutzt wurden. In den Räumen des Amtgefängnisses saß ja die Kripo. «Nun mal der Reihe nach», sagte er bedächtig. «Erzählen Sie mir alles, was Sie über diesen Umbreit wissen!»

Das war nicht viel, wollte man Böhnisch glauben. Sie hatten im Lager vereinbart, sich nach der Entlassung in Berlin zu treffen und gemeinsam auf Arbeitssuche zu gehen. Umbreit hatte ihm zwei Adressen genannt: die seiner Frau in Lichtenberg und die der Tante in Neukölln. «In der Alfredstraße habe ich nur einen Trümmerhaufen vorgefunden, und niemand wusste was. Also bin ich zu der Tante. Aber bei der war er seltsamerweise noch nicht aufgetaucht.»

«Und da sind Sie wie jeder ordentliche Bürger zum nächsten Polizeirevier gegangen und haben ihn als vermisst gemeldet.»

Böhnisch stand der Mund offen. Wollte dieser Kappe ihn vergackeiern? «Auf die Idee bin ich, ehrlich gesagt, nicht gekommen», sagte er. «Ich wusste ja nicht mal, ob überhaupt schon wieder so was wie Polizei existiert ...»

Kappe griente. «Wir existieren, wie Sie sehen. Und wir interessieren uns lebhaft für Sie und Ihre Geschäfte, Herr Böhnisch, und noch mehr für Ihren verschwundenen Kameraden Umbreit, dessen Tante Sie besucht haben, um ihr zu erzählen, Sie wüssten etwas über den Neffen.»

Der Mann sah Kappe offen an und zeigte keine Reaktion.

Kappe fuhr fort. «Da hat die liebe Tante sich natürlich nicht lumpen lassen und hat ein bisschen was rausgerückt für den netten Kameraden, der da so plötzlich und unerwartet vor ihrer Tür stand ...»

Nun protestierte Böhnisch. «Wie kommen Sie denn darauf? Sie hat auf ihn gewartet! Mir hat sie Kaffee gekocht und von dem Kuchen angeboten, den sie für Heinz gebacken hatte. Das war alles.»

«Aber mit dem Trick lässt sich ganz gut reisen, oder?»

Böhnisch verdrehte die Augen. «Ich verstehe ja, dass man in Ihrem Beruf nur das Schlechteste von allen Menschen erwartet. Aber ich bin kein Bettler und kein Betrüger. Wenn ich Glück habe, kann ich nächste Woche ...» Er verstummte.

«Was können Sie nächste Woche?»

Böhnisch winkte ab. «Man soll so was nicht beschreien. Schon gar nicht, wenn man hier auf dem Stuhl sitzt und nicht weiß, was Sie überhaupt von einem wollen.»

«Nun, wir möchten zum Beispiel wissen, wo Sie die Zeit seit dem 7. September verbracht haben.»

Böhnisch sah zu Holtefret, der die ganze Zeit so tat, als mache er sich Notizen, in Wahrheit aber Männchen malte. Böhnisch schüttelte den Kopf. «Es reicht wohl, dass ich nicht begreife, was Sie von mir wollen. Da möchte ich nicht noch mehr Leute in Schwierigkeiten bringen.»

Kappe hatte inzwischen das Fahndungsblatt mit Umbreits Signalement überflogen und war bei den besonderen Kennzeichen hängengeblieben. *Verletzungen im Hüft- und Rückenbereich*, stand da. Wenn das keine Spur war! «Das ist ganz einfach, Herr Böhnisch», sagte er mit plötzlicher Schärfe. «Wir wollen von Ihnen wissen, wo Heinz Umbreit abgeblieben ist!»

«Das müssen Sie die Russen fragen und nicht mich», entgegnete Böhnisch bockig. «Ich habe ihn zum letzten Mal im Lager gesehen.»

«Und da war er gesund.»

Böhnisch stieß einen höhnischen Laut aus. «Gesund! Keiner von uns war gesund. Was glauben Sie denn! Alle hatten wir Wasser in den Beinen und wacklige Zähne im Maul. Wer noch einigermaßen beieinander war, der ging ab in Richtung Osten. So sah das aus!» Er geriet zunehmend in Erregung. «Der Heinz ist ein Krüppel, wenn Sie es genau wissen wollen. Dem hat ein Schrapnell den halben Arsch und ein Stück vom Hüftknochen abgerissen.»

Kappe gönnte seinem Gegenüber einen prüfenden Blick, bevor er die Brieftasche hervorfingerte und die darin befindlichen Fotos sortierte. Zwei schob er über den Tisch. «Können Sie dazu etwas sagen?»

Böhnisch ließ sich keine Regung anmerken. Er vertiefte sich in den Anblick der Bilder. Sie zeigten die schlecht vernarbten Wunden des Toten aus Wilhelmshagen. Böhnisch hatte vermutlich in der Realität Schlimmeres gesehen. Ungerührt schob er die Fotos zurück. «So ungefähr muss das bei Heinz aussehen», sagte er unbewegt.

Kappe reichte drei weitere Fotos vom Fundort über den Tisch.

Diesmal senkte Böhnisch den Blick. Um Fassung bemüht, doch schwer atmend, bestätigte er schließlich: «Ich fürchte, das ist der Heinz ...»

Kappe schickte einen Blick zu Holtefret. Triumph lag nicht darin. «Na», sagte er, «dann müssen Sie uns das alles noch einmal ganz genau erzählen.»

Böhnischs wortkarger Bericht gab auch beim zweiten Mal nicht viel her. Er habe die Ruine des Hauses in der Alfredstraße besichtigt und sei dann spornstreichs nach Neukölln gefahren. Alles Weitere habe nichts mit Heinz Umbreit zu tun. Ja, er habe die Absicht gehabt, die Tante wieder aufzusuchen, sei aber nicht dazu gekommen. Nachdem er sich beim Roten Kreuz gemeldet habe und dann ... Auf Kappes hartnäckiges Nachfragen gab er undeutlich zu, jemanden kennengelernt zu haben und von dieser Person betreut worden zu sein.

«Eine Frau ...», vermutete Kappe.

Böhnisch blickte ihn an. «Na, was denn sonst! Und ich sage Ihnen gleich: Aus mir haben nicht mal die Russen was rausgekriegt, eher lasse ich mich totschlagen, als einen Namen zu nennen!»

Kappe belehrte ihn: «Hier wird niemand totgeschlagen, Herr Böhnisch. Die Zeiten sind glücklicherweise vorbei. Ihrem Kameraden Umbreit allerdings ist dieses Schicksal nicht erspart geblieben.»

«Und Sie denken, ich ...»

Kappe wandte den Blick nicht von ihm. «Wovor, oder besser, vor wem haben Sie sich versteckt?», fragte er.

«Ich habe mich nicht versteckt! Können Sie sich nicht vorstellen, was in einem Menschen vorgeht, der jahrelang im Dreck und im Kugelhagel gelegen hat, der das und die Gefangenschaft überlebt hat und nun endlich jemanden findet, der ihm ein menschenwürdiges Unterkommen und ein paar freundliche Worte gönnt? Ich war krank, wenn Sie es genau wissen wollen, und habe fast die ganze Zeit nur gelegen.»

«Bis Sie sich aufrafften, um den Mantel Ihrer Wohltäterin auf dem schwarzen Markt zu verkaufen.»

Böhnisch verzog das Gesicht zu einer wütenden Grimasse. «Von irgendetwas müssen wir leben. Nächste Woche ... Ich habe eine Stellung in Aussicht. Und Sie machen das alles kaputt. Ganz abgesehen von dem Verlust des Mantels.» Mutlos schüttelte er den Kopf. «Ich weiß gar nicht, wie ich ihr das beibringen soll ...»

Kappe sah ihn lange an. Dann sagte er: «Ich schlage Ihnen einen kleinen Handel vor. Wir bringen schnellstens das mit Ihrer Anmeldung in Ordnung, und Sie kehren zu der Dame zurück. Meinetwegen mit dem Mantel, um Ihnen keine zusätzlichen Schwierigkeiten zu bereiten.»

Die Skepsis in Böhnischs Gesicht wich deutlichem Misstrauen. «Was verlangen Sie?», fragte er rauh.

Kappe lächelte freundlich. «Nur den Namen und die Adresse. Sonst können wir Sie ja nicht ordnungsgemäß anmelden.»

«Und ich soll Ihnen glauben?»

«Das wäre zweifellos besser für Sie.»

«Was wird aus mir, wenn ich mich weigere?»

«Dann muss ich annehmen, dass Sie einen triftigen Grund dafür haben und Ihre Krankengeschichte ebenso erlogen ist wie alles, was Sie über Heinz Umbreit erzählt haben.»

«Quatsch!», entfuhr es Böhnisch. «Ich kann Ihnen den Namen nicht nennen. Sie arbeitet beim Magistrat, verstehen Sie?»

«Das verstehe ich besser, als Sie glauben. Wenn wir die Sache mit dem Mantel vergessen, könnten wir die Dame vielleicht aus dem Ganzen rauslassen ...»

Böhnisch schüttelte langsam den Kopf. «Dann sitze ich lieber 'ne Weile», sagte er halsstarrig.

Kappe beugte sich vor. «Sie übersehen da etwas Grundsätzliches, Böhnisch», sagte er ruhig. «Wir beide», er wies auf Holtefret, «sind weder für den Schwarzmarkt noch für Trickbetrug zuständig. Wir ermitteln in einem Mordfall.»

Böhnisch hob den Kopf und blickte Kappe gerade in die Augen. «Das können Sie mir nicht anhängen! Weshalb sollte ich den einzigen Kameraden umbringen, auf den ich mich verlassen konnte und der mir in Berlin weiterhelfen wollte?»

Das wusste Kappe selber. Er sagte: «Sie sind unser wichtigster Zeuge. Sie haben Umbreit als Letzter lebend gesehen.»

«Und ich habe allen Grund, seinen Mörder zu hassen. Heinz war ein feiner Kerl! So einen Tod hat er nicht verdient.»

«Gibt es Ihrerseits irgendeinen Verdacht? Kennen Sie jemand, bei dem sich Umbreit bei der Wehrmacht oder während der Gefangenschaft unbeliebt gemacht hat?»

«Nicht Heinz, der war ein durch und durch friedlicher Geselle. Wem sollte der mit seiner Verwundung was antun?»

«Dennoch hat ihn jemand erschlagen. Können Sie sich vorstellen, dass er irgendetwas Wertvolles bei sich trug?»

Böhnisch sah ihn ungläubig an und lachte laut auf. «Ist Ihnen schon mal einer begegnet, der aus russischer Gefangenschaft was Wertvolleres als Läuse mitgebracht hat?»

«Er könnte beispielsweise in der Ruine in der Alfredstraße etwas Spezielles gesucht und gefunden haben. Hat er mal so etwas erwähnt? Oder hat er irgendwann von Wilhelmshagen oder Schöneiche gesprochen?»

Böhnisch schüttelte unwillig den Kopf. «Hat er nicht. Der besaß nichts außer seinem Ehering und der Uhr, und beides ist er gleich losgeworden. Die Frau bewohnte in Lichtenberg nur ein möbliertes Zimmer, soviel ich weiß ...» Er blickte Kappe nachdenklich an. «Was ist eigentlich mit seiner Frau? Was sagt die denn zu seinem Tod? Oder lebt die auch nicht mehr?»

«Das, lieber Herr Böhnisch, werden wir herausfinden.»

«Na, das halte ich aber für wichtiger als Ihr ganzes Gefrage nach mir und dem blöden Mantel!»

«Ich auch, Herr Böhnisch!» Kappe schlug mit der flachen Hand leicht auf den Tisch. «Und deshalb nennen Sie mir jetzt endlich Namen und Adresse der Frau, bei der Sie sich angeblich seit drei Wochen aufgehalten haben!»

«Und was passiert dann?»

«Darüber bin ich Ihnen zwar keine Rechenschaft schuldig, aber dieser junge Mann hier wird sich auf den Weg machen und Ihre Aussage überprüfen. Alles Weitere hängt von deren Wahrheitsgehalt ab.»

Böhnisch wand sich auf seinem Stuhl. Er holte tief Luft und schnaufte, als hätte er schwer gearbeitet. «Geben Sie mir einen Zettel. Ich schreib's auf», sagte er endlich.

ACHTZEHN

VOM NAHEN U-BAHNHOF JANNOWITZBRÜCKE bis zur Boddinstraße waren es nur sechs Stationen mit der Linie D. Neanderstraße, Moritzplatz, Kottbusser Tor – da stiegen Erinnerungen in Kappe auf. In der Gegend hatte er während seiner ersten Berliner Jahre gewohnt. Damals fuhr hier noch keine U-Bahn, und auf dem Luisenstädtischen Kanal, den man vor zwanzig Jahren zugeschüttet hatte, warteten die Lastkähne auf Ladung.

Von der Bebauung dort oben stand nicht mehr viel, das wusste er. In Neukölln sah es etwas besser aus. In der Prinz-Handjery-Straße, wo nach dem blutigen 1. Mai 1929 Barrikaden errichtet worden waren, klafften nur zwei Lücken. Wer dieser Prinz Handjery gewesen sein mochte, nach dem in Berlin gleich mehrere Straßen hießen, hatte Kappe sich oft gefragt.

Unter Alma Umbreits Namensschild aus Messing war noch ein zweites Pappschild angebracht, das Kappe bei dem schlechten Licht und mangels seiner Brille nicht entziffern konnte. Er klingelte. Ein dick bekleidetes altes Weiblein öffnete nach einiger Zeit die Tür einen Spaltbreit. «Frau Umbreit?», fragte er.

«Fräulein Umbreit!», lautete die abweisende Antwort.

Kappe entschuldigte sich und stellte sich vor. Der Begriff Kriminalpolizei und der Ausweis beruhigten Fräulein Umbreit nur bedingt, ja nicht einmal der Hinweis, es ginge um ihren vermissten Neffen, beseitigte ihr Misstrauen völlig. Nein, der habe sich noch immer nicht bei ihr gemeldet. Geduldig redete Kappe auf sie ein, bis sie endlich die Kette löste und ihn zögernd in die Küche bat, wo sie ihm den Platz am halbgeöffneten Fenster anbot.

«Haben Sie ihn gefunden?», fragte sie, während sie ihn scharf beäugte.

Kappe hatte nicht das Herz, sofort die Wahrheit zu bekennen. «Das Wichtigste, was wir benötigen, ist ein Bild von ihm», äußerte er diplomatisch. «Da können Sie uns doch sicher helfen.»

Er merkte ihr an, wie schwer ihr die Antwort fiel. «In der Stube habe ich eines», gab sie schließlich zögernd zu, um gleich hinzuzufügen: «Aber das gebe ich nicht aus der Hand!»

Dazu schwieg Kappe.

Sie blickte sich in der Küche um, als wolle sie sich all ihrer Schätze vergewissern. Sie zog aus der Manteltasche einen Schlüssel und hinkte hinaus. Nur einen Augenblick später kam eine andere, um einige Jahre jüngere Frau in die Küche und trat an die Wasserleitung, um eine Porzellankanne zu füllen.

«Guten Tag», sagte Kappe höflich.

Sie erwiderte scheu seinen Gruß und musterte ihn neugierig. «Sie sind nicht zufällig vom Wohnungsamt?», erkundigte sie sich hoffnungsvoll.

«Nein», entgegnete Kappe, «leider nicht.» Um das Wohnungsamt kümmerte sich in seiner Familie Klara, die den Zuständigen dort zweimal pro Woche auf den Nerven herumtrat. Unlängst hatte man ihr eine Zweizimmerwohnung in der Wartburgstraße so gut wie versprochen.

Alma Umbreit kehrte mit dem gerahmten Foto in der Hand zurück. Sie tat, als hätte sie die Frau, die blitzartig an ihr vorbei aus der Küche huschte, gar nicht wahrgenommen.

«War das Ihre Untermieterin?», fragte Kappe.

«Untermieterin!», stieß sie mit aller Verachtung hervor, der sie fähig war. «Angeblich ein Ehepaar! Ich kann gar nicht beschreiben, was die in meinem Zimmer miteinander treiben! Dass einer gesitteten Person wie mir so etwas im Alter zugemutet wird ... Und wenn man nicht aufpasst, schleppen sie einem noch dazu die halbe Wirtschaft weg.»

Kappe nahm ihr das Foto aus der Hand, das einen gutmütig

und ein wenig steif aussehenden jungen Mann in der Uniform eines Wehrmachtsgefreiten zeigte, so blond, wie es die Staatsführung mochte, wenn auch nicht ganz so stramm in der Haltung. Die Kopfform war gut zu erkennen, es würde kein Problem sein, den Schädel des Toten damit zu vergleichen und die Leiche eindeutig zu identifizieren. Eindeutiger jedenfalls, als es die alte Frau tun würde, wenn man sie mit den schrecklichen Fotos in seiner Tasche konfrontierte.

Vorerst ließ er das Bild auf dem Tisch liegen. Um Vertrauen werbend fragte er: «Sie sind die einzige Verwandte, an die sich Ihr Neffe wenden würde, wenn er hier in Berlin ist? Da sind Sie ganz sicher?»

«Natürlich! An wen denn sonst? Seine Eltern sind ja tot. Von seiner ... Frau will ich gar nicht reden.»

Kappe nickte. «Dennoch müssen Sie mir jetzt mal etwas Genaueres von dieser Ehefrau Ihres Neffen erzählen, Fräulein Umbreit!»

Das Thema missfiel ihr. Unruhig rang sie ihre knochigen Hände. «Das war auch so eine ...», sagte sie wegwerfend. «Wie die jungschen Frauen heutzutage eben so sind. Der Junge hat wahrhaftig eine Bessere verdient!»

«Wie heißt sie?»

«Irmchen hat er sie genannt. Er war völlig vernarrt in diese Person.»

«Also Irmgard. Sicher kennen Sie auch den Geburtsnamen.»

«Irgend so was Polnisches ... Gromalla oder so ähnlich.»

«Geburtstag?»

«Im Februar, das weiß ich noch. Ich glaube, sie war älter als Heinz. Mindestens ein Jahr. Er hat es nur nicht zugegeben.»

«Haben Sie kein Hochzeitsbild von den beiden?»

«Nein. Darauf habe ich keinen Wert gelegt.»

Kappe notierte die Geburtstage. «Wissen Sie etwas über den Verbleib dieser Irmgard?»

Alma Umbreit hob den Blick gen Himmel. «Der Herrgott allein wird wissen, wo ihr rechter Platz ist.»

«Das ist mir ein bisschen zu ungenau», bemängelte Kappe. Fräulein Umbreits Abneigung gegen die angeheiratete Nichte ging ihm entschieden zu weit. «Wann und wo haben Sie die junge Frau zum letzten Mal gesehen?»

«Er hat sie mir einmal vorgestellt. Das muss im Sommer '43 gewesen sein. Sie haben mich ins Kino eingeladen, aber dann kam ein Angriff ...»

«Und danach haben Sie sich nie wieder getroffen?»

«Weshalb erstaunt Sie das? Ich bin nicht mit ihr verwandt.»

«Sie haben sie also nur ein einziges Mal gesehen?»

Fräulein Umbreit errötete. «Das nun nicht. Sie war Anfang '45 noch einmal hier und hat sich nach Post von Heinz erkundigt. Aber ich wusste auch nicht mehr als sie.» Sie sah Kappe die Unzufriedenheit mit ihrer Aussage an. «Ich bin ja sogar hingefahren nach Lichtenberg», verteidigte sie sich, «obwohl ich so schlecht laufen kann. Das Haus war nur noch eine Ruine.»

Kappe, der sich an die Gegend erinnerte, fragte: «Da ist doch an der nächsten Ecke ein Polizeirevier. Haben Sie sich dort nach ihr erkundigt?»

«Ich habe nie in meinem Leben mit der Polizei zu tun gehabt», antwortete sie spitz.

Kappe stand auf und nahm das Foto. «Fräulein Umbreit, das Bild müssen Sie mir leider für ein paar Tage überlassen.»

Sofort hob sie abwehrend die Hände. «Nie und nimmer! Es ist das Einzige, was mir geblieben ist!»

«Ich verspreche Ihnen, Sie bekommen es wieder. Ich schreibe Ihnen eine Quittung.»

Sie griff nach dem Foto. «Und wenn ich es Ihnen nicht gebe?»

Kappe schob das Bild samt Rahmen in die Jackentasche. «Dann muss ich es beschlagnahmen», sagte er nüchtern.

Zur S-Bahn war es nicht weit. Damit konnte Kappe in einer Viertelstunde in Lichtenberg sein. Die Mittagszeit war inzwischen vorbei, sein Magen erinnerte ihn daran, dass Klara ihm zwei Fleisch- und Fettmarken aufgedrängt hatte: «Falls du mal unterwegs ein Stammessen findest.» Am Bahnhof Neukölln gab es tatsächlich so eine Kneipe. Und er hatte Glück. Der Stromsperre wegen hatte sich die Essenausgabe verzögert, und er bekam noch etwas ab von der unansehnlichen Suppe, in der rötliche Fasern schwammen, die man mit viel gutem Willen als Fleisch bezeichnen konnte. Er trank ein dünnes Bier dazu und stand ein paar Minuten später auf dem zugigen Bahnsteig.

In der S-Bahn fand er zu seiner Überraschung einen freien Platz. Er setzte sich in die Ecke und schloss für ein paar Minuten die Augen. Bier und Suppe rumorten in seinem Magen. Bis Frankfurter Allee waren es nur vier Stationen. Als der Zug die dritte verließ – Ostkreuz nach seiner Rechnung –, las er zu seinem Schrecken *Baumschulenweg* auf dem Schild. Was war das nun wieder? Weshalb fuhr die Bahn nicht auf den Nordring?

Beunruhigt stellte er die Frage seinem Nachbarn. «Nee», sagte der, von seinem *Telegraf* aufblickend, «die fährt nach Grünau.»

Kappe stand auf. Der Plan neben der Tür verriet ihm, dass er die Strecke über Köllnische Heide übersehen hatte. Das musste einem ollen Berliner wie ihm passieren!

In Schöneweide drängten sich die Menschen auf der gegenüberliegenden Seite des Bahnsteigs. «Zugverkehr in Richtung Treptow unregelmäßig», hörte Kappe aus dem krächzenden Lautsprecher.

Es war wie verhext. Wie sollte er jetzt nach Lichtenberg kommen? In der Kurve auf dem Bahnhofsvorplatz kreischte eine Straßenbahn. Fuhr die 69 schon wieder in Richtung Friedrichsfelde?

Er stiefelte nach unten, und schon hatte ihn die Vergangenheit eingeholt. Gegenüber existierte noch immer die Kneipe, wo der Raubmörder Götze 1938 kurz vor seiner Verhaftung aufgefallen war.

In der rappelvollen Straßenbahn überquerte Kappe die Spree und ließ sich durch Schöneweide ruckeln. Es wurde noch voller, die Arbeiter aus den Industriebetrieben wollten nach Hause. In Karlshorst marschierte ein Trupp Russen an der Rennbahn entlang. Klein-Moskau nannten die Leute die Gegend. Hinter dem Bahnhof war der Grund dafür nicht mehr zu übersehen.

«Da kommt der Machorka-Express», sagte einer der Arbeiter, als aus der Dönhoffstraße eine Bahn einbog. «Fährt für die Russen bis nach Wendenschloß.»

Es folgte eine lange Strecke, ohne dass die 69 hielt. Rechts und links der Bahntrasse erhob sich ein hoher Metallzaun, hinter dem sich das russische Sperrgebiet befand. Niemand verlor ein Wort darüber. Erst hinter dem Schlosspark Friedrichsfelde sagte einer: «Hier irgendwo ist der Bersarin verunglückt ...»

In Alt-Friedrichsfelde fuhr die Bahn durch das Siegestor der Roten Armee, dann kam endlich der Bahnhof Lichtenberg. An der Siegfriedstraße stieg Kappe aus. Er verzichtete darauf, die eine Station mit der U-Bahn zu fahren. Wer weiß, was auf dieser Strecke los war.

Überall auf der rechten Seite der Frankfurter Allee klafften breite Lücken in der Häuserfront. Bis zur Alfredstraße waren nur ein paar zernarbte Bauten übrig geblieben, das Eckhaus war eine Ruine, die gegenüberliegende Seite bis hinein in die Allee zerbombt. Im Schaufenster eines ausgebrannten Geschäfts rosteten die Reste eines Panzers.

Auf der rechten Seite der Alfredstraße, wo das ehemalige Polizeiamt samt Kriminalinspektion in Trümmern lag, drängte sich vor einer Fleischerei die übliche Schlange. Kappe versuchte sein Glück im Papiergeschäft nebenan. Die grämliche Besitzerin erwies sich als nicht sehr gesprächig. Sie konnte sich an keine junge Frau namens Irmgard Umbreit oder an den Namen Gromalla erinnern.

«Wann sind die Häuser dort drüben ausgebombt worden?», wollte Kappe wissen.

«Mitte März war der große Angriff. Bis dahin war hier noch alles in Ordnung.»

«Hat es dabei Tote gegeben?»

«Hier gab's überall Tote. Fragen Sie mal auf dem Polizeirevier!», riet sie ihm unfreundlich.

Das hatte Kappe sowieso vor. Das Revier 251 befand sich an der nächsten Ecke über einer ehemaligen Kneipe, die jetzt als sowjetisches Offizierskasino diente. Kappe ging hinauf in den ersten Stock zur Meldestelle, vor der mehrere Antragsteller warteten. Der junge Kollege hinter dem Tresen zuckte die Achseln, bequemte sich dann jedoch, in der Kartei zu suchen. «Umbreit ist nicht dabei», erklärte er nach kurzer Zeit.

Kappe mischte sich nicht gerne in die Dienstgeschäfte anderer ein. Hier hielt er es allerdings für nötig. «Lass mich mal selber suchen!», sagte er und klappte das Brett zum Durchgang auf. Niemand hinderte ihn daran.

Unter U war der Name tatsächlich nicht zu finden. Nach Aussage der Tante begann der Geburtsname dieser Irmgard mit G. Kappe blätterte die Kartei durch und fand zu seiner eigenen Überraschung eine Karte mit dem Namen *Irmgard Grommek* und dem verwaschenen Passbild eines jungen Mädchens mit hochgesteckter Frisur, dazu die Adresse in der Alfredstraße. Jemand hatte vor den Namen *geb.* und darunter *verehel. Umbreit* geschrieben. Kappe sah auf das Geburtsdatum. Die Frau war tatsächlich etwas älter als der verschwundene Ehemann. Wenn sie noch lebte. Das Foto war gewiss zehn Jahre alt. «Gibt es bei euch eine Liste der Bombenopfer?», erkundigte Kappe sich.

Die gab es, allerdings nur bis zum Februar 1945 geführt. Kappe verstand. Danach hatte niemand mehr Zeit gefunden, die Registratur zu vervollständigen. Selbst wenn die Frau überlebt und irgendwo ein neues Unterkommen gefunden hatte, war es zweifelhaft, wie schnell man sie aufspüren würde. Von einer zentralen Erfassung wie in den Nazijahren konnte keine Rede sein.

Ein älterer Wachtmeister erbarmte sich seiner. «Kannst ja mal auf der Inspektion fragen, da ist auch das Standesamt. Gleich oben an der Ecke, im alten Finanzamt.»

Kappe erinnerte sich an die leicht ansteigende Magdalenenstraße. In 36 Dienstjahren war er überall in Berlin herumgekommen. Wann hatte es ihn hierher verschlagen? Das Postamt auf der anderen Straßenseite lag in Trümmern, das Haus daneben war eine Brandruine. Auf halber Höhe sperrte ein grüngestrichener Bretterzaun den rechten Bürgersteig ab. Dahinter erhob sich das unzerstörte Gefängnis, in dem sich die Russen eingerichtet hatten. NKWD lautete die geheimnisvoll gemurmelte Abkürzung. GPU hieß das in der Nazizeit. Kappe schritt zügig aus, ohne hinüberzublicken. Auf der Fahrbahn spielten Kinder unbefangen mit einem Lumpenknäuel Ball.

Eine kleine Frau mit ihrem weißblonden Sprössling verließ gerade einen Bäckerladen. Die beiden kamen Kappe entgegen. Und plötzlich wusste Kappe genau, weshalb ihm hier vieles so bekannt vorkam. Im Jahre 1932 war er diese Straße entlang zum Garten der Familie Eschborn gegangen, um den Mann als Zeugen zu befragen. Höflich zog er seinen Hut und sagte: «Guten Tag, Frau Eschborn!»

Frau und Kind blieben stehen und blickten überrascht zu ihm auf. Vor allem der Sohn musterte ihn interessiert, wobei man von seinem rechten Auge nur das Weiße sah. Kein Zweifel, der Junge schielte. Kappe irrte sich also nicht. Als er Willy Eschborn 1940 noch einmal bei Trampe getroffen hatte, erwähnte der seinen fehlsichtigen Sohn, den seine Frau gerade entbunden hatte.

«Sie kommen mir bekannt vor», sagte die Frau.

Kappe lächelte freundlich. «Lang, lang ist's her. Ich war vor dem Krieg mal in Ihrem Garten. Kappe ist mein Name. Wie geht es Ihrem Mann?»

Ihr Gesicht wurde ernst. «Sie meinen Willy?», fragte sie. «Der ist Anfang '43 verstorben. Krebs ...»

Kappe verwünschte sich, die Frau angesprochen zu haben. «Das tut mir leid», sagte er. «Man hat schon beinahe vergessen, dass es außer diesem Krieg auch noch den normalen Tod gab. Mein Beileid!»

Sie lächelte schmerzlich. «Jetzt erinnere ich mich an Sie. Von der Kriminalpolizei, nicht wahr? Sie sind wegen seinem Freund Bernsdorff bei Willy gewesen. Ob der überlebt hat, wissen wir auch nicht.»

«Ja», sagte Kappe, «so war es. Sie haben ein gutes Gedächtnis.»

«Das sagt mein Mann auch immer. Ich bin nämlich wieder verheiratet. Mein jetziger Mann war unser Gartennachbar. Seine Frau ist bei einem Angriff in der Frankfurter Allee umgekommen. Und unsere schöne Wohnung in der Oderstraße haben wir durch eine Luftmine verloren.»

«Schrecklich», sagte Kappe, «was dieser Krieg alles angerichtet hat! Ich bin auf der Suche nach einer jungen Frau, die hier um die Ecke ausgebombt worden ist.»

«Eigentlich ist die Gegend ganz schön», sagte sie. «Wir haben wieder einen kleinen Garten, und es gibt keine Stromsperren.» Sie wies mit dem Kopf zum Gefängnis hinüber. «Wegen der Russen ...»

Kappe blickte scheu hinüber und verabschiedete sich.

Am Ende der Straße waren die Kleingärten verschwunden. Stattdessen erhoben sich hinter der neugotischen Kirche kantige Neubauten. In dem grauen Bau an der Ecke Normannenstraße befanden sich das Finanzamt, die Polizeiinspektion und das Standesamt. Auf der Inspektion konnte man ihm nicht helfen. Im Standesamt war man immerhin bereit, nach einer Heiratsurkunde auf den Namen Umbreit zu fahnden – frühestens morgen, da half kein Zähneknirschen.

«Überstunden werden nicht bezahlt», sagte die Angestellte bedauernd. «Und wegen der Adresse würde ich mich an Ihrer Stelle eher an das Wohnungsamt in der Möllendorffstraße wenden.»

Dafür war es heute zu spät. Kappe trabte die Straße hinunter zur U-Bahn. Und – o Wunder! – sie kam innerhalb von zwei Minuten.

NEUNZEHN

WENN ES SEIN MUSSTE, war der schnieke Harry ein Mann sehr schneller Entschlüsse. Was nicht hieß, dass er planlos handelte. Anders als gemächlich abwägende Menschen, die ihm verhasst waren, fühlte er sich jedoch in der Lage, die Tragweite auch kurzfristiger Entscheidungen zu überblicken und kaltblütig auf alle Eventualitäten zu reagieren. Ohne diese Entschlossenheit und Weitsicht wäre er im Frühjahr 1945 kaum rechtzeitig von Stettin nach Berlin gelangt und hätte dort nicht unbeschadet die letzten Kriegstage überstanden. Die Polizeitruppe, zu der er gehört hatte, wurde irgendwo an der Oder zersprengt und aufgerieben. Wer wollte da feststellen, ob er zu den Toten zählte oder zu den wenigen Überlebenden, nach denen die Russen und die Polen vermutlich intensiv suchten? Sollten sie nur! Ihn gab es nicht mehr.

Es hatte einigen Nachdrucks bedurft, den invaliden Regimentskameraden Krüger davon zu überzeugen, dass der ihn bei sich in der Wohnung unterbrachte. Danach fügte sich alles wie von selbst. Krüger zog es vor, aus Angst vor den Russen aus dem Fenster zu springen. Und wie ein Engel mit vier Flügeln tauchte gleichzeitig eine ausgebombte und mehrfach vergewaltigte Frau auf. Die hatte die notwendigen Papiere gerettet, um ihm eine Identität zu verschaffen, und schon lief alles wie am Schnürchen – bis die Russen plötzlich begannen, Gefangene zu entlassen. Das brachte seine Planung durcheinander ...

Auf die vergangenen Monate blickte Harry mit einer gewissen Abneigung zurück. Na schön, er hatte sich was aufgebaut und war nicht der Bedeutungsloseste unter den Schwarzhändlern – doch was war das schon? Wie ein alter Ehekrüppel hockte er in dieser Bruchbude im Hinterhof, im Grunde auf die Gnade der Frau angewiesen. Das war nicht seine Welt. Es wurde Zeit, dass etwas geschah. Schon zweimal waren ihm Signale aus Bayern zugegangen. Dort tat sich etwas. Berlin, wo ihn inzwischen viel zu viele Leute kannten, war auf die Dauer sowieso nichts.

Neue Papiere zu beschaffen stellte kein wirkliches Problem dar. Kennkarten ohne Passbild waren leicht aufzutreiben. Blieb das Problem der Fingerabdrücke. Harry war für saubere Lösungen. Eine echte Identität blieb allemal das Sicherste. So echt wie die Kennkarte, die er gerade in winzige Schnipsel zerfetzt und in verschiedene Gullys gestreut hatte. Auch das war ein Teil seines perfekten Plans, den er eigentlich nur für den unwahrscheinlichen Notfall entwickelt hatte. Der war nun bedauerlicherweise eingetreten. Es empfahl sich zu verschwinden, ohne weitere Spuren zu hinterlassen. Harry Grommek existierte nicht mehr. Ein angeschmuddelter, nur geringfügig frisierter Entlassungsschein aus der Kriegsgefangenschaft bot die beste Möglichkeit, sich eine neue Kennkarte mit einem echten Foto und den eigenen Fingerabdrücken ausstellen zu lassen. Ein Heimatort im zerstörten und polnisch besetzten Ostpreußen machte die Frage nach weiteren Urkunden überflüssig.

Sie hatten ihn vorläufig in ein Lager eingewiesen. Bis zum nächsten Umsiedlertransport ins Rheinland. Er gab an, seine Angehörigen warteten irgendwo bei Leverkusen auf ihn.

Das Lagerleben war nichts für ihn. Ein bisschen Handel, nun gut. Für die Nacht aber verzog er sich lieber zu Rosi. Nachdem sich ihr Polizist aus dem Staub gemacht hatte, war die froh, wenn sie abends nicht mehr auf die Straße musste.

Harry überdachte noch einmal, ob er bei seinem eiligen Umzug nichts übersehen hatte, was seine Pläne gefährden konnte. Die Frau aus dem Wege zu schaffen hätte neue Komplikationen mit sich gebracht. Er hatte sie unter dem Daumen. Die würde schon aus eigenem Interesse schweigen und sich hoffentlich von dem neuen Mitbewohner beglücken lassen. So, wie er ihr das sehr eindringlich nahegelegt hatte. Dennoch blieb da noch eine Spur zu beseitigen, das wusste er. Offen war auch die Sache mit der Tante, die sie ihm verschwiegen hatte. Ohne Rosis schwatzhaften Polizisten hätte er nie erfahren, dass es die überhaupt gab.

Er musste sich also wohl oder übel noch einmal auf den Weg machen. Am besten abends, wenn die Geschäfte schlossen und sie sich zu Hause aufhielt, während der dämliche Untermieter noch seinen Geschäften nachging. Nicht ganz ungefährlich, wenn er an die spionierende Nachbarin dachte – aber was in seinem Leben war ohne Gefahr?

Vom Lager aus fuhr er zum Bahnhof Ostkreuz. Von dort waren es nur ein paar hundert Meter. In der Dunkelheit regnete es still vor sich hin, niemand beachtete den eiligen Fußgänger. Ungesehen passierte Harry Hausflur und Hof. Er huschte auf leisen Sohlen nach oben. Aus der Nachbarwohnung drangen streitende Frauenstimmen. Hinter der Tür, die er beinahe unhörbar aufschloss, rumorte es. Zu seiner Beruhigung versperrte ihm keine Kette den Eintritt.

In der Küche brannte kein Licht. Die Geräusche kamen vom Ende des Korridors. Dort stand die Tür des großen Zimmers offen, eine Art Stalllaterne verbreitete einen schwachen Lichtschein. Lautlos schlich er näher. Neben dem Ofen stand ein Mann auf der Leiter und versuchte, das eindringende Wasser in eine der beiden Wannen zu leiten.

Harry hustete vernehmlich.

Der Mann fiel beinahe von der Leiter. «Wo kommen Sie denn her?», fragte er erschrocken.

Harry grinste dämonisch. «Du hast mich nie gesehen, verstehst du? Hier nicht und woanders auch nicht. Du kennst mich überhaupt nicht.»

Der Mann stieg die Leiter hinunter und beäugte ihn. «Ich habe dich gar nicht erkannt», sagte er befremdet. «Was suchst du denn hier?»

«Das geht dich einen Scheißdreck an!»

«Du tust dich ja ganz schön dicke!»

«Ich?» Wut flammte in Harry auf. «Du Affenarsch! Du hast mich belogen, du mieser kleiner Spitzel!» Und bevor der andere sich zur Gegenwehr entschließen konnte, fuhr Harrys Linke ihm ins Gesicht. Er taumelte. Der nächste Schlag traf seinen Magen. Zusammengekrümmt gelang es ihm nicht, einem weiteren Hieb zu entgehen, der ihn auf die Dielen warf.

Harry versetzte ihm einen Fußtritt. «Betrachte das als kleine Mahnung!», zischte er. Hinter ihm rührte sich nichts in der Wohnung. Der Zimmerschlüssel steckte. Er nahm die Laterne auf. «Verhalte dich ruhig, sonst geht's dir richtig dreckig!», drohte er, bevor er die Tür hinter sich verschloss und den am Boden liegenden Karl-Heinz Kappe in der Finsternis zurückließ.

ZWANZIG

AUF DEM LICHTENBERGER STANDESAMT fanden sich weder eine Heiratsurkunde noch ein Totenschein für eine Irmgard Umbreit, und auch das Wohnungsamt erwies sich als ein Fehlschlag. «Kennen Sie die neueste alliierte Anordnung zum Wohnungsgesetz?», empfing man Kappe dort. «Die gilt es, strikt durchzusetzen! Da bleibt keine Zeit für irgendwelche Polizeispielchen.» Sein Hinweis, es handle sich immerhin um eine Mordsache, provozierte bei dem hartgesottenen Leiter der Baracke nur die Antwort: «Das hat schon Zille gewusst: Mit einer Wohnung kann man einen Menschen erschlagen wie mit einer Axt!»

Ausgerechnet Holtefret, inzwischen zum Kriminalassistenten aufgestiegen, glaubte seinem neuen Dienstrang gemäß einen Vorschlag einbringen zu dürfen. «Wenn einer umzieht, muss er sich in jedem Fall auf dem nächsten Polizeirevier anmelden. Wollen wir es da nicht erst mal probieren?»

Kappe gab nur ungern zu, dass ihm auch kein besserer Weg einfiel. Eine Anfrage beim Suchdienst ergab keinen Hinweis auf die verschwundene Frau Umbreit. Die Fahndung über die Reviere konnte Wochen dauern. Die Frage war, ob sich dort jemand die Zeit nahm, eine weitere unauffindbare Person zu suchen. Holtefret und ihm blieb inzwischen Zeit, intensiver nach der Identität der Toten aus Buch zu forschen.

Zu Kappes Überraschung rief zwei Tage später am Morgen der Kriminaldienst des Reviers 91 bei ihm an. Eine Irmgard Grommek sei in der Boxhagener Straße gemeldet.

«Ich komme sofort!», entschied Kappe. Holtefret konnte

heute alleine losziehen. Bei der Überprüfung von Böhnischs Angaben, die sich tatsächlich als richtig erwiesen, hatte der sich recht geschickt angestellt.

Der Kollege sagte noch etwas von Müggelstraße, doch Kappe schnitt ihm das Wort ab. «Ich weiß, wo ihr sitzt!»

Es wurde eine weitere Reise in die Vergangenheit. Im Juli 1914, ein paar Tage vor dem Ausbruch des Ersten Weltkriegs, war er zum ersten Mal in die Gegend um den neuangelegten Traveplatz gekommen, die damals noch zur selbständigen Stadt Lichtenberg gehörte. Ein paar Ecken weiter, in Boxhagen, hatte er zwei Jahre später wegen der Handgranatenmorde ermittelt.

Für die Ruinen in der Frankfurter Allee hatte Kappe heute kein Auge. Es sah nicht anders aus als überall in der Stadt. In der Kronprinzenstraße fehlte neben der Schule die Ecke zum Platz, die Häuser rings um das Polizeirevier schienen unbeschädigt. Die Revierräume wirkten, als hätte sich hier seit dreißig Jahren nichts verändert.

Der Kriminalsekretär Wellsand, ein hohläugiger und gebeugter Mann, dem man seine Dienstjahre ansah, empfing den Besucher mit einem schrägen Grienen. «Du hast es aber eilig!», sagte er. «Wusste gar nicht, dass widernatürliche Unzucht im Präsidium eine solche Dringlichkeit besitzt.»

Kappe verstand nicht gleich. «Du meinst, gegen die Frau liegt schon etwas vor?»

Wellsand seufzte. «Eine Anzeige der Nachbarin ...»

«Und - ist was dran?»

«An der Nachbarin? Die nervt uns ungefähr alle vierzehn Tage mit was Neuem. Mal wird was aus dem Keller geklaut, mal hat sie was auf der Straße beobachtet - na, du kennst diese Typen. Dein Fräulein Grommek bewohnt jedenfalls mit ihrem Bruder die Nachbarwohnung.»

«Und was ist daran widernatürlich?»

«Das musst du Frau Karge fragen. Wahrscheinlich erfährst du dabei mehr über diese Grommek, als deren eigene Mutter sich je hat träumen lassen. Sie ist zusammen mit ihrem Bruder gegen Kriegsende aus Schlesien hierher gekommen, und irgendwie haben die es verstanden, sich eine Wohnung zu verschaffen. Jedenfalls sind sie seit Ende Mai '45 ordnungsgemäß in der Boxhagener gemeldet.»

«Ach nee!», sagte Kappe. «Nach meinen Informationen ist Frau Umbreit in Lichtenberg ausgebombt worden.»

Wellsand wedelte mit zwei Karteikarten. «Davon steht hier nichts. Bei mir heißt sie Irmgard Grommek. Letzte Wohnadresse: Patschkau an der Neiße.»

Kappe nahm ihm die Karten aus der Hand und setzte sich. «Scheint eine interessante Familie zu sein.» Er beguckte die Karteikarten. Die Passbilder darauf waren braunfleckig und kaum zu erkennen. Der Mann trug einen Hut und sah aus, als bliese er die Backen auf. Dem Foto nach konnte er ebenso gut zwanzig wie vierzig Jahre alt sein.

«Der ist etliche Jahre jünger als sie, im gleichen Nest geboren», erläuterte Wellsand. «Laut Urkundsbeweis, steht da, mit Nummer aus dem Geburtsregister. Ich nehme an, einer von beiden hat das Familienstammbuch gerettet. Jedenfalls sind den Grommeks seinerzeit anstandslos Kennkarten ausgestellt worden. Du weißt doch, wie es heißt: Ich komme aus dem Osten / und suche einen Posten. / Meine Papiere sind verbrannt, / Adolf Hitler habe ich nie gekannt.»

Kappe grinste säuerlich. «Wenigstens vernünftige Fotos hättet ihr verlangen sollen.»

«In den ersten Nachkriegswochen hatten die Männer hier ganz andere Sorgen. Von denen ist sowieso keiner mehr im Dienst.»

«Die Karten nehme ich trotzdem mit», sagte Kappe, «schon wegen der Fingerabdrücke.»

Wellsand schien nicht begeistert und murrte: «Dann muss ich die wichtigsten Angaben abschreiben, damit wir einen Beleg haben.»

Kappe sah ihm dabei zu. «Was war das übrigens mit der Unzucht?», fragte er.

«Sei froh über die Anzeige. Deshalb ist mir der Name gleich aufgefallen, als eure Fahndung kam. Die Karge behauptet, dass die beiden gemeinsam in einem Zimmer schlafen, und das wäre laut Gesetz verboten.»

«Hast du was unternommen?»

«Ja. Ich habe ihr erklärt, dass in meiner Nachbarwohnung eine Familie mit drei beinahe erwachsenen Jungs und Mädels in einem unheizbaren Berliner Zimmer haust. Wie sie das wohl nennen würde, habe ich sie gefragt.»

«Danke für die prompte Meldung», sagte Kappe. Er erhob sich und reichte Wellsand die Hand.

«Was liegt denn eurerseits gegen die Grommek vor?», wollte der wissen. «Du bist doch von der alten M, stimmt's?»

Kappe nickte. «Es geht um den Ehemann. Die gute Frau ist nämlich eine verehelichte Umbreit. Hat einer dieses Namens sich zufällig mal in eure Meldestelle verirrt?»

Wellsand winkte müde ab. «Da herrscht ein Durchgangsverkehr wie auf dem Bahnhof. Hast du eine Ahnung, wie viele Jahrzehnte das dauern wird, bis hier wieder Zucht und Ordnung einkehren?»

«Ich hoffe, es geht schneller», sagte Kappe, aber so recht glaubte er nicht daran.

In der Weichselstraße herrschte zwei Blöcke weit so etwas wie Ordnung. Im Kino an der Ecke spielten sie den sowjetischen Film *Wolga Wolga*, und die nächsten Trümmer lagen erst hinter der Weserstraße.

In der Toreinfahrt des Hauses in der Boxhagener erläuterte ein hagerer, auf Krücken gestützter Mann mit weißem Stoppelhaar einer Schar älterer Frauen die Urteile im Nürnberger Prozess. Zwei Tage zuvor hatte auf dem August-Bebel-Platz eine Kundgebung unter dem Motto «Hängt die Kriegsverbrecher alle!» stattgefunden. Und die, die ihnen zugejubelt haben, am besten gleich mit, dachte Kappe dazu sarkastisch. Mein Gott, wie schnell die Leute vergaßen!

Er musste sich förmlich zwischen den Lauschenden hindurchdrängen, die ihn neugierig beäugten. Der Stille Portier im Hausflur verzeichnete weder den Namen Umbreit noch Grommek und nannte als Hauseigentümer den Tierschutzverein. An die Menschen hatte man beim Bau der Mietskaserne offenbar weniger gedacht. Als Kappe den engen, merkwürdig geformten Hof betrat, erlebte er ein neues Déjà-vu. Exakt hier im Parterre des Seitenflügels hatte einst die Handgranatenmörderin Hermann gewohnt. Im vorigen Krieg war das gewesen, vor genau dreißig Jahren. Zufälle gab es ...

Kopfschüttelnd tauchte er in das enge Eingangsloch zum Treppenaufgang ein. Finsternis umgab ihn. Die Taschenlampe, die er bei sich trug, gab nur noch einen schwachen Schein von sich. *Batterien nicht am Lager*. Das Schild kannte Kappe seit Jahren. Immerhin fand er im oberen Geschoss eine Klingel mit dem Namensschild *Grommek*. Sein mehrmaliges Läuten und Klopfen rief in der Wohnung keine Reaktion hervor.

Nur die Tür der Nachbarwohnung öffnete sich, eine ältere Frau lugte vorsichtig durch den Spalt unter der Sicherheitskette. Kappe brauchte nicht nach dem Namen zu gucken. Es handelte sich augenscheinlich um Frau Karge. «Die ist vorhin weggegangen», verkündete sie ungefragt und mit einer Stimme, die jedem Feldwebel zur Ehre gereicht hätte.

«Vielleicht zur Arbeit?», vermutete Kappe.

«Die und arbeiten!», lautete die verächtliche Antwort. «Was wollen Sie denn von der?»

Kappe hatte nicht vor, Versteck zu spielen. Ein paar Angaben von einer neugierigen Nachbarin waren nützlicher als gar keine. «Kriminalpolizei», sagte er. «Es geht um eine Auskunft.»

Nach einem misstrauischen Blick zur dritten Wohnungstür auf dem Treppenabsatz vergewisserte sich die Frau, ob er wirklich von der Kriminalpolizei sei. Dann ließ sie ihn ein und führte ihn in die Küche.

Frau Karge war trotz ihres kräftigen Baritons eine kleine Frau mit krummem Rücken und einer Haut, die in besseren Zeiten einen voluminöseren Körper umgeben hatte. Seinen Ausweis entzifferte sie erstaunlicherweise ohne Brille. Die Fältchen um ihre Augen, die Freundlichkeit vortäuschten, verrieten Kappe genug. So kneisteten Kurzsichtige, die ihr Leben lang ohne Brille auskamen, um dann der Kripo zu erzählen, was sie mit eigenen Augen beobachtet hatten.

In der düsteren Küche roch es nach Bohnerwachs und Gas. Es war anscheinend sein Schicksal, Frauen, deren bessere Tage, so es die jemals gegeben hatte, lange zurücklagen, in unbehaglichen Küchen zu vernehmen. Nach fünf Minuten fühlte sich Kappe, als wäre er in ein höchst anrüchiges Auskunftsbüro geraten. Die Frau mit ihrer sonoren Stimme ließ ihn kaum zu Wort kommen.

«So musste es ja mal kommen», schwadronierte sie. «Wurde aber auch Zeit! Das ist doch anormal. Mit dem eigenen Bruder ... Wenn ich an so was nur denke ...» Sie schüttelte sich, und plötzlich sah sie ihn lauernd an. «Haben Sie mit meinem Bruder gesprochen?»

«Weshalb sollte ich?», fragte Kappe überrascht.

«Der lungert bestimmt wieder mit den alten Weibern vor der Tür rum. ‹Sein Harem›, sagen sie im Haus dazu.»

«Sie meinen den Invaliden mit den Krücken? Sicherlich eine Verletzung aus dem Ersten Weltkrieg ...»

«Schön wär's, da würde er wenigstens Rente drauf kriegen.» Sie schüttelte den Kopf. «Er ist beim Hamstern vom Zug gestürzt. Oberschenkelhalsbruch ...»

Kappe versuchte, das Gespräch auf die Nachbarin und ihren Bruder zurückzulenken, doch Frau Karge verharrte noch in der eigenen Familiengeschichte. «Wir Geschwister haben nie viel Glück gehabt. Mein Paul ist jämmerlich an der Ruhr gestorben, und unsere Schwester Martha ...» Sie machte eine Handbewegung, als würde sie sich den Hals durchschneiden. «In Plötzensee. Aber das werden Sie ja wissen ...»

Kappe sah sie an. Ihm war die eigene Intuition unheimlich. «Martha Lange?», fragte er verhalten. Den Namen Lange hatte er an einer Tür gelesen.

Sie nickte. «Der Gustav war ja auch ein Windbeutel in seiner Jugend. Nur ich war immer ehrlich, mein Leben lang», versicherte sie schniefend. «Aber die Martha ...»

Kappe konnte es kaum glauben, dass ihm die Schwester der über ein Jahrzehnt gesuchten und von den Nazis hingerichteten Trickbetrügerin gegenübersaß. Was würde sein Neffe Otto zu einem solchen Zufall sagen?

Er besann sich. Es hatte ihn nicht wegen Martha Lange in dieses Haus verschlagen. «Ist Ihnen vor ungefähr drei, vier Wochen mal ein Heimkehrer aufgefallen, der zu Fräulein Grommek wollte?»

«Heimkehrer? Sie meinen einen von denen, die hier betteln kommen?»

«Jemand in abgerissener Kleidung jedenfalls. Sie wissen doch, wie die aussehen.»

«Na, und ob! Um solche kümmere ich mich gar nicht. Sind ja vielleicht arme Luder drunter, aber ich habe selber nichts.»

Also Fehlanzeige. «Bleiben wir mal bei dem Bruder Ihrer Nachbarin», sagte Kappe schweren Herzens.

«Der lief immer rum wie aus dem Ei gepellt. Aber jetzt ist er natürlich verschwunden. Warum sind Sie denn nicht schneller gekommen? Bis vor ein paar Tagen hat der noch hier gewohnt. Inzwischen scheint sie schon einen anderen jungen Kerl zu haben.»

Kappe versuchte es immerhin. «Haben Sie mal was gehört, ob sie nicht vielleicht verheiratet ist?»

Frau Karge stieß einen verächtlichen Ton aus. «Wie kommen sie denn darauf? Sie nennt sich *Fräulein* Grommek. Dabei habe ich mit eigenen Augen gesehen, wie dieses Fräulein mit dem eigenen Bruder auf der Treppe rumknutscht!»

Kappe wiegelte ab: «Ich umarme meine Schwester auch, wenn

ich ihr mal begegne ...» Das stimmte zwar nicht, aber das ging die alte Petze nichts an.

Die meinte nur spitz: «In Ihrem Alter ist das was ganz anderes.»

«Den Bruder, beschreiben Sie ihn doch bitte mal!»

Sie hob die hängenden Schultern. «Man hat ihn ja kaum zu sehen gekriegt. ‹Guten Tag›, mehr nicht. Jedenfalls am Anfang. Da hat er noch heimlich bei dem ollen Krüger gewohnt. Weshalb der sich aus dem Fenster gestürzt hat, weiß auch keiner. Da gab es ganz andere Nazigrößen hier in der Gegend! Der Krüger hat keinem was getan.»

«Bleiben wir mal bei dem Bruder. Anfangs hat er gegrüßt, sagten Sie.»

«Ja. Dafür hat er später so getan, als würde es mich gar nicht geben. Hat nicht mal den Eimer mit der Feuerung angefasst, mit der ich mich abschleppen muss. Dabei ist das ein kräftiger Kerl, trotz der Brille.»

«Er trägt eine Brille?»

«Na, wenn ich es Ihnen sage! So eine von der Kasse, wie mein Paul ...» Sie fuhr über ihre nicht ganz haarlose Oberlippe. «Und so ein Schnauzbärtchen hat er auch.» Sie rückte näher an Kappe heran und flüsterte, als verriete sie ein großes Geheimnis: «Ich habe ihn beobachtet. Der hat was zu verbergen!»

«Das haben heutzutage viele», sagte Kappe. Er war des Gewäschs müde. «Wann treffe ich denn da drüben mal jemanden an?»

Frau Karge, von der Wirkungslosigkeit ihrer geheimen Mitteilung enttäuscht, ging nicht darauf ein. «Ich werde Ihnen was verraten: Das ist ein ehemaliger Offizier!»

Kappe stand auf. «Davon gibt es genügend», sagte er mürrisch. «Allerdings scheint er mir dafür ein bisschen jung.»

Sie ließ sich nicht beirren. «Ich weiß, was ich sehe ...»

Genau daran zweifelte Kappe.

«Ich habe ihn auf der Straße getroffen.» Sie baute sich vor

Kappe auf wie ein halbhoher Feldwebel und bewegte die kurzen Arme, als wolle sie marschieren. «So schlenkert der beim Gehen die Arme!»

EINUNDZWANZIG

EDDIE war stolz auf sich. Sein letzter Besuch bei Roswitha lag mehr als eine Woche zurück, und er hatte nicht die Absicht, sie demnächst aufzusuchen. Am liebsten würde er nie wieder zu ihr gehen. Aber man soll nie nie sagen, das wusste er. Sonja hielt ihn weiterhin reichlich kurz mit ihrer Liebesgunst und schob das vor allem auf die Wohnverhältnisse. Zwischen ihrer Kammer und dem Schlafzimmer der Eltern gab es nur eine zentimeterdicke Rabitzwand. Einen Besuch Eddies bei ihren Eltern hielt sie für undenkbar. «Meine Mutter kriegt es glatt fertig und fragt dich als Erstes nach den Verlobungsringen.»

So eilig hatte es Eddie nun auch wieder nicht. Er sagte lahm: «Dein Vater macht doch einen ganz patenten Eindruck ...»

«Er weiß, wo du arbeitest. Noch dazu bei der Mordkommission! ‹Nee danke›, wird er sagen, ‹von Toten habe ich genug und von Polizisten, die denken, ich hätte einen umgebracht, erst recht.›»

Eddie beteuerte: «Das war Kappes Idee. Ich habe euch beide nie verdächtigt!»

«Na, wer weiß ...»

Sie saßen bei Schlagkrem, die schmeckte wie angeräucherter Seifenschaum, und einer gelblichen Flüssigkeit namens Alkolat in einem Eck-Café am Wismarplatz. Der Stehgeiger scharwenzelte um den Tisch herum und fiedelte *Hörst du mein heimliches Rufen*. Wahrscheinlich fand er ebenso wie Eddie, dass Sonja als einzige bemerkenswerte Frau im Lokal auffiel.

Sie hörte anscheinend nur die falschen Töne und verzog

das Gesicht. «Seid ihr wenigstens weitergekommen mit eurer Sucherei?», wollte sie von Eddie wissen. «Oder habt ihr immer noch keine Ahnung, um wen es sich überhaupt handelt?»

Bis dahin hatte Eddie das Thema bewusst vermieden. Nach dem Erfolg mit dem Zeugen Böhnisch und Kappes hoffnungsvollem Versuch in der Boxhagener Straße sah er dafür keinen unmittelbaren Grund mehr. «In den letzten Tage waren wir ziemlich erfolgreich», sagte er locker und nicht ohne Stolz.

«Erzähl mal!»

Zu viel wollte Eddie nicht verraten. «Wir wissen jetzt mit einiger Sicherheit, um wen es sich bei dem Toten handelt.»

Mit dieser mageren Auskunft war sie nicht zufrieden «Und? Mehr darfst du wohl nicht sagen ...»

«Du weißt doch, wie das mit Dienstgeheimnissen ist.»

Sie lachte ihm offen ins Gesicht. «Was glaubst du wohl, was beim Rundfunk alles als geheim gilt!»

Eddie wand sich. «Der Name des Toten sagt dir sowieso nichts. Ein Russland-Heimkehrer, wie wir vermutet hatten.»

«Hat er Angehörige?»

Eddie nickte. «Eine Frau. Genau um die geht es ...» Er schwieg.

Sie kratzte mit dem Löffel in der Schlagkremschale herum und sagte: «Wenn du jetzt schon kein Vertrauen zu mir hast, wird das wohl nie was werden mit uns beiden.»

Das klang nicht gut. Immerhin hatte sie ihn um das Treffen gebeten und das Café vorgeschlagen. Er legte seine Hand auf die ihre und sah ihr bittend in die Augen. Über deren Farbe waren sie sich nicht einig. In ihrem Ausweis stand: *graublau*. Das fand er viel zu unpoetisch und plädierte für himmelblau. «Lassen wir die Toten ruhen», sagte er. «Wenn alles vorbei ist, erfährst du es haarklein. Dann werde ich mich auch bei deinem Vater entschuldigen. Vielleicht finde ich ja bis dahin sogar ein eigenes Zimmer ...»

Ihr Lächeln blieb spöttisch. «So lange soll das noch dauern, bis ihr den Fall aufklärt?»

Eddie hielt es für besser, klein beizugeben. «Was verlangst du von uns? Mein Chef ist ein in Ehren ergrauter Beamter, und ich bin ein blutiger Anfänger.» Er sah ihr wiederum in die Augen und fügte leise hinzu: «Auch bei Frauen ...»

Sie lachte nicht ganz ungekünstelt. «So siehst du gerade aus!»

«Wann sollte ich denn irgendwelche Erfahrungen sammeln? Im Krieg vielleicht? Ich habe noch nie eine Frau wie dich kennengelernt.» Das war nicht einmal gelogen.

«Huch, eine männliche Jungfrau», lästerte sie. Sie konnte mitunter sehr direkt sein. Das bringe die ständige Zusammenarbeit mit Journalisten und Redakteuren so mit sich, hatte sie ihm erklärt.

«Das nun gerade nicht ...», sagte Eddie. «Aber mit den paar Frauen, die ich gekannt habe, möchte ich dich wirklich nicht vergleichen.»

«Na, dann schenk mir mal reinen Wein ein!», forderte sie und hob dabei das leere Alkolat-Glas an. «Und bitte nicht so 'n trübes Zeug wie das hier!»

Eddie fühlte sich überrumpelt. «Was willst du denn wissen?»

«Na, wie hieß denn beispielsweise die Letzte? Die, von der du die Zigaretten hattest.»

Ihm war schleierhaft, woher sie das mit den Zigaretten wusste. Von der Wahrheit aber wollte er sich vorsichtshalber nicht zu weit entfernen. «Roswitha», gestand er. «Aber das ist eher 'ne Jugendbekanntschaft aus meiner alten Gegend.»

«Hat sie dich rausgeschmissen?»

«Aber nein, ich habe doch nicht bei ihr gewohnt! Wir haben uns nur ab und zu mal gesehen.»

«Gesehen ...», sagte Sonja. Ihr Blick sprach Bände.

Eddie seufzte selbstkritisch. «Jedenfalls werde ich sie nicht wiedersehen», versprach er.

Ihr Blick schien ihn zu durchdringen. «Ich habe gedacht, bei der Kripo lernt ihr besser schwindeln», sagte sie, aber sie lächelte dabei.

«Du kannst mir vertrauen», sagte Eddie. «Und das ist nicht geschwindelt.»

«Na gut, dann kann ich dir ja endlich mitteilen, weshalb ich dich ausgerechnet hierher bestellt habe. Eine Kollegin von mir wohnt dort drüben in der Gryphiusstraße. Vielmehr hatte sie dort ein möbliertes Zimmer. Leider bei einer relativ jungen Witwe ...»

«Wieso leider?», fragte Eddie.

«Weil dieses Zimmer frei geworden ist und du es dir nachher angucken kannst.»

«Sonja, womit habe ich das verdient?» Er konnte sie hier schlecht umarmen, deshalb griff er nach ihrer Hand und küsste ihre Finger.

«Verdient hast du es nicht, aber du bist bedürftig.»

Sie lachten beide.

«Und du meinst, das klappt?»

«Nur, wenn du versprichst, in Gegenwart der Wirtin einen Keuschheitsgürtel zu tragen!»

Eddie wäre am liebsten losgestürzt.

Sonja hielt ihn zurück. «Die Frau kommt erst gegen sieben von der Arbeit. Ich habe schon alles mit ihr besprochen.»

«Und deine Kollegin, hat die geheiratet?»

Sonja schüttelte den Kopf und sagte leise: «Die ist zum RIAS gegangen und deswegen lieber nach Tempelhof umgezogen.»

Eddie war das im Grunde genommen gleichgültig. «Da kann sie mein Zimmer haben, wenn meine Tante das zulässt», sagte er.

«Das mit der Tante musst du mir mal näher erklären. Wie alt ist die eigentlich?»

«Uralt», Eddie winkte ab, «irgendwas über sechzig. Erklär du mir lieber das mit dem RIAS! Weshalb muss man da die Wohnung wechseln?»

«Das ist ein amerikanischer Sender. Im Funkhaus spucken sie Gift und Galle gegen das Programm.»

«Aber ihr sendet doch selber aus dem englischen Sektor.»

«Vielleicht nicht mehr lange.» Sie beugte sich zu ihm und

senkte die Stimme. «Das ist nämlich eines meiner Dienstgeheimnisse. Ein Teil unserer Geräte ist vor einer Woche nach Grünau verlagert worden. Dort wird angeblich ein neues Funkhaus eingerichtet. Meinen Vater haben sie für den Wachschutz eingeteilt. Darüber darf er aber nicht reden.»

Eddie nickte. «Es geht den Menschen wie den Leuten», sagte er. «Ich würde dir ja auch nicht erzählen, dass ich morgen früh einen Einsatz gleich hier um die Ecke habe.»

ZWEIUNDZWANZIG

HERMANN KAPPE trieb es früh aus dem Bett. Nun blieb ihm mehr Zeit zum Frühstück, als Brot zum Frühstück vorhanden war. Er trank einen zweiten Topf Kaffee und hörte mit halbem Ohr auf Klaras Gerede. Seit Karl-Heinz die elterliche Behausung verlassen hatte, gebärdete sie sich besonders unleidlich, zumal sie dadurch die Chance auf die Wohnung in der Wartburgstraße geschmälert sah. Den letzten Tort hatte der ungeratene Sohn ihr vor einer Woche angetan. Während sie beim Schlächter nach wässriger Wurst anstand, war er heimlich in der Wohnung gewesen und hatte die meisten seiner Sachen mitgenommen, ohne ihr auch nur eine Nachricht zu hinterlassen. «Hoffentlich bringt er das mit der Kartenstelle in Ordnung», lautete eine weitere Sorge.

Kappe hatte sich jede Diskussion über dieses Thema verbeten. Während er mit seinen Gedanken längst in der Boxhagener Straße weilte, blätterte Klara die Zeitung durch, kam vom Hundertsten ins Tausendste, verfluchte die Umstellung auf die Normalzeit vom letzten Sonnabend und beklagte im gleichen Atemzug die Vorschriften, die Antifaschisten, anerkannte Opfer des Faschismus, Alte und Behinderte bei der Wohnungsvergabe begünstigten. «Du siehst ja, wohin das führt», zeterte sie. «Vier Tote hat es in Neukölln gegeben, weil die Decke eingestürzt ist. Das blüht uns eines Tages auch, wenn sie uns nicht rechtzeitig eine annehmbare Wohnung bewilligen!»

Kappe hing seinen Gedanken nach und schwieg. Er wusste, dass es keinen Zweck hatte, jetzt von Leuten zu reden, die unter noch schlechteren Wohnverhältnissen litten und ihr Leben lang nichts anderes als einen düsteren Hinterhof zu sehen kriegten. Klara war inzwischen bei der nächsten Zeitungsmeldung angelangt und regte sich über gewissenlose Schieber auf, die gefälschte Lebensmittelkarten verkauften – ein Thema, das Kappe nicht neu war. Dass im Norden Berlins hochgefährliche Schießbaumwolle als Wolle angeboten worden war, hatte er noch nicht gehört. «Steht denn heute überhaupt nichts Angenehmes in der Zeitung?», erkundigte er sich schließlich. All diese Schreckensmeldungen in Klaras dramatischer Fassung zu hören war so früh am Morgen kein Vergnügen.

«Der erste Nachkriegsfilm heißt ausgerechnet *Die Mörder sind unter uns*.»

Kappe gab einen undeutlichen Laut von sich.

Klara blickte auf und fuhr fort: «Im Tiergarten werden jetzt offiziell Flächen für Kleingärten vergeben. Das wäre was für dich: nach Feierabend umgraben und Mohrrüben und Kohl ernten!»

«Die kommen auf Ideen!» Kappe schüttelte den Kopf. «Wir haben jetzt Oktober. Da bleibt noch viel Zeit bis zur Ernte.»

Klara suchte weiter. «Oder willst du mit mir in den Zirkus gehen? Hier steht, der Zirkus Barlay gastiert auf dem Exer. Als wüsste jeder, wo das ist.»

«Das ist oben im Norden, an der Eberswalder Straße. Da wohnt unser stellvertretender Polizeipräsident Doktor Stumm.»

«Kennst du den nicht noch von früher her?»

«Er mich auch», sagte Kappe und stand auf. Konnte nichts schaden, wenn er mal ein paar Minuten früher im Präsidium erschien.

In dem grauen Gebäude in der Linienstraße summte es trotz der frühen Stunde wie in einem Bienenkorb. Kappe wurde das Gefühl nicht los, irgendetwas Gravierendes bahne sich an. Und dann war es doch wieder nur das Übliche. Udo Schieck wusste Genaueres. Bei der Bereitschaftspolizei war ein Inspektor als ehemaliger Kommandeur eines Polizeibataillons entlarvt worden. Die Russen hatten ihn sofort abgeholt. «Verbrechen gegen Menschlichkeit», hieß das.

Kappe zog unwillkürlich den Kopf ein. Ein gnädiges Schicksal hatte ihn davor bewahrt, in eine solche Truppe abkommandiert zu werden. Was sich da im Osten abspielte, darüber hatte man in den Jahren der Naziherrschaft nicht einmal gerüchteweise geredet.

Der Kriminalassistent Holtefret traf mit einiger Verspätung ein. «Ich habe endlich ein vernünftiges Zimmer gefunden», führte er zu seiner Entschuldigung an. «Da habe ich schnell noch ein paar Sachen hingebracht.»

Unterwegs in der U-Bahn erfuhr Kappe, wo sich Holtefrets künftiges Zuhause befand. Die Frage, wer ihm dazu verholfen hatte, überhörte der. «Das ist ganz in der Nähe von der Adresse, zu der wir jetzt fahren», sagte er.

Genau das war Kappe aufgefallen. «Haben Sie sich dort etwa schon sehen lassen?», fragte er ahnungsvoll.

«Aber nein», versicherte Holtefret, «dazu hatte ich gar keine Zeit.»

An der Samariterstraße stiegen sie aus. In der Allee standen hier tatsächlich ein paar Häuser, in den Seitenstraßen sogar recht viele. Vor einem Lebensmittelgeschäft hatte sich eine lange Schlange gebildet, eine Ecke weiter standen die Kundinnen beim Fleischer an.

«Haben wir einen Haftbefehl?», wollte Holtefret wissen.

«Immer mit der Ruhe und dann mit 'm Ruck.» Kappe klopfte auf seine von Handschellen ausgebeulte Manteltasche. «Erst mal sehen, was da überhaupt im Busch ist bei diesem eigenartigen Geschwisterpaar.»

Der weißhaarige Hamsterinvalide saß anscheinend noch bei seinem kärglichen Frühstück, während sein Harem zur Nahrungssuche ausgeschwärmt war. Jedenfalls gelangten sie unbeachtet in den Hof und bis in den zweiten Stock. Genau in diesem Augenblick öffnete Gustav Lange die Wohnungstür, er stützte sich hoch aufgerichtet auf seine Krücken und musterte die beiden Fremden misstrauisch. Auf ihren Gruß hin erkundigte er sich mit hohl knarrender Stimme: «Suchen Se jemand Bestimmtes hier im Hause?»

Kappe ließ sich nicht aufhalten. «Nee, danke», sagte er, «wir wissen, zu wem wir wollen.»

Dass der Mann in der Tür stehen blieb und ihnen nachhorchte, war nicht zu verhindern. Und ebenso wenig, dass Frau Karge, seine wachsame Schwester, Notiz von ihnen nehmen würde. Doch sie hatten Glück. Auch die stand zu dieser Stunde anscheinend vor einem der Läden Schlange. Als Kappe bei Grommek klingelte, rührte sich jedenfalls in der Nebenwohnung nichts. Hinter der Grommek'schen Tür hingegen knarrten Dielen. Jemand schlich leichtfüßig zur Tür und öffnete behutsam das Guckloch.

Mit gedämpfter Stimme sagte Kappe: «Öffnen Sie bitte, Frau Grommek! Kriminalpolizei.»

Stille.

Kappe klopfte mit der Faust derb gegen eine der oberen Türfüllungen. Wie viele Berliner Wohnungstüren verriet auch die hier noch die Schäden aus den April- und Maitagen des Vorjahres, als so ziemlich alle Wohnungen gewaltsam geöffnet und durchsucht worden waren. Nicht nur von den Russen. «Öffnen Sie bitte! Es ist doch wohl unnötig, dass wir Ihre Tür beschädigen.»

Die Stille dauerte an, bis schließlich eine eher zaghafte weibliche Stimme fragte: «Was wollen Sie denn von mir?»

Kappe hielt seinen Ausweis in Gucklochhöhe, obwohl das nicht viel Sinn hatte. Auf dem Treppenabsatz war es dunkel. «Das möchten wir lieber von Angesicht zu Angesicht mit Ihnen bereden.»

Die Frau schien sich gefangen zu haben. «Kommen Sie in einer Stunde wieder.» Es klang reichlich patzig.

Kappe schlug noch einmal mit der flachen Hand gegen die erzitternde Tür. «Sie lassen uns jetzt herein, oder es wird sehr unangenehm für Sie!», grollte er.

«Sie müssen mir wenigstens sagen, worum es sich überhaupt handelt.»

«Das sagen wir Ihnen drinnen. Oder beabsichtigen Sie, die Nachbarn mit Ihren Privatangelegenheiten zu unterhalten?»

Wieder eine Pause. «Einen Moment bitte.»

Der Moment dauerte Holtefret zu lange. Er zwinkerte Kappe zu und begann mit dem eigenen Schlüsselbund am Schließblech herumzuklappern, als wolle er die Tür öffnen. Das ging ein bisschen weit, fand Kappe, doch er ließ ihn gewähren. Außerdem half es. Die Tür wurde aufgeschlossen und geöffnet, soweit es die Sperrkette zuließ. Sofort stand Holtefrets Schuh in dem Spalt, hinter dem ein blasses Frauengesicht unter einer ungekämmten Dauerwelle schimmerte.

«Nun lassen Sie uns schon rein!», bat Kappe friedlich. «Es handelt sich nur um ein paar Fragen.»

Nach einigem Hin und Her traten sie in den engen Korridor, der am Ende auf eine Zimmertür zuführte. Links befanden sich Küche und Toilette, daneben lag ein weiteres Zimmer.

Soweit man es bei der sparsamen Beleuchtung erkennen konnte, war die Frau um die dreißig. Sie trug einen verschossenen blauen Morgenrock, den sie am Hals mit beiden Händen zuhielt. «Ich habe noch geschlafen», erklärte sie unwirsch. «Was soll denn dieser Überfall am frühen Morgen, wenn Sie nur ein paar Fragen haben? Und gleich mit zwei Mann!»

Kappe blieb ihr die Erklärung schuldig und machte einige Schritte in Richtung Zimmer.

«Sie müssen mit der Küche vorliebnehmen. Ich hatte noch nicht mal Zeit, mein Bett zu machen.»

«Sie haben doch zwei Zimmer», wandte Kappe ein.

«In der großen Stube ist die Decke kaputt, es regnet durch, und die Stromleitungen hängen lose herum.»

Kappe schüttelte missbilligend den Kopf. «Kann Ihr Bruder das nicht ein bisschen in Ordnung bringen?»

Sie öffnete die Küchentür. «Hier herein!»

Wieder die Küche, dachte Kappe beinahe belustigt. Immerhin war diesmal die Hausfrau um einiges jünger. Er gab Holtefret einen Wink. Der verstand ihn und blieb in der Tür stehen.

«Kommen Sie rein, und machen Sie die Tür zu!», sagte die Frau. Sie wirkte nervös.

«Die Tür lassen wir mal offen», meinte Kappe gemütlich. «Wir sprachen gerade von Ihrem Bruder ...»

Sie schluckte. «Mein Bruder ist ... kein Elektriker», sagte sie stockend, doch mit lauter Stimme.

«Bin ich auch nicht», sagte Kappe ruhig. «Doch was lernt man nicht alles in der Not. Wir können uns den Schaden ja mal angucken.»

«Danke, bemühen Sie sich nicht.»

Sie standen wie müßig in der unaufgeräumten Küche herum. Durch eine halbe Scheibe fiel aus dem düsteren Hof schummriges Licht, auf dem Tisch türmte sich unabgewaschenes Geschirr, überall lag etwas herum. Eine perfekte Hausfrau schien Fräulein Grommek, die ja eigentlich Umbreit hieß, nicht zu sein.

«Was ist Ihr Bruder eigentlich von Beruf?», fragte Kappe. Bevor er zum wirklichen Angriff überging, wollte er ein paar Kleinigkeiten klarstellen.

Die Frage brachte sie in Verlegenheit. «Er ... er ist ja noch ziemlich jung ... Ich glaube, er musste gleich von der Schule weg zur Wehrmacht. Augenblicklich arbeitet er als Vertreter für eine Textilfirma.» Sie sprach noch immer laut.

Kappe dämpfte seine Stimme bewusst. «Nun, das können wir ja mit ihm selber klären. Er wohnt doch hier, nicht wahr?»

Sie schüttelte sehr energisch den Kopf. «Nein», sagte sie fest und ein wenig schrill, «mein Bruder wohnt schon seit einigen Wochen nicht mehr hier.»

Kappe spielte den Erstaunten. «Ach», entfuhr es ihm, «auf dem zuständigen Polizeirevier hat er sich gar nicht abgemeldet.»

Sie hob die Schultern, der Morgenrock klaffte ein wenig auseinander. «Das ist sein Problem.»

«Wohin ist er denn umgezogen?»

«Das hat er mir nicht gesagt. Wir ... haben uns ein bisschen gestritten ...»

Kappe nickte. «So was kommt in den besten Familien vor»,

sagte er abgeklärt. «Aber nun mal zu Ihnen! Würden Sie mir bitte mal Ihren Ausweis zeigen?»

Sie drängte sich an Holtefret vorbei. An der Flurgarderobe hingen ihr Mantel und eine Handtasche. Im Halbdunkel darunter standen zwei Paar Damenschuhe. Verstohlen wies Holtefret auf die Herrenschuhe daneben. Kappe nickte nur.

«Bitte», sagte sie und reichte Kappe die grauleinene Kennkarte.

«Schalte mal bitte das Licht ein!», sagte der. Holtefret betätigte den Schalter. Kappe hielt den Ausweis unter die Küchenlampe. Das Foto war fleckenlos und um einiges deutlicher als das in der Kartei. Er musste Schieck fragen, ob sich so etwas manipulieren ließ.

«Irmgard Grommek», las er nachdenklich. «Am 2. Februar 1917 in Patschkau, Neiße, geboren. Ledig?»

Sie nickte hochmütig. «Haben Sie was dagegen?»

Er schüttelte den Kopf und blickte sie an, als vergliche er die Angaben in der Kennkarte mit der Wirklichkeit. «Merkwürdig», sagte er, «vor ein paar Tagen bin ich auf eine Frau mit dem Vornamen Irmgard aus dem gleichen Ort und mit dem gleichen Geburtsdatum gestoßen ...»

Im Schein der Küchenlampe war nicht zu übersehen, wie die vom Hals aufsteigende Röte ihr blasses Gesicht überzog. «Es war nicht meine Idee ...», sagte sie leise.

«Na, Frau Umbreit, dann ist es wohl besser, sie schenken uns jetzt reinen Wein ein, nicht wahr?»

Aus dem Augenwinkel nahm Kappe wahr, dass Holtefret zusammengezuckt war. Er horchte nach draußen. Im Korridor blieb es still.

«Sind Sie alleine in der Wohnung?», fragte Kappe.

Sie nickte ein bisschen zu heftig. «Ja, natürlich. Wer sollte sonst noch hier sein?»

Kappe lächelte. «Zum Beispiel der Besitzer der Herrenschuhe in Ihrem Flur.»

Sie biss sich auf die schmalen Lippen. «Die muss mein Bruder vergessen haben.»

Das fand Kappe seltsam. Wer vergaß in diesen Zeiten irgendwo ein paar guterhaltene Schuhe? Er setzte sich an den Küchentisch, schob mit einer ausladenden Armbewegung eine Fläche vor sich frei und forderte Frau Umbreit mit einer freundlichen Geste auf, ihm gegenüber Platz zu nehmen. «Nun erzählen Sie mal!», sagte er väterlich und schlug sein Notizbuch auf. Er versprach sich mehr Erfolg davon, nicht erst die Vernehmung im Präsidium abzuwarten, sondern die junge Frau gleich hier an Ort und Stelle mit einer hieb- und stichfesten Aussage festzunageln.

Es wurde eine lange Geschichte, die sie – stockend und immer wieder von Kappes Zwischenfragen sichtlich aus der Fassung gebracht – von sich gab. Ihr jüngerer Bruder Harald sei unmittelbar vor Kriegsende ohne alle Papiere in Berlin aufgetaucht und bei dem Vorbesitzer dieser Wohnung hier untergekommen, den er irgendwoher kannte. Als der sich beim Einmarsch der Roten Armee aus dem Fenster stürzte, habe Harald dafür gesorgt, dass sie beide in die Wohnung eingewiesen wurden. Mit dem Familienstammbuch, das sie über den Krieg hinweg gerettet hatte, seien sie dann zur Polizei gegangen, um in den Besitz ordnungsgemäßer Papiere zu gelangen. Da die Urkunden in dem Buch auf den Namen Grommek lauteten, hätte Harald vorgeschlagen, dabei zu bleiben, zumal von einer richtigen Ehe bei ihr ja keine Rede sein konnte. Seit dem Herbst 1944 gab es kein Lebenszeichen von ihrem Mann, an den sie sich überhaupt nur noch schwach erinnerte, nach alldem, was hinter ihr lag. Nicht einmal die Urkunde der Eheschließung besitze sie.

«Aber das Familienstammbuch haben Sie», vermutete Kappe, ohne vorerst auf Ungereimtheiten in ihrer Erzählung einzugehen. Selbst Holtefret, der standhaft auf seinem Platz in der offenen Tür verharrte, hatte einige Mal ungläubig geschnauft.

«Ich muss Sie leider enttäuschen. Das hat mein Bruder an sich genommen. Wahrscheinlich wegen der Geburtsurkunde.»

Kappe verkniff sich jede Bemerkung über Menschen, denen im Oktober 1946 eine Geburtsurkunde wichtiger schien als ein Paar gute Schuhe. Er sagte nur salopp: «Ja, liebe Frau Umbreit, dann werden wir Ihnen wohl leider eine gründliche Durchsuchung nicht ersparen können.»

Ohne ihre mangelhafte Bekleidung zu bedenken, richtete sie sich kerzengerade auf. «Das lasse ich auf keinen Fall zu! Dazu haben Sie kein Recht.»

Das wusste Kappe selber. Doch so kurz vor dem Ziel aufzugeben kam gar nicht in Frage. «Es besteht Verdunklungsgefahr», sagte er streng. «Wenn wir Sie jetzt mitnehmen, kann Ihr Bruder jederzeit hier auftauchen und eventuelle Beweismittel an sich nehmen oder beseitigen.»

Ihre Empörung steigerte sich. Sie sprang auf. «Ich habe Ihnen alles gesagt! Weshalb wollen Sie mich mitnehmen? Nur wegen dieser lächerlichen Namensgeschichte?»

Mit einer Handbewegung forderte Kappe sie auf, sich wieder zu setzen. «Wir sind noch lange nicht fertig miteinander, Frau Umbreit. Sie haben mit keinem Wort erwähnt, was geschah, als Ihr Mann vor etwa einem Monat gänzlich unerwartet hier auftauchte.»

Für einen Augenblick verschlug es ihr die Sprache. «Wie ... kommen Sie denn darauf?», stieß sie schließlich hervor.

Kappe ließ sie nicht aus den Augen. «Weil das der wahre Grund unserer Anwesenheit ist. Wir ermitteln in der Mordsache Heinz Umbreit.»

Sie versuchte seinem bohrenden Blick auszuweichen. Es gelang ihr nicht. Ihr Atem beschleunigte sich, und plötzlich sank sie in sich zusammen.

«Ohnmächtig?», fragte Holtefret zweifelnd.

Kappe stand auf und ging zur Wasserleitung. «Glaube ich kaum», sagte er burschikos. «Ohnmächtige fallen gewöhnlich vom Stuhl.»

Das kalte Wasser und der nicht sonderlich saubere Lappen

weckten Irmgard Umbreits Lebensgeister schnell. Sie starrte Kappe an und sagte giftig: «Sie sind ein Unmensch!»

Der stand ungerührt vor ihr. «Ich bin den Umgang mit Mördern und Totschlägern gewöhnt», sagte er grob. «Sie ziehen sich jetzt bitte an und begleiten uns!» Er wandte sich an Holtefret. «Wir gucken uns mal in der Wohnung um. Vielleicht findet sich das Stammbuch.»

Die Frau zitterte wie Espenlaub. Sie hatte Mühe aufzustehen. «Sie brauchen nicht zu suchen», sagte sie tonlos. «Es ist in meinem Zimmer versteckt. Ich hole es und ziehe mich an. Vorher darf ich wohl auf die Toilette gehen.»

Kappe und Holtefret wechselten einen Blick.

Kaum war Frau Umbreit in dem schmalen Kabuff neben der Küche verschwunden, scheuchte Kappe den Kriminalassistenten den Flur entlang in das beschädigte Zimmer. Er selber öffnete vorsichtig die Tür zur kleineren Stube. Drinnen war es dunkel. Er schaltete das Licht ein, eine hässliche Deckenlampe verbreitete bläulichen Schein. Im Bett lag ein Mann mit dunkelblondem Haarschopf, das Gesicht abgewandt, die Bettdecke bis ins Genick gezogen.

Kappe verfluchte sich, für den Einsatz auf eine Waffe verzichtet zu haben. Er holte die stählerne Acht aus der Tasche, damit konnte man notfalls zuschlagen oder werfen. Er trat forschen Schrittes an das Bett heran, riss mit einer heftigen Bewegung die Decke zu Boden und schnauzte: «Stehen Sie gefälligst auf!»

Der Mann trug Unterwäsche. Sehr langsam drehte er sich um. Kappe erstarrte. Ein junges Gesicht, das er trotz des blauviolett verfärbten Auges und der verpflasterten Nase unter Hunderten erkannt hätte. Vor ihm lag sein Sohn Karl-Heinz.

DREIUNDZWANZIG

EINEN KRIMINALPOLIZEILICHEN EINSATZ hatte sich Eddie Holtefret genau so vorgestellt: eine verdächtige weibliche Person kurz vor dem Geständnis, dazu der im Bett versteckte Liebhaber und zwei Kriminalisten, die mit dieser Situation fertig werden mussten.

«Zieh dich an!», hörte er Kappe sagen.

Eddie flüsterte ihm zu: «Wir haben nur eine Acht ...»

«Keine Sorge», entgegnete Kappe, «mit dem werde ich auch so fertig.»

Woher nahm Kappe die Sicherheit? Der Kerl, der sich aus dem Bett erhob und nach seinen Hosen griff, sah tatsächlich reichlich angeschlagen aus. Kannte Kappe ihn?

Vom Flur her schrillte Irmgard Umbreits Stimme: «Der junge Mann hat nichts damit zu tun!»

«Das will ich hoffen», knurrte Kappe beinahe unhörbar. Laut fragte er: «Womit hat er denn nichts zu tun, Frau Umbreit?»

«Er weiß nichts über meinen Bruder. Nur das, was ich ihm erzählt habe.»

Drei Minuten später saß der junge Mann auf dem Klo, und Irmgard Umbreit zog sich im Zimmer an. Bei offener Tür, darauf bestand Kappe.

«Wie soll das jetzt weitergehen?», flüsterte Eddie seinem Vorgesetzten zu.

Der hob die Hand. «Ganz ruhig bleiben! Unten im Haus ist eine Drogerie. Die haben hoffentlich ein Telefon. Du rufst im Präsidium an und bestellst einen Wagen!»

Eddie wies mit dem Kopf auf die Klotür. «Sie meinen, der kommt freiwillig mit?»

Kappe nickte beruhigend. «Darauf kannst du dich verlassen.»

«Aber er könnte der Täter sein ...»

Kappe nickte bedächtig. «Könnte ...», sagte er und legte seine Hand schwer auf Eddies Schulter. «Dann hätte ich 36 Jahre bei der falschen Firma gearbeitet.»

Eddie, verblüfft über die vertrauliche Geste, verstand nicht, konnte jedoch nicht mehr fragen.

Der Verdächtige trat unbefangen aus dem winzigen Kabuff und ging in die Küche, um sich zu waschen. Eddie folgte ihm und blieb an seinem Platz in der Tür stehen. Der Mann stand am Ausguss, über dem ein Spiegel hing. Er trocknete sich ab und riss das Pflaster von der Nase. «Was liegt eigentlich gegen mich vor?», fragte er mit schmerzverzerrtem Gesicht. «Ich wohne hier nur als Untermieter.»

Eddie antwortete nicht.

Kappe, hinter ihm im Flur die offene Stubentür bewachend, fragte: «Woher stammte denn ausgerechnet diese Adresse hier?»

Der junge Mann, er mochte in Eddies Alter sein, klebte in aller Ruhe ein neues Pflaster auf seine Nase. «War ein Tipp von einer andern Schlummermutter», sagte er leichthin.

«Name und Adresse?»

Der so barsch Befragte kämmte sich seelenruhig die Haare. «Ich dachte immer, Sie sind bei der Mordkommission, Herr Kappe. Kümmern Sie sich neuerdings um nicht erfassten Wohnraum?»

«Name und Adresse!», beharrte Kappe vernehmlich.

Er hob die Achseln. «Sie heißt Rita. Mehr weiß ich wirklich nicht. Bolkowski oder so ähnlich. Jedenfalls dreimal klingeln.»

«Wo?»

«In der Nähe vom Alex, Wadzeckstraße. Da stehen nur noch ein paar Häuser.»

Eddie hatte das Gefühl, ein Erdbeben erschüttere die Küche. «Roswitha Blonowski?», fragte er und wusste im gleichen Augenblick, dass es ein Fehler war, den Namen zu kennen. Kappe blickte ihn fragend an. «HWG», setzte Eddie erklärend hinzu. Weshalb sollte ihm der Name einer ihres häufig wechselnden Geschlechtsverkehrs wegen Registrierten nicht geläufig sein?

«Kann sein», äußerte der junge Mensch. «Ihre Wirtin hat sie Rosi gerufen.»

«Nettes Milieu» war alles, was Kappe zu Eddies Erleichterung verlauten ließ. Dem schwante, dass da Ungutes auf ihn zukam. Außerdem stimmte irgendetwas zwischen Kappe und diesem jungen Kerl nicht, der sich ziemlich obenauf zu fühlen schien. Und in einer plötzlichen Eingebung verstand er auf einmal, weshalb Roswitha sich so eingehend nach Kappe und dessen Sohn Karl-Heinz erkundigt hatte. Wie der erstbeste Trottel war er darauf reingefallen! Sie kannte den jungen Kappe so gut, dass sie ihm eine Unterkunft besorgt hatte. Es passte alles zusammen. Er verglich die Gesichter von Kappe und dem vorlauten jungen Kerl. Das konnten gut Vater und Sohn sein. «Herr Kappe», sagte er, und richtig, beide fühlten sich angesprochen und wandten sich ihm zu. «Ihr Sohn hat doch wahrscheinlich nichts mit unserem Fall zu tun.»

Kappe ließ sich nichts anmerken. «Das werden wir noch klären», knurrte er zu Eddies Missvergnügen. Eine Untersuchung, die Roswitha einschloss, konnte höchst unangenehm für ihn ausgehen.

Irmgard Umbreit betrat ihre Küche im passenden Augenblick, vollständig angekleidet und offensichtlich etwas gefasster als vorher. Sie reichte Kappe das in dunkelrotes Leinen gebundene Stammbuch, dem man ein gewisses Alter ansah. «Bitte. Sie werden sehen, dass alles seine Ordnung hat.»

Eddie kam die Szene allmählich ein bisschen unwirklich vor. Kappe und der eigene Sohn, die sich wie Fremde gegenüberstanden. Er selbst als nicht ganz Unbeteiligter in der ganzen Angelegenheit. Dazu die Frau, die angeblich erst vor einer halben Stunde erfahren hatte, dass sie wirklich Witwe war. Eddie glaubte ihr nicht. An der Sache mit dem Bruder war etwas faul, das spürte er. «Darf ich mal das Stammbuch sehen?», fragte er Kappe. Weshalb hatte Frau Grommek-Umbreit anfangs so ein Theater veranstaltet, um es anschließend für seinen Geschmack allzu bereitwillig rauszurücken?

Kappe, der die Urkunden ohne Brille sowieso nicht begutachten konnte, gab es ihm achselzuckend. Eddie trat unter die Küchenlampe und blätterte darin. Die Eheschließungsurkunde der Eltern Grommek vom April 1910 führte drei Kinder auf: Joseph Martin, geboren im Juli 1910, Irmgard Adele, geboren 1917, und Harald Paul, geboren am 28. November 1923.

Schrift und Unterschrift der beiden letzten Eintragungen ähnelten sich. Weshalb auch nicht? In einem Nest wie Patschkau an der Neiße, wo immer das lag, wechselte der Standesbeamte nicht so oft. Nur der Stempel musste nach 1918 ein anderer sein ... Aber genau der gefiel Eddie nicht. Onkel Ewald, der ihn so gerne zum Chemigrafen gemacht hätte, hatte seinen Blick für Details geschärft. Die Ortsangabe in dem Siegel sah unsauber aus, als wären die Buchstaben für *Patschkau / N* zwar mit Sorgfalt, dennoch nachträglich aus einer anderen Schrift eingefügt worden. Außerdem fiel die ungleichmäßig giftig-violette Stempelfarbe auf. Er beleckte kurz entschlossen die Kuppe seines Mittelfingers und fuhr vorsichtig über das amtliche Siegel. Die Farbe schlierte und verwischte auf dem gelblichen Papier.

«Was fällt Ihnen ein! Wie gehen Sie mit meiner Geburtsurkunde um!», protestierte Irmgard Umbreit.

Selbst Kappe guckte befremdet.

«Es handelt sich um die Geburtsurkunde Ihres angeblichen Bruders», gab Eddie mit gespielter Gelassenheit zurück. Sein Herz klopfte spürbar. Jetzt war der Moment gekommen, die Scharte mit Roswitha ein wenig auszuwetzen und seine kriminalistischen Fähigkeiten unter Beweis zu stellen. «Und die ist gefälscht», ergänzte er befriedigt.

Er hielt Kappe das Buch unter die Nase. Der, immer noch ohne Brille, entschied sich, ihm zu glauben, und stellte fest: «Dann ist der Mann also gar nicht Ihr Bruder!»

Sie schlug die Hände vors Gesicht und sank auf den Küchenstuhl. «Ich habe von Anfang an gesagt, das geht schief», schluchzte sie. «Er hat mich überredet. Zu allem hat er mich überredet ... Und ich habe ihm vertraut!»

Kappes Blick wanderte von einem zum anderen. An seinem Sohn blieb er hängen. «Ich glaube, einen weiteren Zeugen brauchen wir im Augenblick nicht», sagte er rauh. «Oder sind Sie anderer Meinung, Holtefret?»

«Ganz und gar nicht», beeilte sich Eddie zu versichern. Je eher der verschwand, umso besser für ihn.

«Raus!», sagte Kappe mit einer Kopfbewegung zur Tür. «Morgen früh um sieben geht's ab ins Präsidium.»

«Meinetwegen. Aber ich wohne hier zur Untermiete ...»

«Die Wohnung wird versiegelt», grollte Kappe.

Sein aufsässiger Sohn schüttelte den Kopf. «Wo soll ich denn bleiben? Hier habe ich alle meine Sachen.»

Eddie wandte sich der Frau am Tisch zu und achtete nicht auf den Vater-Sohn-Konflikt.

Kappe schnaufte, als würde er im nächsten Augenblick Feuer speien. «Runter ans nächste Telefon!», befahl er und fischte einen Zettel aus der Tasche. «Diese Nummer hier. Wir brauchen einen Wagen für den Transport. Verstanden?»

«Verstanden», antwortete der Sohn mit falscher Höflichkeit. «War ja laut genug ...»

Die Wohnungstür klappte. Kappe sah Eddie an. «Darüber reden wir noch mal gründlich», sagte er. Eddie hielt das für überflüssig, entgegnete jedoch nichts.

Die Frau saß mit gesenktem Kopf am Tisch. Schwerfällig ließ sich Kappe ihr gegenüber nieder. «Und Sie erzählen uns jetzt mal, wo der angebliche Bruder sich aufhält!»

«Das weiß ich nicht», flüsterte sie.

«Eine andere Antwort habe ich nicht erwartet», grollte Kappe. «Sie müssen doch seinen Bekanntenkreis kennen.»

Sie lächelte müde. «Darüber hat er nie gesprochen ... Er hat auf dem schwarzen Markt verkehrt.»

«Gab es irgendwelche anderen Frauen?»

«Sicherlich, aber er hat mir keine davon vorgestellt.»

Eddie brannte eine für ihn gefährliche Frage auf der Zunge.

Frau Umbreit schien seinen Gedanken zu erraten. «Von einer gewissen Rita hat er gesprochen. Die hat mir den neuen Untermieter geschickt.»

Kappe biss sich auf die Unterlippe. «Zu dem Thema kommen wir noch», sagte er. «Jetzt möchte ich erst mal wissen, wer dieser sogenannte Bruder überhaupt ist.»

«Sie werden es mir nicht glauben, aber dazu kann ich Ihnen wirklich nichts sagen.»

«Der große Unbekannte also. Das heißt, seinen eigenen Angaben nach ist er ja kaum mittelgroß. Schwarzhaarig?»

Sie schüttelte kaum merklich den Kopf. «Die Haare sind gefärbt.»

Kappe nickte verbissen. «Brille und Schnurrbart sind natürlich auch falsch. Besitzen Sie ein Foto von ihm?»

Sie wagte es nicht, Kappe anzublicken. «Ich kenne nicht einmal seinen richtigen Namen ...»

Kappe sprach aus, was Eddie ebenfalls dachte: «Sie leben anderthalb Jahre mit einem Mann zusammen, von dem Sie weder den Namen noch sonst etwas wissen?»

«Die Russen ...», sagte sie mit einer ungewissen Handbewegung. «Das wird Sie kaum interessieren ... Er hat mich jedenfalls hier aufgenommen, nachdem dieser Krüger ... aus dem Fenster gesprungen war ...» Sie zog die Schultern zusammen, als fürchte sie sich.

«Hat da jemand nachgeholfen?»

Sie schwieg. Erst nach einer langen Pause sagte sie: «Nach dem, was ich heute weiß, traue ich es ihm zu.»

«Was wissen Sie denn heute?»

Schweigen. Dann sagte sie: «Er neigt zur Gewalttätigkeit. Hier hat er alles auf den Kopf gestellt und durchwühlt, um das Stammbuch zu finden ...»

«Das haben wir ja jetzt. Was passierte denn, als Ihr Mann so plötzlich auftauchte?»

Sie konnte sich nicht beherrschen. Tränen strömten über ihr Gesicht. «Ich habe ihn kaum erkannt. Er war so ... schwach und wohl auch ein bisschen durcheinander. Ich habe ihm erklärt, Harald wäre mein Cousin, der nur zeitweise hier wohnt ...»

«Das hat er geglaubt?»

«Ich weiß nicht. Sie sind am nächsten Morgen früh los, zu einem Förster, der ein Wildschwein geschossen hatte ...» Wieder schlug sie die Hände vor das Gesicht und überließ sich ihrem Schluchzen.

Bedächtig förderte Kappe seine Brieftasche zutage und schob ihr drei Fotos hin. «Das war nicht der Förster», sagte er.

Sie blickte durch ihre Finger und schrie auf. «Nein! Das ... das kann nicht sein.»

«O doch!», sagte Kappe. Er sah Eddie an. «Der junge Mann war mindestens genauso entsetzt bei dem Anblick.»

Sie weinte hemmungslos.

Eddie ertappte sich dabei, dass sich so etwas wie Mitleid in ihm regte. Kappe hingegen ließ ihr keine Ruhe. «Weshalb musste er ihn umbringen?»

«Das habe ich nicht gewusst», schluchzte sie. «Er hat nur gesagt, man muss ein Problem immer grundsätzlich lösen ...» Eine ganze Weile weinte sie still vor sich hin.

«Wie hat Ihr Mann Sie eigentlich gefunden?», wollte Kappe schließlich wissen. «Wir hatten einige Mühe, die Adresse hier rauszufinden.»

«Er hat in der Fleischerei gegenüber gefragt. Von denen hatte ich selber die Adresse gekriegt. Angeblich für ein freies Zimmer ...»

Kappe knirschte unzufrieden mit den Zähnen. Eddie sah ihn fragend an. «Ich habe im falschen Laden gefragt», knurrte Kappe.

Im Flur schrillte die Klingel.

VIERUNDZWANZIG

IN DER KRIMINALDIREKTION DIRCKSENSTRASSE ging ihr Fahndungserfolg im allgemeinen Tohuwabohu unter: Am Abend zuvor war der Dienstwagen des Leiters der Mordkommission geklaut worden, was am nächsten Tag eine hämische Presse in den Westsektoren erwarten ließ. Die russisch lizenzierten Blätter ließen so etwas unerwähnt.

Kappe brannte darauf, noch am Nachmittag zur Wadzeckstraße aufzubrechen. Glücklicherweise ließen Irmgard Umbreits Vernehmung und das Protokoll das nicht zu. Eddie hatte noch immer mit keinem Wort erwähnt, wie nahe ihm diese Rosi-Rita-Roswitha Blonowski noch vor kurzer Zeit gestanden hatte.

Überraschend tauchte Schneidereit auf, um ihnen flüchtig zu gratulieren. Kappe war so fair, Eddies schnelle Enthüllung der Stammbuchfälschung gebührend herauszustreichen. Im Übrigen bestätigten die Kriminaltechniker sein Urteil.

Was Roswitha Blonowski anging, entschied Schneidereit gegen Kappe, der nachdrücklich für die sofortige Festnahme eintrat, um von ihr etwas über den Aufenthaltsort des Flüchtigen zu erfahren. «Machen Sie sich nicht lächerlich, Kappe! Was werfen Sie der Dame vor? Dass sie einen Ganoven kennt und wahrscheinlich auch deckt, dürfte in dem Milieu nicht einmalig sein. So eine rennt uns nicht weg ...»

«Einen brutalen Mörder!», berichtigte Kappe. «Wir müssen sofort die Fahndung nach einem Harald Grommek aufnehmen, auch wenn es den in Wirklichkeit gar nicht gibt.»

Kappes Anerkennung bestärkte Eddie darin, sein kriminalistisches Können nicht länger unter den Scheffel zu stellen. «Und nach Heinz Umbreit», fügte er hinzu.

Schneidereit verstand nicht. «Das ist doch der Tote ...»

Eddie, hingerissen von der eigenen Logik, die alles plötzlich sonnenklar erschienen ließ, staunte über so viel Begriffsstutzigkeit. Erregt erklärte er: «Der Mörder dürfte sich die Entlassungspapiere seines Opfers gesichert haben. Damit kann er sich überall ausweisen und notfalls die Identität wechseln.»

Kappe und der Chef sahen sich an. «Das wäre möglicherweise ein Motiv für den Mord ...», sagte Kappe nachdenklich.

«Eins rauf mit Mappe, alle beide!», lobte Schneidereit. «Also, klärt das mit der Fahndung, und nehmt euch morgen früh die Blonowski vor!» Damit war er auf und davon.

Ein geklautes Auto ging eben vor, wie Kappe sarkastisch feststellte.

Eddie fühlte sich prächtig nach der ersten Nacht in seinem neuen Zimmer. Trotz der Flasche Obstwein, mit der Sonja und er das Ereignis begossen hatten. Sonja war noch lange bei ihm geblieben, wenn auch nicht die ganze Nacht. Als Kavalier hatte er sie nach Hause gebracht. Dann war er wie tot in sein bequemes Bett gesunken.

Fühlte er sich wirklich gut? Er war müde und hungrig wie immer, aber nicht unzufrieden. Dabei stand ihm das Schlimmste noch bevor. Ehe sie zu Roswitha aufbrachen, blieb ihm ein Geständnis nicht erspart.

Kappe reagierte ungehalten. «Das ist doch jetzt ziemlich gleichgültig, wie gut Sie die Dame kennen. Umso leichter ist sie vielleicht unter Druck zu setzen.»

«Sie wird sich auf unsere Bekanntschaft berufen und allerlei gegen mich vorbringen», fürchtete Eddie.

Kappe, der reichlich mitgenommen wirkte, machte eine wegwerfende Handbewegung. «Was glauben Sie, was ich in meinem Leben alles zu hören gekriegt habe!» Zum Beispiel heute Nacht, hätte er hinzufügen können. Der Krach mit Klara steckte ihm noch in den Knochen, und der Ärger mit Karl-Heinz war noch längst nicht ausgestanden. Ob der sich heute Morgen wirklich im Präsidium eingefunden hatte?

«Sollten wir nicht einen weiteren Kollegen mitnehmen?», fragte Eddie.

Kappe lachte bitter. «Drei Mann, um eine einzige Nutte festzunehmen? Für alle Fälle können wir uns bewaffnen.»

Die aufwendige Zeremonie nahm mit allen Unterschriften und Einweisungen zwanzig Minuten in Anspruch. Kappe stopfte achtlos eine russische Mauser unter den Arm. Eddie hatte einen belgischen Browning erwischt.

«Können Sie damit umgehen?», erkundigte sich Kappe.

Diesmal lachte Eddie. «Ich war Maschinengewehrschütze», sagte er. «Schießen ist so ziemlich das Einzige, was ich wirklich gelernt habe.»

Die Trümmer des alten Präsidiums stimmten Kappe jedes Mal melancholisch. Sie überquerten den Alex und bogen in die Reste der Alten Schützenstraße ein. In der Keibelstraße turnten Bauarbeiter auf dem Gerüst an dem mäßig zerstörten Bürogebäude herum. «Das soll das neue Präsidium werden», sagte Kappe. «Wird wohl noch 'ne Weile dauern.»

In der schmalen Wadzeckstraße übernahm Eddie die Führung. Kappe musterte das angesteuerte Haus voller Skepsis. «Hier schießen wir besser nicht», sagte er. «Sonst fällt die ganze Bude über uns zusammen.»

An finstere Treppenhäuser waren sie gewöhnt. Immerhin hatte man Kappe eine neue Taschenlampenbatterie genehmigt. Sie stiefelten die ausgetretenen Stufen hinauf, Kappe voran. Von oben kam ihnen jemand gemessenen Schrittes entgegen. Eddie zog Kappe am Mantel, der ließ sich nicht beirren. Er schaltete die Lampe ein und richtete den Schein nach oben. Erschrocken hob der Entgegenkommende eine Hand vors Gesicht. Kappe senkte die Lampe, und Eddie hörte ein Geräusch, als stieße jemand hart gegen eine der Stufen. Unwillkürlich griff er zur Pistole, während sich ein riesiger Schatten an der Wand auf Kappe zu bewegte, der mit Donnergepolter zu Boden ging. Eddie, die Pistole in der Hand, konnte nur vermuten, dass der Mann sich von oben mit einem Hechtsprung auf Kappe gestürzt und ihn rückwärts zu Fall gebracht hatte.

Im gespenstischen Schein der auf dem zerschlissenen Linoleum liegenden Lampe nahm Eddie wahr, dass der Angreifer sich aufrappelte. «Nehmen Sie die Hände hoch!», sagte er kalt und streckte die Waffe ins Licht.

Der Mann, der einen dunklen Mantel trug, hob ungerührt seinen Homburger auf und klopfte ihn ab.

Eddie entsicherte die Waffe. «Ich meine es todernst», sagte er drohend.

Kappe, gekrümmt vor dem vernagelten Flurfenster liegend, versuchte sich stöhnend aufzurichten.

Der Mann setzte den Hut auf und trat einen Schritt auf Eddie zu. «Ich weiß, wer du bist», zischte er. «Wenn du mich festnimmst, bist du selber dran. Das weißt du!»

Das war Eddie im Augenblick ziemlich egal. Er konnte nicht erkennen, wie schwer Kappe verletzt war, aber er wusste, dass er diesen Mann nicht laufen lassen würde. Unter keinen Umständen. «Noch ein Schritt, und es knallt», sagte er ruhig. Er fühlte sich wie der eiskalte Gangsterjäger in einem Film. So hatte er sich echte Polizeiarbeit vorgestellt.

Der Mann machte eine plötzliche Bewegung auf ihn zu. Eddie wich einen Schritt zurück und schoss.

Aus Kappes Richtung kam ein unterdrücktes Klagen: «Nicht schießen!»

Von unten schrie jemand: «Ich hole die Polizei!»

«Ein bisschen schnell, bitte!», rief Eddie. «Die sollen zwei Krankenwagen mitbringen.» Er stieg über Kappes Beine hinweg und hob die Lampe auf. «Haben Sie sich was gebrochen?», fragte er besorgt.

Kappe ächzte. «War ein Fehler, dir eine Waffe zu geben!», stieß er hervor.

Eddie fischte die Handschellen aus Kappes Manteltasche. «Ich helfe Ihnen gleich. Muss nur mal nach dem gucken.»

Der Mann saß verkrümmt einen Meter abwärts auf der Treppe, den Oberkörper gegen das Geländer gelehnt. Zu seinen Füßen sickerte Blut in das Holz der Stufen. Eddie leuchtete ihm ins Gesicht und erschrak. Hasserfüllt, glatt rasiert und vom Schmerz verzerrt, kein Schnurrbart, keine Brille. Nach einem Blick auf das morsche Treppengeländer legte ihm Eddie fachmännisch die Acht um die Handgelenke.

Kappe war auf dem Treppenabsatz bis zu den Stufen gelangt und gerade dabei, sich mühsam aufzurichten. Eddie wollte ihm helfen, doch Kappe wehrte ab.

«Sind Sie ernsthaft verletzt?», erkundigte sich Eddie.

«Nur das Steißbein, der Rücken und der Kopf», knurrte Kappe wütend. «Du hättest einen Warnschuss abgeben müssen.»

«Dann läge ich jetzt da unten, und der Kerl wäre über alle Berge.»

Kappe stöhnte. «War ein bisschen zu verlockend», krächzte er. «Nun kann er nicht mehr verraten, dass du ihn kennst.»

«Ich kenne ihn gar nicht. Jedenfalls bin ich nicht sicher.»

«Mein Gott, hast du auch noch den Falschen erschossen?»

«Wieso denn erschossen?» Nun verstand er Kappes Zorn. «Das haben sie uns auf dem Lehrgang als Erstes beigebracht: Man zielt auf die Beine.»

Kappe sah ihn an und begann lautlos zu lachen. «Du bist mir einer», sagte er kopfschüttelnd. Die Erleichterung war ihm anzumerken.

Der Verletzte trug eine nagelneue Kennkarte auf den Namen Heinz Ambert bei sich. «Einmal Fälscher, immer Fälscher», befand Eddie. «Gehört nicht mal besonders viel Geschick dazu, aus einem U ein deutsches A zu machen.»

Von unten her näherten sich polternde Stiefel.

Kappe hinkte vorsichtig ein paar Schritte. «Aus dir könnte mal ein guter Kriminaler werden», sagte er.

Eddie sah das weniger optimistisch, obwohl der Beruf ihm gerade zu gefallen begann. «Warten wir lieber die vollständige Aussage von dem Kerl da ab», sagte er voller dunkler Vorahnungen.

NACHBEMERKUNG

Heimkehr ist ein Roman. Personen und Handlung sind erfunden, nicht aber die Zeitumstände, die zitierten Presseberichte, Dokumente und Statistiken. Auch die Explosion in der Kleinen Alexanderstraße und der Diebstahl des Dienstwagens des Leiters der Mordkommission sind authentisch.

Die Serie der Frauenmorde und Notzuchtverbrechen rings um Berlin setzte sich noch zwei Jahre fort. Willy Kimmritz, *der schwerste Verbrecher seit 1945*, wurde erst am 11. September 1948 im französischen Sektor von Berlin verhaftet und am nächsten Tag der Ost-Kripo in der Dircksenstraße übergeben. Er starb am 26. Juli 1950 in Frankfurt/Oder unter dem Fallbeil. Wolfgang Mittmanns *Aktion Roland. Jagd auf einen Frauenmörder* (1999) dokumentiert die Ereignisse, die auch die Grundlage für den DEFA-Film *Leichensache Zernik* (1972) lieferten.

Es geschah in Berlin ...

Horst Bosetzky: **Kappe und die verkohlte Leiche (1910)**
Sybil Volks: **Café Größenwahn (1912)**
Jan Eik: **Der Ehrenmord (1914)**
Horst Bosetzky / Jan Eik: **Nach Verdun (1916)**
Iris Leister: **Novembertod (1918)**
Horst Bosetzky: **Der Lustmörder (1920)**
Peter Brock: **Das schöne Fräulein Li (1922)**
Wolfgang Brenner: **Stinnes ist tot (1924)**
Petra A. Bauer: **Unschuldsengel (1926)**
Horst Bosetzky: **Bücherwahn (1928)**
Petra A. Bauer: **Kunstmord (1930)**
Jan Eik: **Goldmacher (1932)**
Klaus Vater: **Am Abgrund (1934)**
Horst Bosetzky: **Mit Feuereifer (1936)**
Jan Eik: **In der Falle (1938)**
Jan Eik: **Polnischer Tango (1940)**
Petra Gabriel: **Beutezug (1942)**
Horst Bosetzky: **Unterm Fallbeil (1944)**
Jan Eik: **Heimkehr (1946)**
Horst Bosetzky: **Razzia (1948)**
Petra Gabriel: **Operation Gold (1950)**

Alle Bände sind auch als E-Book erhältlich.